그래, 낙타를 사자

그래, 낙타를 사자

인쇄 2014년 4월 25일 | 발행 2014년 4월 30일

지은이 · 김민효
펴낸이 · 한봉숙
펴낸곳 · 푸른사상사
주간 · 맹문재 | 편집 · 지순이 | 교정 · 김소영

등록   제2-2876호
주소   서울시 중구 충무로 29(초동) 아시아미디어타워 502호
대표전화   02) 2268-8706(7) | 팩시밀리   02) 2268-8708
이메일   prun21c@hanmail.net
홈페이지   www.prun21c.com

ISBN 979-11-308-0211-4 03810
 값 15,000원

    이 도서의 국립중앙도서관 출판시도서목록(CIP)은 서지정보유통지원시스템 홈페
    이지(http:// seoji.nl.go.kr)와 국가자료공동목록시스템(http://www.nl.go.kr/kolisnet)에
    서 이용하실 수 있습니다.(CIP제어번호 : CIP2014010049)

7 푸른사상 소설선

김민효 소설집

그래, 낙타를 사자

푸른사상
PRUNSASANG

세상은 그녀에게서 아버지를 빼앗아 갔고 그녀의 남자를 사라지
게 했다. 그녀는 서른의 강을 건널 수 없었고 마흔의 늪지대를 통과
할 수 없었다. 걷고 또 걸어도 한자리였다. 그녀는 여성이 아니라
여자로 살았다. 그것은 삶의 방편 중 하나였다.

그녀의 내력과 삶은 그녀의 몸에 고스란히 새겨졌다. 그녀는 자
신과 닮은 그녀들의 몸에 새겨진 상처와 투쟁의 흔적과도 마주하게
되었다. 여성인 노인, 여성인 그녀, 여성인 딸. 버리고 싶은 기억이
든, 아물 수 없는 상처든, 지워지지 않는 흉터든. 그녀와 그녀들은
그것들을 꺼내어 마주했다. 그래야 그것들로부터 자유로워진다는
것을 알게 된 것이다. 이제 그녀는 여느 사람들처럼 아프면 비명을
지르고, 여느 사람들처럼 기쁘면 웃는다. 어떤 것을 욕망하고 그 무
엇에 대한 꿈도 꾼다, 살아있으니까.

흉터와 흔적이 남아 있는 맨몸들. 그 맨몸 중 하나가 자신이라는 아픈 고백. 비로소 나는 서른이라는 격랑의 강을 건넌다. 그리고 가까스로 도착했던 마흔이라는 늪지대도 빠져나온다. 그러나 눈앞에 펼쳐진 것은 사막이다. 버려졌거나 소외된 것이 아니라 조금 다른 삶을 살아내고 있었다는 깨달음. 가장 큰 밑천인 그것을 지불하고 제물로 바쳐진 낙타 한 마리를 산다. 그것이 바로 소설이다.

나는 오래 기다린 낙타의 등에 오른다. 낙타가 몸을 일으켜 길을 떠난다. 행복한 노정과 불행한 도착을 위하여…….

그리고,

뿔뿔이 흩어진 채 셋방살이 중이던 작품들에게 소설집을 지어준 푸른사상사에 깊은 감사를 드립니다. 가장 먼저 말하고 싶었지만 나중까지 미뤄둔 마음입니다.

2014년 1월
김민효

✢✢✢ 차례

스타킹

아이는 잔뜩 몸을 웅크렸다. 공격 직전의 방어 자세처럼 양손은 긴장되어 보였고 눈동자는 번뜩거렸다. 캄캄한 어둠도 다 태워버릴 것 같았다. 아이의 눈이 타버릴 것만 같아 불안해진다. 나는 아이의 손바닥으로 아이의 눈을 가렸다. 아이의 심장은 파들파들 요동을 쳤다. 아이는 막무가내로 내 손을 떼어내려고 했다. 간호사가 아이의 바지를 벗기려 하자 아이는 발버둥을 쳤다. 수면제를 먹였는데도 아이는 전혀 졸린 기색이 없었다.

"아가야, 착하지. 선생님이 아프지 않게 해주실 거야."

의외로 간호사의 목소리는 부드러웠다. 아이가 주춤하는 사이 간호사는 아이의 바지를 벗겨냈다. 간호사는 내게서 아이를 떼어낸 다음 진찰용 침대에 눕혔다. 그 순간 아이가 간호사의 팔을 물어버렸다. 간호사가 비명을 질렀다.

"얌전히 있지 않으면 주사를 아프게 놓을 거야."

간호사는 사정없이 아이를 찍어 눌렀다.

"어머니가 아이의 팔을 잡으세요."

나는 간호사가 잡고 있던 아이의 팔을 대신 잡았다. 그녀가 눈을 부릅뜨고 아이를 내려다보았다. 아이가 저항을 멈췄다. 그녀가 아이의 다리를 벌려서 붙잡았다. 모니터만 보고 있던 의사가 그제야 아이에게 다가왔다. 의사는 장갑을 낀 손으로 아이의 사타구니를 벌렸다. 사타구니가 벌겋게 부어있었다. 장갑을 낀 의사의 손이 벌려진 아이의 사타구니를 헤집었다. 아이가 있는 대로 소리를 질렀다. 비명이라기보다 괴성에 가까웠다. 아이의 얼굴과 목 그리고 두 다리의 혈관이 터질 것처럼 곤두섰다. 실핏줄까지 비치는 희디흰 다리는 해부용 개구리 다리처럼 푸들푸들 떨렸다. 아이의 고통이 고스란히 내 몸으로 전해졌다. 그리고 심장으로 파고들었다. 아이의 질을 들여다보던 의사는 다시 다리를 세우게 했다. 간호사는 아이의 다리를 허벅지 쪽으로 바짝 끌어당겨 무릎을 세웠다. 의사는 아이의 항문을 살폈다. 그리고 예상했다는 표정을 지으며 허리를 폈다. 그는 무표정한 얼굴로 나를 바라보았다. 눈알이 튀어나올 만큼 소리를 지르던 아이는 금방 지쳤다. 소리가 잦아들고 저항도 멈췄다. 신경마저 죽어버린 개구리처럼 바들거리던 다리도 풀어졌다.

"회음부는 물론이고 항문까지 찢어졌습니다. 바로 손을 쓰지 않은 탓에 염증도 심합니다. 아이 엄마가 맞습니까?"

의사는 추궁하듯 물었다. 나는 아무런 말도 할 수 없었다.

"어쨌든 찢어진 살은 꿰매고 치료하면 아물 겁니다. 그 다음이 문제인데…… 일단 상처가 아무는 대로 소아정신과 치료를 병행하도록 합시다."

의사는 한심하다는 표정을 지으며 고개를 돌렸다. 그는 다시 몸부림을 치는 아이를 바라보고는 링거에 또 다른 액체를 주사했다. 아이는 이내 맥을 놓았다. 아이는 가랑이를 벌린 채 멀뚱멀뚱 천장만 올려다보았다. 아이의 커다란 눈에서 눈물방울이 또르르 굴러 떨어졌다. 의사가 간호사에게 눈짓을 하자 그녀는 아이의 이름을 불렀다. 그러나 아이는 미동도 하지 않았다.

"잠이 든 것 같은데 눈을 안 감네요."

간호사는 푸른 천으로 아이의 상체를 덮으면서 말했다.

"일단 보호자는 나가서 기다리세요."

그녀의 목소리는 매우 건조하고 단호했다.

아이는 같은 병실에 입원한 아이들과 잘 어울리지 않았다. 다른 아이들이 장난감을 빌려줘도, 과자를 나눠줘도 도통 관심이 없어 보였다. 오히려 심리치료실에 있는 남자 치료사와 더 잘 어울렸다. 시키는 대로 그림을 그리기도 하고 블록을 쌓기도 했다. 치료를 받는 동안 아이의 표정은 많이 밝아졌다. 아무런 일도 겪지 않은 것처럼 천진스러워 보였다. 아이가 쉽게 안정을 찾아가는 것 같아서 다행이었다.

"유리야, 누가 잠지를 아프게 했지?"

아이의 표정이 딱딱하게 굳어졌다.

"누가 너를 이렇게 했어, 응? 엄마가 알아야 혼내줄 수 있잖아."

차마 아저씨가 그랬냐고 묻지 못했다. 그가 아닌 다른 사람이기를 간절히 기대하면서 대답을 기다렸지만 아이는 입을 다물어버렸다. 그리고 몸을 웅크린 다음 손톱을 물어뜯었다. 평소에도 엄지손가락을 빠는 버릇이 있어 오른쪽 엄지손가락은 기형적으로 뾰족했다. 그런데 지금은 손톱은 물론이고 손가락까지 깨물기 시작했다. 특히 그날의 상황에 대해 물을 때면 매우 신경질적으로 손톱을 물어뜯었다. 이미 대부분의 손톱이 뜯겨져 있고 손가락 끝도 성한 곳이 없었다. 손가락 끝마다 밴드를 붙여주기도 하고 장갑까지 끼워보았지만 소용이 없었다. 밴드는 떼어버리고 장갑은 벗어버렸다.

심리 치료사가 아이의 스케치북을 보여주었다. 야구방망이가 잔뜩 그려져 있었다. 붉은 색의 야구방망이는 모두 시커먼 물체에 매달려 있었다. 검정 물체는 커다란 가방처럼 보였다. 미술 치료사는 몇 장의 그림을 더 보여주었다. 모두 비슷한 그림들뿐이었다.

전화를 끊고 나서 한 오 분쯤 지났을까. 남자의 지프가 오피스텔

입구로 들어오고 있었다. 스테인리스 파이프로 무장한 지프의 앞 범퍼는 코뿔소의 뿔을 연상시켰다. 그것은 스테인리스 파이프가 주는 강한 이미지보다도 코뿔소가 저돌적으로 달려가던 광고의 영상이 더 선명하게 각인 되어 있기 때문일 것이다. 범퍼에 부딪힌 오후의 햇살이 사방으로 퉁겼다. 몇 가닥의 빛살은 여과되지 않은 채 로비의 창을 뚫고 들어와 내 눈을 찔렀다. 손차양을 만들어 가려보지만 움직이는 빛살을 다 막아내지는 못했다. 그러나 그것은 아주 잠깐이었다. 지프는 이내 지하주차장으로 빨려들어 갔다. 절반쯤 마신 콜라 캔을 들고 잠깐 망설였다. 자신도 모르게 꼭 쥐고 있었던 듯 캔이 찌그러져 있었다. 입안이 마르고 혀 밑이 뻑뻑했다. 콜라를 한 모금을 더 마셨다. 김이 빠진 콜라는 밍밍했다. 망설이지 않고 캔을 쓰레기통에 던졌다. 쓰레기통 벽에 부딪힌 캔에서 콜라 방울이 사방으로 튀었다.

지금쯤 그는 지하 주차장에 차를 세운 다음 엘리베이터를 탔을 것이다. 천천히 엘리베이터로 향했다. 경비원의 시선이 내 움직임을 따라 차지게 달라붙었다. 로비에 앉아 있을 때는 간간이 흘깃거리다가 내가 움직이기 시작하자 다시 네게로 꽂혔다. 그의 시선과 마주쳤다. 그러나 그의 눈빛을 탈탈 털어 버렸다. 알은체하려던 그의 표정이 건조하게 굳어버렸다. 엘리베이터 쪽으로 곧장 걸어갔다. 아이 생각이 자꾸 발목을 잡았다. 몇 걸음 걷다가 경비원에게 되돌아갔다. 보풀이 일 정도로 만지작거렸던 메모지를 건넸다.

"아저씨 두 시간 뒤에 909호로 올라와 주시겠어요?"

경비원은 뻣뻣한 얼굴을 찡그렸다. 곧바로 지폐 몇 장을 그에게 내밀었다. 그의 얼굴이 환하게 펴졌다. 그는 벽에 걸린 시계를 확인한 다음 두 시간 뒤의 시간을 메모지 위에 적었다. 삐뚤빼뚤한 글자의 획들이 오히려 선명하게 돋보였다.

"염려하지 말아요, 아가씨."

경비원은 아가씨라는 말에 유난히 힘을 주었다. 그는 지폐를 안주머니에 집어넣고 모자를 고쳐 썼다. 그리고 로비를 휘둘러보며 헛기침을 했다.

네 대의 엘리베이터가 올라가거나 내려오고 있었다. 홀수 저층을 운행하는 엘리베이터 앞에 섰다. 네 대의 엘리베이터는 일 층과 꼭대기 층을 운행한다는 공통점을 뺀다면 어느 것도 같은 층을 운행하지는 않았다. 급히 올라가는 버튼을 눌렀으나 엘리베이터는 일층을 막 지나쳐 버렸다. 꼭대기 층까지 올라갔다가 내려올 양인지 화살표는 계속 위로 솟구쳤다. 힐끗, 엘리베이터 위쪽에 설치된 카메라를 올려다보았다. 그러나 애써 담담한 표정을 지었다. 카메라의 사정거리 안이었다. 저 카메라 속에 기형적으로 비쳐질 얼굴을 생각하니 기분이 별로 좋지 않았다. 그렇지만 카메라의 시선 밖으로 비껴나지 않도록 움직임을 좁혔다. 엘리베이터가 내려오고 있었다.

뚝. 뚝. 뚝. 숫자가 떨어질 때마다 심장박동이 빨라졌다. 손에 들고 있는 비닐 백에서는 산낙지와 꽃게가 여전히 꾸무럭거렸다. 뭍으로 나와서도 질기게 부지하고 있는 목숨이 끔찍스러웠다.

다시 한 번 옷매무새를 확인했다. 고개를 돌려 엉덩이와 종아리도 내려다보았다. 강한 탄력을 가진 스타킹이 다리를 꽉 조여서 미끈해 보였다. 스타킹의 매끄러운 광택이 흡사 꽃뱀의 등허리처럼 번들거렸다. 그 위로 오후의 햇살이 쭈르르 미끄러졌다. 다리만으로도 너는 충분히 행복해질 수 있어. 남자의 말이 떠올라 쓴웃음을 지었다. 스카프를 살짝 들고 블라우스 단추 한 개를 더 풀었다. 앙가슴이 보일 듯 말 듯했다. 이 남자를 유혹하기 위해 단추를 한 개 더 풀거나 고탄력 스타킹을 신고 짧은 스커트를 입어야 할 일이 또 있을지 모르겠다. 사실 이런 표현이 적절하달 수는 없다. 그를 기쁘게 해주려고 했던 것이지 그를 유혹하기 위한 것은 아니었다. 안으로 들어서자 그가 두 팔을 벌려 나를 맞았다.

"오, 나의 여신. 도대체 얼마만이야. 몇 년은 지난 것 같다."

남자는 막 옷을 갈아입던 중이었다. 허리띠는 천마의 엉덩이에 걸쳐져 있고 바지는 바닥에 놓인 채였다. 마치 막 벗어놓은 허물처럼 그의 아랫도리 형태를 그대로 드러냈다. 저절로 눈길이 가는 곳은 침대 위였다. 옷을 벗고 눕기만 하면 천마가 날개를 펼치고 내달릴 것 같았다. 마음과는 달리 가랑이의 신경이 팽팽하게 당겨지면서 골반 근육이 조여졌다. 저절로 반응하는 가랑이의 신경을 몽땅 도려내고 싶을 만큼 내 몸뚱이가 혐오스러웠다. 그럼에도 불구하고 이곳은 내 몸뚱이에게 무장해제를 강요하고 있었다.

오래된 무덤 속에 들어온 느낌, 그래서 일상의 모든 의무와 속박이 다 벗어버린 느낌, 온전히 나 자신 속으로 들어온 느낌, 그리하여 비로소 아늑한 곳에 도착했다는 느낌. 그러나 일상 바깥의 세상이라는 것이 매우 비현실적이란 생각도 없지 않았다.

이곳은 여러 고분의 이미지를 적당히 섞어 놓았다. 백제와 신라와 고구려 고분의 이미지가 한 데 어우러져 있다고나 할까. 침대 둘레는 대리석과 벽돌을 쌓아 석곽처럼 꾸며 놓았고 벽은 여러 고분의 벽화를 정교하게 이어 붙였다. 천장의 가장자리에는 연꽃과 구름 문양으로 도배되었고 천장에는 별자리들이 촘촘하게 그려져 있었다. 두드러지게 큰 별들에는 미니 전구를 박아놓았다. 천장은 고구려 고분벽화를 복사한 것이고 우아한 연꽃과 구름 문양과 비천은 백제와 신라의 고분에서 베껴온 것이었다.

사실 이곳이 완전히 다른 세계라는 것을 느끼게 하는 것은 천장이었다. 두터운 커튼을 치고 전등을 끈 다음 침대에 누우면 무한하게 확장되는 밤하늘을 보고 있다는 착각에 빠진다. 천장이 궁륭처럼 보였던 것은 별자리 배치와 채색을 통해 얻어낸 교묘한 효과라는 것을 한참 뒤에야 알게 되었다. 그것은 무게가 느껴지지 않는 어둠의 빛이기도 했다. 그러나 내 일터인 실제 고분 안에는 항상 두터운 어둠이 무겁게 가라앉아 있었다.

평안을 빼앗긴 오래된 무덤 속 풍경. 고적지나 고분을 수도 없이 드나들다 보니 눈을 감고도 그릴 수 있을 만큼 익숙한 풍경이며 분위기다. 고분 형태와 그 안의 석곽과 석관의 모양과 유물의 종류 등은 내 집안의 물건처럼 훤하다. 정형화된 안내서는 토씨 하나 틀리지 않고 외울 수 있다. 그것들은 혀에 둘둘 말려 있다가 입만 열면 두르르 풀려 나온다. 아니 관련된 말을 쏟아낸다고 할 수 있겠다. 내 말인 것처럼 풀어내는 설명은 남자가 작성해준 문안이다. 수습 기간 동안 그가 적을 두고 있는 대학에서 위탁교육을 받았다. 그때의 목표는 우수한 교육생이 되는 것, 가장 먼저 현장에 투입되는 것, 가능하면 수준 높은 관광객들에게 투입되는 것이었다. 수준이 높다는 것은 결국 부자 관광객들에 대한 다른 말이며 팁에 대한 기대이기도 하다. 목표가 분명했던 만큼 과정을 매우 충실하게 이수했다. 당연히 나는 남자의 우수한 교육생이 되었다. 다시 말하면 내 머릿속에 있는 관련된 모든 지식들은 그가 집어 넣어준 것들이다. 나아가 그는 내 몸뚱이까지 조종할 수 있는 칩 하나를 몰래 심어 외면했던 욕망을 불러 일으켰다.

사실 처음부터 이곳이 평안했던 것은 아니다. 붉은 벽돌로 쌓아 놓은 침대 머리맡, 등잔을 올려놓은 것 같은 낮은 조도의 전등, 무지의 침대 커버에 전사된 천마도. 우중충한 색깔이 자아내는 분위기는 시쳇말로 엽기적이었다. 실내 분위기에 질린 나는 한기를 느꼈다. 관광객들을 인솔하고 수도 없이 드나드는 곳이 고분인데도 일상에서 만나는 이런 분위기는 생경했다. 뿐만 아니라 오래 전에 매장된 시신이 되살아난 것 같아 섬뜩한 느낌마저 들었다.

그의 완력에 의해서 처음으로 옷이 벗겨지자 내 몸뚱이는 급속 냉동된 생선처럼 더욱 딱딱하게 굳었다. 예상했다는 듯이 남자는 벗겨진 몸뚱이를 능숙한 솜씨로 주물렀다. 어느 부분은 강하게 어느 부분은 아주 부드럽게. 이윽고 냉각되었던 몸뚱이가 연체동물처럼 흐물흐물하게 풀어지기 시작했다. 차츰 익숙해질 거야. 그리고 이곳이 얼마나 아늑하고 편안한 곳인지 알게 될 거야. 남자의 목소리는 따뜻하고 부드러웠다. 그의 말처럼 몸이 뜨거워지면서 숨이 가빠지기 시작했다. 우리는 지금 천마를 타고 천국을 향해가고 있는 거야. 남자가 숨을 헐떡이며 말했다. 그러자 엉덩이 밑에 깔려있는 천마도에서 경쾌한 말발굽 소리가 들리기 시작했다. 까마득하게 잊혔던 천국이 그곳에 있었다. 유리 아빠를 통하지 않고는 다시는 갈 수 없을 것 같았던 그곳을 다른 남자를 통해서 도착했다. 그 순간 유리 아빠를 잠깐 떠올렸다. 그가 바이크를 타고 날아간 그곳이 이런 곳이 아니었을까 싶었다. 그곳은 죽음 너머의 세상이라 믿고 싶었다. 하지만 그의 생각은 이내 멀어졌다. 다만 앞으로 남자가 데려가는 곳이라면 무덤 속이든 지옥의 불구덩이 속이든 거역하지 못하리라는 예감으로 불안해졌다.

머리맡의 등잔불은 이미 밝혀져 있다. 그가 걸친 것이라고는 팬티와 한 쪽 발에 신겨진 감색 양말 한 짝이다. 평소 같으면 저런 모습을 보고 틀림없이 즐겁게 웃었을 것이다. 불룩하게 나온 아랫배와 탱탱하게 알이 박힌 짧은 종아리도 귀여웠을 것이다. 나는 가까스로 아이의 생각을 붙들었다. 찢어지고 짓이겨진 아이의 가랑이 사이를 떠올렸다. 그러자 남자의 아랫도리는 민망스러움을 넘어 흉하기까지 했다. 그리고 분노가 치밀었다. 저 몸뚱이 밑에서 느꼈던 천국은커녕 오히려 지옥의 불구덩이를 바라보는 것처럼 온몸이 움츠러들었다. 덥석 안으려고 하는 그에게 한 쪽 손에 들고 있던 비닐봉지를 내밀었다. 꽂게 발에 뚫린 구멍으로 물이 뚝뚝 떨어졌다. 그는 얼결에 받아든 비닐봉지를 싱크대 개수통 안으로 집어 던졌다. 그리고 바닥에 떨어진 물기를 양말이 신겨진 발로 쓱쓱 닦았다. 그리고는 나를 끌어안았다. 불끈 솟아오른 그의 성기가 허벅지에 닿았다. 하필 허벅지였다. 내 다리가 그의 다리보다 긴 것은 역시 흠이다. 온몸으로 한기가 느껴지면서 소름이 돋았다. 시큼한 땀 냄새가 나는 그의 가슴팍을 밀어냈다. 생각보다 세게 밀친 모양이었다. 그가 중심을 잃고 휘청거렸다. 당황한 빛이 역력한 그를 향해 억지로 미소를 지었다.

"잠깐, 일단 씻고 나와요. 그 동안 저녁을 준비할게."

그의 맨살이 내 몸의 소름을 감지했을까? 아닐 것이다. 고탄력 스타킹에 눌려 있는 소름이 그의 살에 닿았을 리가 없다. 머쓱했는지 그가 화장실로 들어갔다. 이내 거칠게 쏟아지는 물소리가 들렸다. 샤워기 밑에서 저렇게 쏟아지는 물줄기를 한참동안 맞고 나면 전신이 얼얼해진다. 그것은 오르가슴을 느낄 때와는 또 다른 쾌감이다. 깨끗하게 씻어내고 잘 털어내고 있으며 고통스럽지 않을 만큼 얻어맞고 있다는 느낌, 그런 것이다. 그의 휘파람 소리가 물소리에 섞여서 들렸다.

쌀을 씻어서 밥을 안치고 해물을 손질하기 시작했다. 꽃게의 등딱지를 떼어내려 하자 집게발이 거칠게 저항했다. 피한다고 피했는데도 집게발에 물리는 실수를 했다. 집게발 사이에 있는 뾰족한 돌기가 그대로 왼쪽 검지에 박혔다. 겨우 손가락을 빼내자 핏방울이 맺혔다. 피를 보자 짜증이 났다. 꽃게 발을 사정없이 부러뜨려 버렸다. 잘린 꽃게 발은 미세하게 움직이다가 이내 잠잠해졌다. 등딱지를 떼어내자 주홍색 알이 소복하게 얹혀있었다. 두 마리 다 암게였다. 게들은 등딱지를 떼이고도 끊어진 다리와 촉수의 움직임을 쉽게 거두지 않았다. 등딱지에 감싸였던 알들이 수돗물 세례를 받고 위태롭게 흔들렸다.

출장을 다닐 때마다 아이를 집안에 가뒀다. 다른 방법이 없었다.

아이와 나는 서로에게 유일한 가족이고 나는 가장이기 때문이었다. 우리가 할 수 있는 것은 어떻게든 이 시간을 잘 견뎌내는 일이었다. 작은 가게라도 얻을 수 있을 때까지 아이는 참아줘야 했다. 붙박이 일을 하게 되면 아이를 유치원에 보낼 작정이었다.

식탁에는 이삼일 동안 아이가 먹을 밥과 물 그리고 약간의 과자를 차려두었다. 처음에는 옷자락을 잡고 놓지 않아서 애를 먹었지만 아이는 이내 포기하고 순순히 손을 흔들어주었다. 엄마 몇 밤 자고 와? 한 밤? 두 밤? 세 밤? 아이는 손가락을 세 개까지만 꼽으며 물었다. 아이는 이미 체념한 눈빛이었다. 얼마만큼 익숙해지자 아이는 시간을 익히기 시작했다. 우리가 처한 상황을 이해했는지 아니면 그 반대였는지 알 수 없었다. 현관키와 보조키까지 잠글 때 현관에 우두커니 서 있는 아이가 느껴졌다. 아파트 마당에 내려서서 집을 올려다보면 어느새 아이는 푸슬푸슬 녹이 떨어지는 베란다 쇠난간을 잡고 서 있었다. 나는 아이와 눈을 마주치지 않으려 재빨리 돌아서야만 했다. 그리고 서둘러 언덕 아래로 내려갔다.

일을 마치고 돌아와 보면 준비해둔 음식 중 절반은 말라비틀어져 있거나 쉰 채로 식탁에 어질러져 있었다. 그러나 아이는 차츰 음식을 냉장고 속에 보관하는 방법을 익혀나갔고 빈 그릇은 싱크대 속에 집어넣을 줄도 알게 되었다. 내가 집으로 돌아올 때쯤이면 아이는 현관 앞에서 귀를 곤두세우고 있는 것 같았다. 그렇지 않고서야 어떻게 문을 열자마자 아이가 내 품으로 달려들 수 있었겠는가. 어떤 날은 현관 옆 신발장에 기대어 꼬부리고 자는 아이를 발견하기도 했다. 그럴 때는 차가 막히거나 일정이 늦어질 경우였다. 잠들어 있는 아이를 안을 때마다 출장의 피로가 몇 배로 가중되었다. 그때마다 시간이 급류를 타고 흘러서 아이가 훌쩍훌쩍 커졌으면 좋겠다고 생각했다. 아이에 대한 불안은 오래된 체증처럼 늘 심장에 걸려 있었다. 결과적으로 아이를 보관해둔 집이 게의 등딱지보다도 안전하지 못했던 것이다.

해물탕이 끓는 동안 낙지를 손질했다. 낙지의 긴 발이 팔목을 칭칭 감았다. 손가락에 감겨드는 다리를 떼어낼 때마다 흡반에서 떡떡 소리가 났다. 제 몸통의 수배가 넘는 낙지다리는 매끈하고 질겼다. 칼을 넣어 둥그스레한 머리통을 찢었다. 그리고 먹물과 내장을 빼냈다. 굵은소금을 한 주먹 넣고 바락바락 주물렀다. 해감이 벗겨져 거품이 일었다. 낙지는 더 심하게 꿈틀거렸다. 손질이 끝난 낙지를 도마에 올렸다. 이제 적당한 크기로 자른 다음 참기름 적당량을 붓기만 하면 될 것이다. 엄마야. 저절로 비명이 터졌다. 비명소리가 '엄마야'라니. 이것은 내 비명이 아니라 유리의 비명처럼 들렸다. 칼을 떨어뜨릴 만큼 놀랐던 것은 느닷없이 그가 나를 껴안았기 때문이었다. 자칫 발등에 칼이 꽂힐 뻔했다. 아찔한 현기증을 느꼈다. 그는 칼을 주우려다 말고 내 다리를 쓸어 올렸다. 탄력이 강한 스타킹은 피부를 예민하게 했다.

"너는 역시 다리가 최고야."

그는 몇 번이나 들었던 말을 또 했다. 아마 습관이 된 것 같았다. 그의 앞에서 처음 옷을 벗었을 때, 그는 바닥에 꿇어앉은 자세로 한참동안 나를 올려다보았다. 너는 네 자신에게 직무유기를 한 거야. 이렇게 근사한 다리를 왜 바지 속에다 감추고 다녔지? 남자의 과장된 표정을 보자 재채기를 하듯 웃음이 터졌다. 자신의 말을 장난으로 받아들이고 있다는 것을 알았는지 그는 정색을 하며 말했다. 다리만으로도 너는 세상의 많은 것을 얻을 수 있어.

사실 그의 말을 듣기 전까지는 내 다리에 대해서 별로 관심이 없었다. 그가 탐스러워 하는 내 머리칼에 대해서도, 그의 손안에 가득 쥐어지는 내 가슴에 대해서도 마찬가지였다. 그는 발굴지의 표층을 조심스럽게 걷어내듯 내 몸을 탐색했다. 그리고 막바지에는 언제나 다리에 이르렀다. 줄리아 로버츠나 샤론 스톤이 매력적인 것은 순전히 다리 때문이야. 남자를 압사시킬 것 같은 그녀들의 젖가슴보다 쭉 뻗은 다리가 훨씬 섹시하지 않니? 남자는 허벅지까지 쓸어올리던 손을 멈추고 책장 앞으로 갔다. 그는 서랍 속에서 작은 물건 두 개를 꺼냈다. 그가 꺼낸 것은 찰흙으로 만든 토우였다. 토우는 가운데 손가락만 한 크기였다. 그것들은 함부로 내보일 수 없는 소중한 것인 양 여러 겹의 한지로 싸여 있었다. 그는 토우 중 하나를 내 손바닥에 얹었다. 그가 너무 조심스럽게 그것을 다루는 통에 나는 숨 쉬는 것까지 절약해야만 했다. 언뜻 보기에는 주무르다 만 찰흙 덩어리 같았으나 자세히 들여다보니 예사롭지는 않았다. 그것은 남자와 여자가 끌어안고 있는 형상이었다. 남자의 다리는 보이지 않을 정도로 짧은 반면 여자의 다리는 남자의 허리에 감겨질 만큼 길었다. 남자의 고개는 뒤로 약간 젖혀져 있었다. 남자는 웃고 있다고 하기에는 뭔가 끈적끈적한 표정이었다. 우는 거야. 웃는 거야? 내 물음에 그가 기다렸다는 듯이 말했다. 이 남자는 극치를 느끼고 있는 거야. 남자의 다리를 과감하게 생략하고 여자의 다리를 지나치게 강조했잖아. 남자의 허리를 죄고 있는 여자의 다리를 보라고. 쉽게 빠져나갈 수 없도록 여자의 다리가 남자의 허리를 단단히 감고 있잖아. 이 다리가 남자를 천국으로 데려갔을 거야. 그는 무안해하는 나를 재미있다는 듯이 쳐다보았다. 그리고는 손바닥 위의 토우를 다시 한지로 쌌다. 최고의 보물을 다루는 것처럼 그의 손길은 매우 조심스러웠다. 이번에는 다른 토우를 올려놓았다. 상체는 깨져나가고 하체만 남아 있었다. 얼굴이 없어 표정을 짐작할 수는 없지만 이것 역시 성애 장면이었다. 다리 네 개가 위 아래로 얽혀있는 모습이었다. 이 토우는 〈처용의 아내와 연인〉이야. 어때 그럴듯하지 않니? 그는 다시 생각해도 썩 괜찮은 이름이라면서 흡족해 했다. 그럼 아까 것은 이름은 뭐냐고 물었다. 그는 망설임 없이 〈천국의 미소〉라고 대답했다.

남자는 고분을 발굴하던 중 이것들을 슬쩍했다고 말했다. 금관이나 귀걸이 등은 전혀 욕심이 나지 않았는데 이것들은 달랐어. 맨 처음 발견하는 순간, 야 미치겠더라. 어찌나 심장이 요동을 치는지. 마치 탄력이 강한 수십 개의 공들이 불규칙으로 튀어 오르는 것 같았어. 심장의 박동이 온몸의 혈관을 부풀려서 터지는 줄 알았다니까. 생각해봐라. 고분이나 절터를 발굴하는 일이 어디 한두 번이냐. 대학 때부터 지금까지 줄곧 내가 해 온 일이라는 것이 발굴지를 찾아다니는 일이잖아. 유행가 가사처럼 내 화려했던 날들은 발굴지에서 묵은 시간을 뒤적거리다가 다 가버렸단 말이지. 그가 미간을 찌푸리자 눈가에 짜글짜글한 잔주름이 모아지고 이마에는 굵직굵직한 주름이 몇 가닥 잡혔다. 주름살 깊이만큼 학자로서의 연륜도 깊어 보였다. 화려한 금관을 안 봤겠냐. 현란하게 채색된 벽화를 안 봤겠냐. 물론 감탄할 만한 일들이야 얼마든지 있었지. 천 몇 백 년 혹은 그보다 훨씬 이전의 시간과 그 시대를 살았던 주인공들을 제일 먼저 만난다고 생각해봐라. 얼마나 설렜겠냐. 거 있잖아. 경주를 홍보할 때면 언제나 전면에 내세우는 얼굴 있지? 왜 천년의 미소라고. 그 와편(瓦片)을 발견했을 때도 비슷한 떨림이 있었거든. 그때야 내가 말단 단원이었기 때문에 앞으로 나설 입장도 아니었지. 물론 식견도 부족했고. 천년의 미소라는 와편을 보았을 때도 감동이 컸지만 이 토우들과는 비교할 수 없었어. 이 토우들은 단번에 쩌릿쩌릿한 전율로 나를 감전시켜버린 거야. 발굴 당시의 느낌이 살아나는지 그는 얼굴 근육뿐만 아니라 엄지발가락까지 떨었다. 처음에는 이것들로부터 무심해지려고 했지. 그러나 아무리 뒷걸음질을 쳐도 속수무책으로 빨려 들어가는 거야. 갑자기 방광이 터질 것 같이 오줌이 마렵더라. 사실 이것들을 들고 어쩌지를 못하는 사이 찔끔찔끔 오줌까지 지렸어. 누가 볼세라 얼른 안주머니에 넣고는 간이 화장실로 달렸지. 토우의 몸집이 요렇게 작아서 다행이었지 부피가 컸더라면 꿈도 꾸지 못했을 일이야. 그는 숨도 쉬지 않고 한꺼번에 말을 쏟아놓았다. 아슬아슬했던 당시의 느낌이 살아나는지 그의 얼굴이 벌겋게 달아올랐다. 학자의 양심을 처음이자 마지막으로 버렸지. 그러나 앞으로는 어떤 유물도 나를 유혹하지 못할 거야. 이런 꺼림칙한 일은 두 번 다시 하고 싶지 않으니까. 또한 그 어떤 여자도 나를 유혹하지는 못할 거야. 왠지 알아? 다리 하나로 여자의 몸 전부를 설명할 수 있는 네가 있기 때문이지. 그의 찬사 한마디에 나는 그에게 전부를 걸고 말았다.

나는 황급히 기억을 쓸어 모았다. 이런 기억들은 쓰레기다. 그리고 환각제다. 스스로를 다잡았다. 칼을 줍지도 않고 남자는 계속 다리를 쓸어 올리고 있었다. 머리숱이 성근 정수리가 한 눈에 들어왔다. 그의 머리를 위에서 똑바로 내려다보기는 처음이었다. 정수리에서부터 머리가 빠져나가고 있었다. 뒤로 넘겨 묶었을 때는 전혀 몰랐었다. 한순간 천장의 불빛이 칼날 위에서 자지러졌다. 모공이 막혀버려 반들반들해진 정수리에도 불빛이 반사되었다. 기회는 많지 않을 것이다. 칼을 주우려고 허리를 굽히자 그가 먼저 칼을 주워들었다. 억지로 미소를 지으려 하자 입가에 경련이 일었다.

"낙지 좀 잘라 주실래요?"

얼른 그에게 일거리를 넘겼다. 도마 위에 올려놓았던 낙지는 머리가 찢어진 채로 다리만 꿈틀거렸다. 똑. 똑. 똑. 똑…… 그는 낙지의 긴 다리를 토막냈다. 타악기를 두드리는 스틱처럼 칼질은 리듬을 탔다. 피 한 방울 흘리지 않고 많은 토막으로 잘려진 낙지가 접시에 담겨졌다. 꿈틀꿈틀. 생의 끈이 잘렸는데도 낙지토막들은 쉽게 죽음을 받아들이지 않았다. 그는 낙지토막 위로 참기름을 주르르 부었다. 꿈틀거림으로 인해 참기름이 저절로 입혀졌다. 유리의 살이 쭉쭉 찢어지는 순간에도 그의 아랫도리는 저렇게 경쾌한 몸짓이었을까?

밥 뜸이 들고 해물탕도 끓었다. 긴장을 한 탓인지 찌개의 간이 느껴지지 않았다. 그저 손대중으로 간을 하고 조미료를 넣었다. 밥을 퍼주고 해물탕을 냄비 채로 식탁 위에 놓았다. 남자는 나에게 권하지도 않고 꿈틀거리는 낙지를 먹기 시작했다. 몹시 시장했던 모양이었다. 이를 악물었는데도 구역질을 참을 수가 없었다. 화장실로 달려가 눈물 콧물을 줄줄 흘려가며 속엣 것을 게워냈다. 뒤집힌 위가 목구멍으로 치받는 느낌이었다. 축 늘어진 채로 식탁에 앉자 어디 아프냐고 그가 물었다. 별일 아니라는 시늉을 하고 수저를 들었다. 그는 입 가장자리에 묻은 초고추장을 닦을 생각도 하지 않고 정신없이 밥과 찌개를 퍼먹었다.

"빨리 너랑 살고 싶어."

그의 말이 새삼스럽게 들렸다. 나와 살고 싶다는 소망은 이렇게 식탁에 마주 앉아서 밥을 먹을 때와 섹스를 할 때뿐인 것 같았다.

"언제나 네가 나를 기다리고 있으면 좋겠다. 유리랑 함께."

전에는 자주 했던 말이었다. 그 말을 들을 때마다 나는 기대를 키웠다. 그것은 일상을 견디는 힘이 되었다, 아이에게 일이 생기기 전까지는. 지금 생각해보면 그것은 말뿐이었다. 그는 어떤 식으로든 행동으로 보여준 적이 없었다. 오히려 동료 교수나 제자들에게 알려지는 것을 꺼리는 눈치였다. 지금 한 말도 내가 이 오피스텔을 나가는 동시에 지워버릴 것이다. 저주를 퍼붓고 자살했다는 아내와 그를 원망하면서 외국으로 유학을 떠났다는 아들에게 그의 영혼은 여전히 잡혀 있는 것인지 모르겠다.

남자는 꽃게 알을 다 떼어먹고 다리 살을 젓가락으로 파내는 데 열중하고 있었다.

"유리 보고 싶지 않아요?"

남자의 눈꺼풀이 바르르 떨렸다.

"아 보고 싶지. 그러고 보니까 유리를 못 본 지가 정말 오래됐네. 데려오지 그랬냐."

남자는 꽂게 다리에 시선을 박은 채 건성으로 말했다.

"새삼스럽게, 여기에 한 번도 데려온 적이 없잖아요."

나는 그의 책상 위를 건너다보았다. 아이의 머리핀은 그대로 있었다. 생각 같아서는 저 핀이 왜 여기에 있느냐고 캐묻고 싶었지만 꾹 참았다. 아직 컴퓨터도 켜지 않은 것 같다. 컴퓨터를 켰다면 이렇게 태평스러울 수가 없을 것이다.

"그랬던가."

남자는 슬그머니 말꼬리를 흐렸다.

"이번 여행은 어땠니?"

정말 궁금했었는지 아니면 의례적으로 묻고 있는 것인지 분간하기 어려울 만큼 그의 말투는 자연스러웠다. 내가 아무런 대답을 하지 않았는데도 그는 다시 되묻지 않는다. 속에서 분노와 역겨움이 한꺼번에 치밀었다. 이를 악물었다. 그리고 천천히 호흡을 가다듬었다. 혀 밑에 고여 있는 침을 꿀꺽 삼켰다.

"왜 밥을 안 먹어?"

손도 대지 않은 밥그릇을 보고 그가 물었다. 갑자기 밥 냄새가 싫어졌다. 체한 것도 아닌데 왜 이런지 모르겠다. 가능하면 입을 벌리지 않으려고 애를 썼다. 그는 밥그릇을 비웠고 물도 마셨다. 그리고 걱정스러운 얼굴로 나를 바라보았다.

"어째 네 얼굴이 많이 상한 것 같다. 이번 여행이 힘들었나."

혼란스러워졌다. 그는 정말 내가 아이랑 여행을 다녀왔다고 믿고 있는 것인가.

아이가 수술을 하던 날, 그에게 전화를 했었다. 아이랑 며칠 여행을 다녀오겠다고 말하자 갑자기 무슨 일이냐며 의아해했다. 왜 무슨 일이 있다고 생각하세요? 감정을 겨우 억누르며 그에게 물었다. 목구멍 밑에서 슬금슬금 갈고리가 기어 올라오는 바람에 말투가 곱게 나가지 않았다. 그러나 그는 대수롭지 않게 받아넘겼다. 갑자기 여행을 간다니까 하는 말이지. 별일 없으면 됐고. 그럼 잘 다녀와. 이 정도에서 전화가 끊긴 것은 다행이었다. 계속 감정을 누르기에는 벅찰 만큼 울화가 치밀고 있었다. 내심으로는 온갖 저주를 다 퍼붓고 있었다. 그러나 끝내 참았던 것은 한 가닥 기대가 남아 있었기 때문이었다. 설마 그가 저 어린 것을? 믿을 수가 없었지만 의심을 안 할 수도 없었다. 내 집의 열쇠를 가진 사람은 나와 남자뿐이었으니까.

그가 내 딸에게 한 짓이 분명하다면 어떻게 할까를 고민하기 시작했다. 나는 남자보다 힘도 약하고 머리도 나쁘고 세상일에도 어둡다. 어차피 지는 게임이겠지만 그래도 잘만 궁리하면 치명타 한

대쯤은 그에게 먹일 수 있을 것 같았다. 창문을 열어 달아오른 얼굴을 찬바람으로 식히면서도 나는 궁리에 궁리를 계속했다. 그러나 방법이 떠올랐던 것은 아니었다. 그와 통화를 하는 중에도 신경은 온통 수술실에 쏠려 있었다. 아이의 비명소리가 계속해서 들리는 것 같았다. 귀를 세우고 수술실 복도를 끝없이 오갔다. 그리고 창문을 열어 바람을 맞았다. 비가 오려는지 축축한 바람이 불었다. 병원 창으로 보이는 도시는 잔뜩 웅크린 채로 낮아져 있었다. 남자를 집 안으로 끌어들이게 된 것은 저렇게 축축한 바람과 굵은 겨울비 때문이었다.

탑곡을 내려와 다음 코스인 사천왕사에 다다르자 남산에서는 불지 않던 거친 바람이 불었다. 빈 절터에 바람을 막아줄 것이라고는 아무 것도 없었다. 목이 잘려나간 귀부(龜趺)와 금당터와 목탑의 초석만 남아 있을 뿐이었다. 도리천이라고 믿어지지 않을 만큼 스산했다. 목탑지의 초석에 올라서자 중심을 잡을 수 없을 만큼 바람이 거칠었다. 바람 속에는 비가 묻어 있었다. 버스에 오르기도 전에 왕소금만 한 빗방울이 흩뿌리기 시작했다.

비 때문에 나머지 일정이 취소되어 일찍 숙소로 돌아왔다. 시간이 많아지자 떠나올 때 열이 오르던 아이에게 생각이 미쳤다. 집으로 전화를 했지만 아이는 전화를 받지 않았다. 약을 챙겨두긴 했지만 별의별 생각이 다 들었다. 아이의 기침소리가 계속해서 들리는 것 같았다. 열이 심하게 올라 경기를 하는 모습, 탈진한 채로 쓰러져 있는 모습도 떠올랐다. 마음이 진정되지 않았다. 그때 남자가 생각났다. 당장 내 집으로 가줄 수 있는 사람은 그밖에 없었다. 나는 간절한 마음으로 그에게 부탁을 했다. 내 집은 그의 오피스텔에서 그다지 멀리 떨어져 있지 않았다. 차로 달려가면 10분이면 충분히 도착할 수 있는 거리였다. 그가 찾기 쉽도록 약도를 설명하고 집 주소를 알려 주었다. 생각보다 연락이 빨리 왔다. 효경아, 안심해라. 네 딸은 아주 무사하다. 그의 말 몇 마디에 온몸의 긴장이 다 풀렸다. 지옥에서 천국으로 순간 이동을 한 것처럼 기분이 달라졌다. 잠이 깊이 들었었나봐. 오히려 내가 들어와서 많이 놀랐나보다. 구석에서 울고 있다. 전화 바꿔줄 테니까 네가 달래봐. 근데 효경아, 너는 정말 부자구나. 이렇게 예쁜 딸도 있고. 그의 목소리에는 부러움이 담겨 있었다. 전화를 건네받은 아이는 겁먹은 목소리로 울먹거렸다. 이 세상에서 엄마 다음으로 좋은 아저씨라고 설명하고 또 설명했다. 집에 가면 새로 나온 바비인형을 사주겠다고 말하고 나서야 아이와 전화를 끊을 수 있었다.

처음 들이기가 어려웠지 그는 무시로 내 집을 방문했다. 그는 나보다 아이를 더 많이 챙겼다. 아이도 그를 잘 따랐다. 아빠에게 받아보지 못한 사랑을 그에게서 한꺼번에 받아내려는 것처럼 보였다. 내가 장거리 출장을 떠나는 밤이면 그가 내 집으로 와서 아이와 함께 지내기도 했다. 아이는 밝아졌고 자신을 표현하는 방법이 점점 다양해졌다. 그의 목을 끌어안고 볼을 비비기도 하고 서슴없이 입을 맞추기도 했다. 민망스러울 정도로 아이는 그에게 자주 안겨 살을 비볐다. 그들은 친 부녀보다 더 살가워보였다. 그것이 썩 괜찮아 보였던 것은 아니었다. 그런 내 생각은 아랑곳하지 않고 둘 사이는 더욱 친밀해졌다.

그는 아이에게 자주 선물을 사줬다. 아이는 발자국 소리만 듣고도 그가 오는 것을 알아챘다. 아이는 현관에 서서 벨이 울리기도 전에 문을 열었다. 그런 아이를 그는 몹시 귀여워해줬다. 그는 아이에게 분홍색 원피스와 빨간 구두도 선물했다. 그 선물을 받던 날 아이는 몹시 행복한 모습을 보여줬다. 자 유리 공주님. 잘 맞나 지금 입어봅시다. 남자의 말이 끝나기도 전에 아이는 옷과 구두를 들고 쪼르르 방으로 들어갔다. 내가 그랬던 것처럼 나는 아이에게도 치마를 입혀본 적이 없었다. 아이는 약간 수줍은 듯 치마 자락을 붙들고 나왔다. 공주님, 저하고 춤 한 번 추실까요? 남자가 익살스럽게 포즈를 취한 다음 아이를 안아서 빙그르르 돌았다. 까르르 까르르. 아이가 함박웃음을 터트렸다. 처음이었다. 아이가 그렇게 환하게 웃을 수 있다는 것이 신기할 정도였다. 아이의 웃음소리는 비눗방울처럼 온 방안을 떠다녔다. 그는 몇 바퀴를 더 돈 다음 아이를 내려놓았다. 바닥으로 내려진 아이가 그의 입술에 제 입술을 맞췄다. 볼

에만 하라고 누누이 했던 내 말을 아이는 무시해 버렸다. 그리고 나에게는 눈길도 주지 않고 다시 거울 앞으로 달려갔다. 살짝 무릎을 굽혀보기도 하고 긴 머리를 위로 올려보기도 했다. 그리고 구두를 신은 다리를 들고 춤을 추기도 했다. 바비인형의 다리처럼 아이의 다리는 길었다. 햇볕을 쬐지 못해서인지 실핏줄이 비칠 정도로 피부가 하얗고 투명했다. 아이의 다리는 바지 속에서도 쑥쑥 자라고 있었던 모양이었다. 그의 시선도 나처럼 아이의 다리에 머물러 있었다. 이제는 아이에게 치마도 입히고 원피스도 입혀서 외출을 해야겠다는 생각이 들었다. 그와 내가 아이의 손을 잡고 외출을 하는 것, 그것은 내가 간절히 소망하는 일이기도 했지만 아이가 매일매일 꿈꾸는 일상이기도 했다.

속이 아직도 불편한가 보구나. 약을 사다줄까? 여과지에 커피 분말을 퍼 넣고 있던 그가 말했다. 나는 괜찮다는 말을 하려다 입을 다물었다. 토할 것 같아서 불안했다. 이를 악물자 혀 밑으로 시디신 침이 고였다. 음식 냄새가 역겨운 것이 어지러운 마음 때문이라고 생각했는데 그게 아닌 것 같았다. 전에 경험했던 고통스러운 기억, 즉 아이를 임신했을 때 어렵게 겪어냈던 증세였다. 식욕이 없는데다가 물까지 토했다. 그렇다면…… 여기까지 생각이 미치자 머리가 터질 것처럼 혼란스러워졌다. 또다시 토할 것 같아 화장실로 뛰어갔다. 한참동안 변기를 붙들고 씨름을 했다. 누르스름한 액체를 조금 뱉어냈을 뿐 별로 나오는 것이 없었다. 위는 물론이고 창자까지 뒤집히는 것처럼 고통스러웠다. 물을 틀어 입안을 가시고 세수를 하자 조금은 진정이 되는 것 같기도 했다. 화장실 앞에서 걱정스러운 얼굴로 남자가 말했다.

"체한 거지? 안색이 정말 좋지 않구나. 병원부터 가자."

남자는 바지를 입으면서 나를 채근했다. 나는 괜찮다는 표시로 팔을 내저었다.

"커피나 한 잔 줘요."

커피를 마시면 속이 가라앉을 것 같았다. 그러자 참을 수 없을 만큼 커피가 마시고 싶어졌다. 머그잔 가득 부어준 커피를 허겁지겁 마셨다. 입천장이 데인 것 같았지만 거푸 마셨다. 그가 나를 유심히 쳐다보았다. 걱정스러운 눈빛 같기도 하고 의아한 눈빛 같기도 했다. 나는 그의 시선을 피하지 않고 다 받아냈다. 생각해보면 그의 눈빛을 정면으로 받아낸 적이 거의 없었다. 그의 시선이 닿으면 고개를 들 수가 없었다. 눈을 내리깔고는 명령을 기다리는 하녀처럼 다소곳하게 그의 말을 기다렸다. 그가 그렇게 하도록 강요한 적이 없었는데도 그의 앞에서는 늘 주눅이 들었던 것이다. 그러나 지금 그는 내가 응징해야 할 원수일 가능성이 높았다.

시계를 보았다. 아직 여유가 있었다. 어떤 상황이 벌어지든 간에 경비원은 약속한 시간에 올라와줄 거라고 믿고 싶었다. 무엇부터 말할까? 맨 먼저 왜 내 아이를 망쳤느냐고 물어봐야겠지. 그리고 퇴고가 끝난 그의 원고를 다 삭제했다는 것도 말해야겠지. 세 권짜리 원고가 한꺼번에 날아가 버린 것을 알게 된다면 그의 충격은 어느 정도일까? 미성년자를 성폭행한 파렴치한이라고 학교에 투서를 보낼 거라는 것도 말해야겠다. 이 모든 것을 다 듣고 나면 저 남자는 어떤 반응을 할까? 나를 죽이려고 할 거야. 그러면 내가 먼저 낙지를 자르던 저 칼을 그의 심장에 꽂아야 할까? 아니지 나는 아이를 지켜야 하니까 절대로 죽어서는 안 돼. 그런데 저 남자는 왜 이렇게 천연덕스럽지. 내 생각이 전혀 읽혀지지 않는 걸까?

"잠깐만."

그는 트렁크에서 종이봉투를 꺼냈다. 그 봉투를 식탁 위로 쏟았다.

"네 다리를 더욱 아름답게 만들어줄 스타킹이야. 종류별로 다 있으니까 기분 내키는 대로 골라 신어 봐. 어떤 것이든 최고로 아름다울 거야. 네 다리는 명품 다리니까"

그의 말처럼 스타킹은 문양과 색깔이 다양했다. 그물망, 줄무늬, 꽃무늬, 검은색, 흰색, 은색, 금색…… 나는 열댓 켤레나 되는 스타킹을 양손에 든 채로 물끄러미 쳐다보았다. 나와는 상관없는 물건처럼 아무런 느낌이 없었다. 내가 망사스타킹을 만지작거리자 그가 빙그레 웃었다. 그는 걸치고 있던 트렁크 팬티를 벗어 침대 밑으로 던졌다. 그리고 양팔을 벌렸다.

"우리 너무 오랫동안 굶지 않았냐? 한 달도 더 지났지? 아니지 일 년도 더 지난 것 같다."

젖 달라고 보채는 아이처럼 목소리도 눈빛도 간절했다. 그는 내 아이보다 더 천진한 표정으로 나를 쳐다보았다. 그는 나를 일으켜 침대로 데려갔다. 나는 스타킹 뭉치를 든 채로 이끌렸다. 스타킹으로 그의 목을 조르고 싶다는 충동에 사로잡혔다.

식탁에서 침대까지 겨우 네댓 걸음을 옮겨왔을 뿐인데 현실과 비현실을 구분하지 못할 정도였다. 머리맡에는 흐린 전등이 켜졌고, 벽에는 비천이 내려오고 있다. 천마는 갈기를 세우고 구름 속을 내달리고 있다. 천장에는 무수한 별이 반짝였다. 무한히 확장되는 밤하늘. 우주 공간에 떠 있는 것처럼 도무지 현실감이 없는 풍경이었다. 저 하늘은 가짜다. 속임수에 넘어가서는 안 된다. 나는 스타킹을 움켜쥐었다. 그러나 새삼스러운 일이었다. 처음 이곳을 방문했을 때로 돌아간 느낌이었다. 어쩌면 나와 아이가 겪고 있는 일도 현실이 아닐지 몰랐다. 더 시간을 거슬러 올라 내가 아이를 낳았다는 것, 그 이전 내가 바이크에 열광하는 남자를 사랑했었다는 것, 아니 내가 세상에 태어났다는 것 모두 다른 세상에서 일어났던 일일지도 모른다는 생각이 들었다.

이상하게도 내가 입고 있는 옷들이 수의처럼 느껴졌다. 지금 입고 있는 모든 것들은 그의 저서 〈영원한 미소〉의 계약금으로 산 것들이다. 나는 입고 있는 옷을 하나씩 벗기 시작했다. 금박의 문양이 찍힌 웃옷을 벗고, 광택이 번들번들한 속치마를 벗고, 브래지어를 벗어 던졌다. 가터벨트를 풀고 다리를 미끈하게 조였던 고탄력 스타킹도 벗어버렸다. 고탄력이라고는 하지만 벗어낸 스타킹은 다리통의 흔적이 남아 있었다. 그가 빼낸 콘돔이 그의 페니스를 기억하고 있었던 것처럼. 몸뚱어리도 익숙한 것에 대한 기억을 쉽게 지우지 않는다. 지금 이 순간 그것이 두려워졌다.

나는 침대 한쪽에 내려놓은 스타킹의 포장을 벗기기 시작했다. 남자는 내 다리를 쓰다듬고 어루만지고 핥기 시작했다. 엉덩이와 등허리도 쓰다듬고, 만지고, 비틀고, 핥았다. 그가 그러는 사이 나는 스타킹 포장을 모두 벗겨냈다. 그것들은 가늘지만 짱짱했다. 나는 기다랗고 부들부들하고 매끌매끌한 스타킹을 들고 흔들어보았다. 부피감이 없는 다리들이 허공에서 너울거렸다.

그의 호흡이 가빠졌다. 귓가에 스치는 그의 입김이 뜨거웠다. 그는 나를 돌려세운 다음 끌어안고 누웠다. 그의 아랫도리가 강하게 밀착되었다. 나는 자세를 바꿔 그를 타고 올라앉았다. 눌렀는데도 그는 움직임을 멈추지 않았다. 단단해진 그것이 아랫도리를 벌리고 몸속으로 들어왔다. 순간 아이가 그렸던 뻘건 야구방망이가 떠올랐다. 나는 이를 악물고 호흡을 가다듬었다. 그리고 그에게 말했다.

"지금도 천마를 타고 구름 속을 달리고 있는 기분인가요?"

남자는 헐떡이며 그렇다고 대답했다.

"내 다리를 강제로 훔쳤듯이 내 딸 유리의 다리도 그렇게 훔쳤나요?"

남자는 내 말뜻을 알아채지 못한 것 같았다. 다시 더 큰 소리로 물었다.

"유리의 다리도 욕심이 났었냐고요?"

"뭔 소린지 모르겠네. 가던 길을 계속 가자고."

그는 아랑곳하지 않고 끝을 향하여 박차를 가했다. 그는 절정을 향해 치닫고 있었다. 그 쾌감을 결코 용납할 수 없었다. 그를 벼랑 끝으로 몰아 걷어찰 바로 그 순간인 것이다. 나는 조금 더 큰소리로 말했다.

"당신이 출판사에 넘기려던 그 파일을 내가 모두 삭제했어요. 영원한 미소가 사라졌다니까요."

그의 움직임이 딱 멈췄다. 내 몸을 파고들었던 그의 성기도 순식간에 꺼져버렸다. 그가 눈을 부라리며 물었다. 숫제 비명에 가까웠다.

"파일을 어쨌다고? 설마, 농담한 거지?"

그의 표정이 험악해졌다. 숨소리만으로도 충분한 살의가 느껴졌다. 가슴이 두근거리고 온몸이 떨렸다. 나는 숨도 쉬지 않고 말했다. 당신은 내 딸을 성폭행한 짐승이다. 나를 그랬던 것은 용서했지만 내 딸에게 한 짓은 절대 용서할 수 없다. 그래서 당신이 심혈을 기울여 썼다는 원고를 날려버렸다. 내 딸을 망가뜨린 대가치고는 너무 가볍지 않느냐. 너무 부족한 것 같아 당신이 학자의 양심과 바꿨다는 그 토우들도 내가 부셔버렸다.

내가 말을 마치기도 전에 그의 손이 내 얼굴을 갈겼다. 그리고 그의 발이 내 가슴과 배를 걷어찼다. 나는 쥐고 있던 스타킹으로 그의 목을 감았다. 그리고 힘껏 당겼다. 그러나 내 손은 그의 손에 잡히고 말았다. 이제 그가 스타킹으로 내 목을 감기 시작했다. 가슴과 아랫배의 통증보다 숨이 막혀서 더 고통스러웠다. 목은 더 세게 조여졌다. 눈알이 튀어나갈 것만 같은 시간이 영원처럼 계속되었다. 그때 희미하게 벨소리가 들렸다. 벨소리와 더불어 문을 두드리는 둔탁한 소리도 들렸다. 그러나 다른 세상으로 빨려 들어가는 것처럼 내 의식은 점점 희미해졌다.

내 딸이 누워서 질을 꿰맸던 그 수술실에 누웠다. 발걸이에 발을 올려놓자 저절로 가랑이가 벌어졌다. 형식적으로 입었던 통치마가 훌러덩 젖혀졌다. 백화점 매장에 세워져 있던 마네킹의 다리들이 눈에 선하게 떠올랐다. 그물망, 물결무늬, 나선형, 물방울무늬, 장미무늬, 인동초무늬…… 스타킹을 신은 다리들은 가랑이를 벌린 채 발바닥을 쳐들고 세워져 있었다. 그 다리들은 어느 것 하나 치마를 필요로 하지 않았다. 남자의 침대 위에서 흔들어대던 여러 켤레의 스타킹도 생각났다. 그가 아니었다면 그렇게 많은 종류의 스타킹이 있다는 사실을 나는 알지 못했을 것이다. 내가 치마를 입을 일은 없었을 테니까.

눈을 감는다. 눈을 감아도 온통 다리들만 보인다. 백화점에 세워져 있던 바로 그 다리들이다. 미끈하고 탄력 있는 다리들 사이로 맨다리 한 쌍이 보인다. 실핏줄까지 말갛게 비치던 딸 유리의 다리다. 아이는 남자가 사준 원피스를 입었다. 우리 공주님 다리가 이렇게 길고 매끈한지 몰랐네. 엄마를 닮았나 보구나. 자, 공주님 나 하고 춤 한 번 추실까요? 남자가 아이에게 손을 내민다. 그의 발등에 아이의 다리가 얹어진다. 둘은 뱅글뱅글 돌기도 하고 앞뒤로 움직이기도 한다. 아이의 웃음소리가 솜사탕처럼 풍성하게 부푼다.

정말 우리에게 있었던 풍경이었나? 아니면 내가 만든 환상이었나? 잘 모르겠다. 간호사는 두 팔과 두 다리를 수술대에 묶는다. 그리고 팔에다 링거주사기를 꽂는다.

"마취를 할 거예요."

그녀는 건성으로 중얼거리며 링거 줄에 마취주사를 찔러 넣는다.

"한 숨 자는 동안 수술은 끝날 겁니다."

의사는 가볍게 말한다. 또 다른 유리가 이렇게 사라지는구나! 정신이 아득해진다. 너는 다리만으로도 충분히 행복할 수 있어. 남자가 다리를 어루만진다. 우리는 언제 한 가족이 되지요? 딱딱하고 차가운 그의 몸뚱어리가 가랑이를 벌리고 들어온다. 우리는 가족이 될 수 없어. 네가 망쳐버렸잖아? 어리석은 년 같으니라고……. 그는 자궁 속의 태아와 실랑이를 한다. 절대 용서할 수 없어. 그러나 네 다리는 지금도 필요해. 이윽고 그가 태아를 밀어낸다. 끝까지 버둥거리던 태아가 잘려진 채로 조각조각 질 밖으로 빨려나간다. 남자가 깨끗하게 비워진 자궁의 문을 닫는다. 그리고 마지막 판석으로 천장을 덮는다. 별빛이 모두 사라진다. 내 자궁 속은 오래된 무덤처럼 캄캄해진다.

〈작가세계, 2005, 여름호〉

토르소

✚

　　10분 전, 예정된 시간이 가까워지자 촬영장 분
위기는 오히려 조용해졌다. 뜻밖의 정적에 빠진 촬영장에는 대기
상태인 기기들이 흘리는 미세한 소리마저 도드라질 정도로 조용했
다. 카메라맨을 비롯한 조명팀, 소도구팀 등의 스텝들은 스탠바이
상태로 감독이 나오기를 기다리며 대기 중이다. 미용사와 코디네이
터는 미용 도구와 액세서리를 펼쳐놓은 채 시계를 쳐다보았다. 그
녀들의 얼굴에 약간의 초조감과 짜증이 드리워지기 시작했다. 마치
순간 정지 명령을 받은 것처럼 스텝들은 입을 닫고 움직임을 멈췄
다. 이런 묘한 상황은 사전에 약속된 것도 아니었고 누군가가 강요
한 것도 아니었다. 순탄하게 진행되지 못하게 되리라는 불온한 냄
새를 노련한 스텝들은 동물적으로 맡아낸 것이다.

그 불온한 기운의 정체가 남주리의 부재라는 것을 가장 잘 알고 있는 사람은 에이전시 직원이었다. 그리고 이미 준비를 끝내야 했을 미용사와 코디네이터였다. 또한 순서를 기다리고 있는 나도 마찬가지였다. 그런데 아무도 감독이나 진행담당 스텝에게 그것을 말하지 않았다.

미용사와 코디네이터는 에이전시 직원을 향해 어떻게 된 것이냐고 몸짓과 입모양으로 물었다. 에이전시 직원은 손가락을 입술에 대며 표정을 굳혔다. 표정의 의미는 조용히 하라는 것보다 남주리의 부재를 드러내지 말라는 것으로 해석되었다. 그의 표정은 불안과 초조 그리고 분노로 일그러졌다. 미용사와 코디네이터는 그의 표정을 읽고 고개를 좌우로 흔들며 서로 의견을 교환했다. '에라 모르겠다.'식의 체념과 '정말 별꼴이야.'식의 못마땅한 마음을 그렇게 드러낸 것 같았다. 그러한 분위기는 고스란히 내 몸으로도 스며들었다. 기류가 너무 뾰족해서 온몸의 모공이 조여들었다.

남주리 어떻게 된 거 아냐? 그러게. 제 정신 아닌 것 같지? 그러게. 낮게 소곤거리는 그녀들의 말소리가 정적을 깨고 말았다. 돌부처럼 굳어 있던 스텝들이 '남주리'라는 소리를 듣는 순간 화들짝 깨어난 것이다. 비로소 불온한 그것의 정체를 깨닫게 되자 그들 사이의 기류가 헝클어지기 시작했다. 당황한 에이전시 직원은 디자이너와 스텝을 번갈아 보면서 난처함을 감추지 못했다. 사진작가가

오지 않아서 늦을 것 같아. 나는 간이의자에 엉덩이를 걸친 채로 X에게 문자를 전송했다. 무슨 촬영? 그는 즉각 답장을 보내왔다. 학생용 스타킹. 지금 분위기 엄청 살벌, 끝나면 전화할게. 나는 X에게 학생용 스타킹 화보사진이라고 거짓 문자를 전송했다. 문자 수신을 알리는 진동음에도 신경이 곤두서 스텝들의 눈치를 살폈다. 그때, 벽에 걸린 시계를 보면서 감독이 촬영장으로 나왔다. 나는 재빨리 휴대폰의 전원을 껐다. 세트장으로 나온 감독의 눈이 휘둥그레졌다. 당연한 믿음이 깨진 것에 대한 그의 반응은 즉각적이었다. 그는 다짜고짜 소리부터 질렀다.

"뭐야 이것?"

감독은 스텝들을 휘둘러본 다음 에이전시 직원을 쳐다보았다.

"박 실장, 지금 이 상황이 뭔지 설명해 봐."

"저…… 감독님 그게 저…….”

에이전시 직원은 대답을 하지 못하고 말꼬리만 길게 끌었다.

"준비 끝냈다고 했잖아? 남주리 지금 어디 있냐고?"

감독은 곧 멱살이라도 잡을 기세로 에이전시 직원에게 다가갔다. 그가 죄인처럼 머리를 수그렸다. 그러자 감독은 스텝들을 향해서 소리를 질렀다.

"니들은 뭐하고 있었던 거야? 니들은 뭐하는 놈들이냐고? 메인 모델이 안 왔으면 진즉 나한테 보고를 했어야 하잖아? 그런데 왜?

왜?"

감독의 입에서는 폭탄이 빵빵 터져 나왔다. 그의 표정으로 봐서 아직도 터지지 못한 폭탄이 입 안 가득 들어있는 것처럼 보였다. 스텝들은 엉뚱하게 자신들에게 튄 불똥을 맞고 주눅이 들었다. 그리고 떨떠름한 표정으로 에이전시 직원에게 고개를 돌렸다.

"이 개놈의 자식, 메인 모델이 없는데 어쩌자는 거야. 잡아오든 끌고 오든 지금, 여기에, 있어야 하잖아. 남주리 아니라 광고주 사장의 할애비라고 해도 니들과는 끝이야."

감독의 엄포에 에이전시 직원은 사색이 되었다. 감독이 광고주의 조카라는 것은 알 만한 사람은 다 알고 있는 사실이었다. 계열사의 대부분의 광고가 이 회사에서 제작되고 있는 것도 사실이었다. 에이전시로서는 남주리라는 고가의 상품보다 에이전시의 운명을 걸어야 할지도 모르는 일이었다. 그런 만큼 에이전시 직원은 사지에 내몰린 짐승처럼 쩔쩔맸다. 그렇잖아도 그는 몇 시간 전부터 휴대폰을 붙들고 열을 올렸다. 수도 없이 출입문을 들랑거렸고, 휴대폰이 녹아내릴 만큼 버튼을 눌러댔었다. 또한 어딘가로 전화를 걸어 입에 담을 수 없을 만큼 지독한 욕설을 퍼부었다. 남주리 씨에서 남주리로 다시 그 애가 그 년으로 호칭도 거칠게 바뀌었다. 욕을 먹고 있는 상대가 아랫사람인지 남주리인지 헷갈릴 정도였다. 그는 자신의 부하 직원을 향해 감독보다 더 험한 욕설을 퍼부어댔다. 그러나 그의 기세는 점점 꺾였고 얼굴빛은 하얗게 질려가고 있었다.

"남주리 고 쌍년, z회장을 물었다더니 이제 배가 불러 터진다 이 거지."

감독은 에이전시 직원을 향해 비아냥거렸다. 그가 대놓고 z회장을 들먹였지만 뜻밖이라는 표정을 짓는 사람은 아무도 없었다. 에이전시 직원은 감독의 시선을 피하며 스텝들을 돌아보았다. 그리고 짓눌린 목소리로 말했다.

"죄송합니다. 곧 도착한답니다. 도착하는 대로 빨리 준비를 시키겠습니다. 절대로 촬영에 지장을 주지 않도록 조치를 취하겠습니다. 감독님, 정말 촬영에 지장이 없도록 하겠습니다."

에이전시 직원은 무릎을 꿇다시피 허리를 꺾으며 고개를 조아렸다. 그는 시간을 벌기 위해 안타깝게 매달리고 있었다. 감독은 오만상을 찌푸린 채 담배를 꺼냈다. 에이전시 직원은 재빨리 라이터를 켜서 불을 붙여 주었다. 그의 등짝과 겨드랑이는 축축하게 젖어있었다. 감독은 담배연기를 깊게 빨았다가 천천히 내뿜었다. 그는 허공으로 흩어지는 담배연기를 바라보면서 호흡을 가다듬었다. 눈치를 살피던 에이전시 직원은 묘안이라도 찾아낸 듯이 조심스럽게 말을 꺼냈다.

"시간을 절약하는 차원에서…… 저 애부터 시작하는 것이 어떨까요? 그동안 주리 씨가 도착할 겁니다."

감독은 에이전시 직원의 말을 듣고 어이없다는 표정을 지었다.

"시간 절약 좋아하시네. 그걸 말씀이라고 하시나, 박 실장. 그리고 저 애라니. 당신이 여기 감독이야? 아니면 내 모델이 당신 회사 상품이야? 건방지게……. 당장 남주리를 끌고 오든가 그게 안 되면 아예 집으로 가시든가."

감독은 오금을 박는 것도 모자라 비아냥거리기까지 했다. 에이전시 직원은 도망치듯 촬영장 밖으로 나갔다. 이내 돼지 멱따는 소리를 내지르며 자동차 소리가 멀어졌다. 감독은 소리가 완전히 사라질 때까지 담배연기를 내뿜었다. 그의 표정으로 보아 상황에 대한 정리를 끝낸 것처럼 보였다. 담배를 비벼 끈 그는 디자이너를 데리고 촬영장 한 쪽에 자리한 사무실로 들어갔다. 무릎 위에 있던 촬영 콘티가 바닥으로 떨어졌지만 그는 아랑곳하지 않았다. 그가 사무실로 들어가자 카메라맨들과 조명팀원들이 담배를 한 개비씩 꺼내들고 촬영장 밖으로 나갔다. 그제야 스텝들은 자세를 풀고 깊게 숨을 내쉬었다. 굳었던 자세를 풀고 일어나려 하자 미용사와 코디네이터가 내 어깨를 눌렀다. 그녀들은 약속이나 한 것처럼 동시에 나를 주저앉혔다.

촬영장 분위기가 어떻게 돌아가든 내 불안은 한 가지 뿐이었다. 팬티와 브래지어를 학생용 스타킹으로, CF촬영을 화보촬영으로 X 에게 둘러댄 것이 불안했다. 만약의 경우를 대비해서 수습할 궁리를 하느라 잠시 넋을 놓고 있었다.

"윤설희 준비됐나?"

30여분 만에 사무실을 나온 감독은 다그치듯 소리를 질렀다. 나는 얼떨결에 벌떡 일어났다. 어깨에 걸치고 있던 담요가 바닥으로 떨어지는 바람에 야시시한 속옷차림이 되고 말았다. 서너 시간 전에 디자이너가 입혀준 브래지어와 팬티였다. 스텝들의 시선이 일제히 내 몸으로 쏠렸다. 우……. 그들의 입에서는 일제히 탄성이 터져 나왔다. 그들의 시선은 팬티와 브래지어를 벗겨내지 못해 안타깝다는 듯이 내 몸을 집요하게 훑었다. 나는 시선 둘 곳을 찾지 못해 바닥에 떨어진 담요를 주워 몸을 감쌌다. 감독은 침을 꿀꺽 삼킨 다음 카메라맨을 향해 검지를 치켜세웠다.

"일단 설희부터 가자고. 윤설희 준비됐지?"

감독의 물음에 반사적으로 대답을 한 사람은 미용사와 코디네이터였다. 물론 나는 입을 다문 채 그녀들을 바라보았을 뿐이다. 이 순간 윤설희는 내 이름이 아니라 윤설희라는 기호를 가진 다리와 등 혹은 허리이다. 곧 상품을 효과적으로 걸치고 있는 물체로 인식되고 있는 것이다. 그러므로 감독의 말은 미용사와 코디네이터에게 던지는 명령인 셈이었다.

나는 지금까지 온전한 사람의 모습으로 촬영된 적이 없다. 언제나 팔과 다리 그리고 등허리만 빌려주는 식이었다. 이른바 부분 모델인 셈이다. CF나 화보에 나오는 유명여배우나 탤런트의 팔, 다리, 가슴, 허리, 하다못해 손과 발이 내 몸뚱이의 일부로 합성되었다. 그녀들은 연예뉴스나 인터뷰에서 광고에 나오는 모습이 전부 자신의 것처럼 시치미를 떼거나 능청을 떨었다. 간혹 그녀들의 팔과 다리가 가짜라는 사실을 찾아내는 네티즌들 때문에 곤혹스러워하기도 했지만 그것을 인정하는 사람은 없었다. 어쨌건 나는 상관할 마음이 없다. 사실 X가 허용하는 것도 딱 여기까지다. 내가 온전한 모습으로 상품이 되는 것을 그는 결코 원하지 않는다.

카메라의 시선은 스텝들의 시선보다 더 집요하게 내 가슴을 훑고 핥았다. 그것이 감독을 대신한 카메라맨의 시선이다. 브래지어보다 브래지어가 감싸고 있는 가슴, 팬티가 아니라 팬티를 입고 있는 엉덩이에 초점을 맞추고 있는 것이다. X가 이 현장을 본다면 뒷목을 잡고 넘어질 일이다. 감독과 스텝들 앞에서 맨몸이나 다름없는 상태로 촬영을 할 것이라고 그는 상상도 못할 테니까. 그러니 학술 발표회가 촬영 날짜와 겹친 것은 참으로 다행스런 일이 아닐 수 없다.

"컷."

감독은 간단명료하게 내 몫의 촬영이 끝났음을 알렸다. 그가 별다른 까탈을 부리지 않은 것으로 미루어 마네킹의 물성과 인간의 유연함 사이를 무난하게 해낸 것 같다.

"수고하셨습니다."

나는 감독과 스텝들에게 의례적인 인사를 하고 탈의실로 향했다. 어서 빨리 내 몸에 달라붙어 있는 감독이나 스텝들의 시선을 탈탈 털어버리고 싶었다. 분장실 안에는 검붉은 드레스가 남주리를 기다리고 있었다. 이태리 유명 디자이너의 작품이라는 바로 그 드레스였다. 나는 문을 열고 촬영장을 살펴보았다. 분장실 쪽으로 시선을 주는 사람은 아무도 없었다. 나는 문을 걸어 잠근 다음 드레스를 입었다. 내가 아닌 것처럼 매혹적인 모습이었다. 매무새를 가다듬지도 않았는데 숨이 막힐 지경이었다. 긴장감과 함께 묘한 쾌감이 전신으로 번졌다. 갑자기 분장실 쪽으로 다가오는 발자국 소리가 들렸다. 도둑질을 하다 들킨 것처럼 가슴이 벌렁거렸다. 허둥지둥 드레스를 벗었다. 중심을 잃고 옷자락을 밟고 말았다. 아찔했다. 팔, 다리, 허리, 가슴, 엉덩이를 한꺼번에 잘라 판다고 해도 살 수 없는 고가의 드레스가 아닌가. 나는 드레스 상태를 살펴보지도 못하고 재빨리 옷걸이에 걸쳐놓았다.

가까워졌던 발자국 소리는 다른 쪽으로 멀어졌다. 가슴을 쓸어내렸다. 다리가 후들거려 털썩 주저앉고 말았다. 존재감도 없이 기타로 분류되고 있다는 사실이 씁쓸했다. 정말이지 이런 느낌은 처음이었다. 그러자 몹시 배가 고팠다. 감독의 요구대로 사흘 동안은 거의 굶다시피 했다. 우유 한 컵과 토마토 한 개가 하루치의 식사였다. 어제는 아예 물만 마셨다.

빨리 집으로 가서 씻고 싶었다. 그런 다음 X가 끓여주는 크림수프와 따끈하게 덥힌 호밀빵을 통째로 들고서 뜯어먹고 싶었다. 인정하고 싶지 않지만 나는 생계형 모델이 아닌가. 그래, 다 먹고 살자고 하는 일이다. 오늘 내 수고로 얼마간 X의 짐을 덜어줄 수 있다. 종종거리다 죽어간 엄마도, 연인의 기대를 외면했던 X도 따지고 보면 먹고 살기 위해서 덫에 치었던 것이라고 나는 애써 이해한다. 다만 엄마는 대놓고 돈돈하며 하루살이처럼 일당에 목을 맸고 X는 고고학자라는 명분보다 교수직을 잃지 않기 위해서 전전긍긍했을 따름이다. 그렇게 스스로를 위로하자 일어설 힘이 생겼다.

X의 손길과 음식 냄새를 떠올리자 마음이 더 없이 급해졌다. 카터벨트를 풀고 스타킹을 벗었다. 티팬티를 벗고 밑구멍을 가린 테이프를 떼어낸다. 한쪽 끝만 들어 올렸는데도 터럭이 우두둑 뽑혔다. 정말 '젠장할'이다. 접착력도 좋고 피부처럼 보드라운 인조피부도 있다던데 코디네이터는 내게 그런 친절을 베풀지 않았다. 기타로 분류되는 조연들에게 그녀나 그녀들은 대놓고 차별을 했다. 반면 메인모델에게는 하녀처럼 굽실거렸다.

아무튼 사타구니와 밑구멍을 가린 채로 옷을 입을 수는 없는 노릇이다. 하나 둘 셋. 나는 눈을 질끈 감고 테이프를 단번에 떼어냈다. 눈앞에서 수십 개의 불꽃이 튀었다. 눈 앞에서 폭죽이 터진다 해도 이 만큼 따갑고 뜨겁지는 않을 것이다. 테이프에는 불두덩에서 뽑힌 터럭이 새까맣게 붙어있었다. 면도칼에 밀리고 테이프에 터럭이 뜯겨나간 불두덩이 몹시 화끈거렸다. 팬티를 입으려는데 코디네이터가 들어왔다.

"아, 왕짜증. 벌써 테이프를 뗐어요? 일단 감독님에게 빨리 가 봐요."

코디네이터는 바지의 지퍼를 채 올리지도 않았는데 내 등을 떠밀며 다그쳤다. 촬영장 분위기는 예상했던 대로 살얼음판이었다. 감독과 카메라맨은 팔짱을 낀 채로 모니터를 바라보고 있고 디자이너는 죽을상을 한 채로 통화를 하고 있었다. 통화를 끝낸 디자이너는 난감한 표정을 감추지 않았다. 감독은 나를 힐긋 보고는 이내 디자이너를 바라보았다.

"정말이네. 남주리가 Z회장과 함께 해외로 날랐다네요. 우씨, 이런 개 같은 경우가 있나. 우리 회사가 밥을 먹인 게 몇 년쨌데."

감독은 디자이너를 바라보며 다독거리듯 말했다.

"아무리 자네가 남주리를 원해도 그 년은 이미 물 건너갔다니까. 차라리 잘 됐지 뭐야. 내일이면 매스컴에 쫙 퍼질 텐데 어쩔 뻔했어. 하마터면 물 말아 먹을 뻔했잖아. 그만 고집부리고 차선책 응? 내 비상카드로 갑시다."

코디네이터가 그들의 대화를 자르고 끼어들었다.

"윤설희 씨 데려왔는데요."

그제야 디자이너는 나를 바라보았다. 그녀는 어쩔 수 없다는 표정으로 나를 아래위로 훑어보았다. 그러나 썩 내키지 않는다는 표정으로 내 이름을 확인했다.

"서리? 설희? 서리든 설희든 어감은 별로네. 너무 썰렁하잖아."

디자이너는 별 다른 이유를 대지 않으면서 내 이름으로 꼬투리를 잡았다. 어떤 상황이 벌어지고 있는지 감이 잡혔다. 메인 모델의 행운이 한 발작 앞으로 바짝 다가와 있었다. 분장실에 걸린 드레스가 어른거렸다. 웃음이 새어나오는 것을 애써 밀어 넣었다.

⚜

감독은 사무실 안으로 들어서기 무섭게 나를 문짝으로 밀어붙였다.

"내가 지금 너에게 날개를 달아주려고 하거든. 무슨 뜻인지 알지?"

그는 두 손으로 내 어깨를 찍어 누르면서 내게로 얼굴을 바짝 들이댔다. 그의 입에서 역한 담배냄새가 풍겼다. 나는 고개를 외로 꼰 채로 말했다.

"여쭤봐야 하는데요."

감독은 가당찮다는 듯이 말을 받았다.

"이 녀석 정말 웃기네. 너 지금 나와 밀당을 하자는 거냐?"

"그래도 순서라는 게 있잖아요? 두 분이서 약속한 것도 있고……."

"간단하게 대답해. 할 거야, 말 거야?"

그의 말투는 여지를 용납하지 않았다. 자칫하면 문밖까지 와 있는 행운이 달아날 것 같아 불안했다. 나는 눈을 질끈 감은 채로 대답했다.

"할 겁니다."

"그렇겠지. 얌마, 네 아버지의 말을 액면 그대로 믿었던 게 아냐. 개뿔, 무능한 선생의 자존심을 슬쩍 추켜세워 준 것뿐이었다고. 내 세울 거라고는 너 하나 밖에 없는 것 같아서 말이야. 다시 말하는데 내게는 순진한 척 연기하지 마라. 네가 산전수전 다 겪은 계집애라는 것쯤은 이미 짐작하고 있으니까. 짜식, 농익은 네 몸뚱이가 다 증명하고 있잖아."

감독은 X와의 약속을 처음부터 지킬 생각이 없었던 것 같았다. 온갖 욕들이 입안에서 뱅뱅 돌았지만 꿀꺽 삼켰다. X의 자존심을 세워주지 못하고 그가 던진 빵을 덥석 물어버린 자신에게 화가 났다.

사실 내게 처음 다리모델을 권유한 사람은 바로 감독 자신이었다. 그는 X에게 간청하다시피해서 촬영 허락을 받아냈다. 그날 감독은 모델 헌팅을 위해 백화점 구두매장을 도는 중이었단다. 처음으로 숙녀화를 신어보던 날이었다. 유심히 내 다리만 지켜보는 남자가 있었는데 그가 바로 감독이었다. 그의 제의를 받은 X는 몹시 화를 냈다. 반면에 나는 누군가가 내 다리에 욕심을 낸다는 사실이 신기했다. 특히 모델료를 받을 만큼 내 다리가 특별하다는 사실이 기뻤다. 좀 더 솔직히 말하자면 나는 돈을 벌고 싶었다. 선뜻 구두 한 켤레를 사줄 수 없을 만큼 X의 통장은 바닥이 난 상태였다. 오래 전에 혐의가 벗겨졌는데도 그는 학교로 돌아가지 못했다. 학교로 돌아가 제자를 길러내는 것보다 당장 나를 치료하고 보살피는 것이 더 중요한 일이었다고 그는 말했다. 그러나 그것은 어린 내게도 핑계처럼 느껴졌었다.

아동 성폭행 범이라는 그의 혐의는 오래지 않아 벗겨졌다. 그는 내가 성폭행을 당했던 그 시각에 중국에서 열린 학술 발표회에 참석 중이었다는 것이 확인되었다. 경찰은 옆집에 사는 고등학생을 내 앞에 데려왔다. 그들은 '이 학생이 맞지?' 라고 내게 물었고 나는 온몸을 바들바들 떨며 오줌을 지렸다. 나는 일곱 살이었고, 그래서 무서웠고, 꿰맨 질이 너무 아팠다. 엄마는 괴성을 질러댔다. 윤 박사가 아니라 네 놈이었단 말이야? 세상에 내가 무슨 짓을 한 거야. 내가 생사람을 잡았단 말이지? 엄마는 옆집 오빠의 멱살을 잡고 흔들었다. 경찰이 떼어내지 않았다면 엄마는 그의 목을 졸랐거나 물어뜯었을지도 모른다. 엄마 눈빛이 그렇게 무서운 적은 한 번도 없었다.

경찰이 옆집 오빠를 끌고 나가자 나는 식탁 밑으로 기어들어가 웅크리고 앉았다. 현관문이 닫히는 소리와 함께 엄마는 바닥으로 쓰러졌다. 쓰러지면서 엄마의 머리는 식탁 모서리에 부딪혔다. 엄마의 머리에서 피가 흘러나왔다. 입에서는 바글바글 거품이 일었고 눈이 하얗게 뒤집어졌다. 피는 계속 흘러 내가 앉아 있는 곳까지 번졌다. 나는 피를 손가락으로 찍어서 엄마의 얼굴을 그렸다. 피가 더 많이 고였다. 나는 엄마의 얼굴 옆에 X의 얼굴을 그렸다. 그리고 또 그렸다. 그래도 그는 오지 않았다. 핏물이 발을 적셨다. 나는 자리를 좁혀가며 안쪽으로 더 기어들어갔다. 누군가 벨을 눌렀지만 엄마는 일어나지 않았다. 다음날도 그 다음날도 마찬가지였다. 몇 날이 지나자 더 이상 벨은 울리지 않았고 현관을 두드리는 사람도 없었다.

아무리 기다려도 엄마는 식탁 밑에 있는 나를 불러내지 않았다. 밥도 주지 않았고 자장가도 불러주지 않았다. 가려워서 죽을 것만 같은 몸을 긁어주지도 않았다. 잇몸이 간질거렸다. 나는 들고 있던 바비인형을 물어뜯었다. 잇몸은 시원해지지 않았다. 머리를 뜯어내고 팔과 다리를 찢고 목을 비틀었다. 몸통만 남은 바비인형을 물어뜯고 또 물어뜯었다. 그래도 엄마는 알은 체를 하지 않았다. 어둠이 엄마를 덮었다. 엄마의 얼굴이 궁금해졌다. 나는 식탁 밑에서 기어 나왔다. 그리고 엄마를 흔들어 깨웠다. 그러나 그녀는 일어나지 않았다. 나는 벅벅 긁기 시작했다. 피가 나고 딱지가 앉고 다시 피가 났다. 화장실로 가는 것도 귀찮아서 오줌과 똥을 앉은 채로 쌌다. 피 냄새와 지린내, 똥 냄새가 범벅이 돼서 집안을 가득 채웠다. 엄마 몸에서도 지독한 냄새가 나기 시작했다. 나는 냄새가 너무 고약해서 숨을 쉴 수가 없었다. 다시 식탁 밑으로 기어 들어가 코를 막았다.

이 집 안에서 시체 썩는 냄새가 나요. 갈수록 지독해지고 있다니까요. 여자 목소리에 이어 우렁우렁한 남자 목소리도 들렸다. 이윽고 문에서 요란한 소리가 들렸다. 그리고 현관문이 열렸다. 햇빛이 한꺼번에 쏟아져 들어왔다. 눈을 뜰 수가 없었다. 이어서 많은 발들이 우르르 집안으로 들어왔다. 그들은 코를 싸쥐고 비명을 질렀다. 구둣발과 운동화발들이 거실과 방으로 들락거렸다. 나는 알 수 없는 또 다른 공포에 사로잡혔다. 식탁 밑에서 끌려나온 나는 엄마를 들것에 옮기려는 그들의 팔을 물어버렸다. 그러나 그들은 나를 엄마에게서 떼어낸 다음 들것을 들고 나가버렸다. 그리고 그들 중 한 명이 나를 이불로 싸서 차에 태웠다. 엄마를 실은 차는 요란한 소리를 내며 멀어졌고 나를 태운 차는 다른 방향으로 달려갔다. 엄마와는 그것이 끝이었다.

나를 데려간 사람은 알 수 없는 아이들 속에 나를 버려두고 떠났다. 나는 알 수 없는 그곳의 구석에서 밤낮으로 몸을 긁어댔다. 나는 야행성 짐승처럼 어두운 곳으로 들어가 피딱지가 굳을 새도 없이 긁고 또 긁었다. 그때 구원병처럼 X가 나타났다. 그가 얼마나 반가웠는지 아무도 헤아릴 수 없을 것이다. 그것은 죽을 때까지 결코 잊을 수 없을 만큼 고맙고 소중한 기억이 되었다.

나는 그의 품에 안겨 목이 쉬도록 울었다. 안도의 울음이었다. 그는 내 몸을 보고 기겁을 했다. 하나씩 옷을 벗기는 그의 손이 떨렸다. 뜨거운 눈물방울이 내 몸 위로 무수히 떨어졌다. 눈물이 떨어져 상처에 닿았지만 조금도 아프지 않았다. 급기야 그는 꺼이꺼이 목을 놓았다. 먼 길을 헤매다 만난 사람들처럼 우리는 서로를 붙들고 그렇게 울고 또 울었다. 아마 평생 울어야 할 눈물을 그때 다 흘려버렸는지도 모르겠다. 내 몸의 상처를 아물게 했던 것은 그의 눈물이었다고 나는 확신한다. 그의 눈물 역시 어떤 상황이 생겨도 그를 배신할 수 없는 이유가 되었다.

감독의 말이 틀린 것은 아니다. 나는 스무 살이고 자신에 대한 결정권을 행사할 수 있는 어른이 된 것이다. 아주 먼 곳에 있던 행운이 잡힐 듯 가까워졌다. 정신을 바짝 차리지 않으면 이 행운은 나를 비껴갈지 모른다. 나는 그 어떤 때보다 더 낮은 자세로 감독을 바라보았다. 콘티에 그려진 메인 모델의 그림이 하나하나 선명하게 떠올랐다. 고급 액자 속의 우아한 여자. 마치 명화 속 귀부인의 모습 같았다. 그 고급 액자 속으로 내가 들어갈 수도 있다고 생각하니 가슴이 두근거렸다. 사실 메인 모델에 대한 욕심이 없었던 것은 아니다. 당구장 표시로 요약된 메모에는 '상류층을 겨냥한 고급 란제리 룩에 중점을 둘 것'이라고 적혀 있었다. 상류층이라든가, 고품격이란 단어는 매우 낯설게 느껴졌다. 함부로 들여다볼 수 없는 금단의 영역처럼 느껴져서 오히려 그 영역으로 들어가고 싶어졌다. 제발 저에게 날개를 달아주세요, 네. 나는 간절한 눈빛으로 감독을 바라보았다. 그는 내 마음을 환히 꿰뚫고 있다는 듯이 말했다.

"그래, 당연히 가야지. 날개가 돋기 시작했는데 날아봐야 할 거 아냐. 내가 날개를 활짝 펼 수 있도록 만들어 줄 거야. 임마, 이 세상에 돈을 이길 장사는 없다. 명예도 명분도 다 그 다음이야. 내 말이 진리란 걸 부인할 수 없을 걸."

감독은 나를 세게 끌어안았다가 풀어주었다. 그리고 미용사와 코디네이터를 불렀다.

"남주리의 컨셉이 뭔지 알지? 컨셉에 맞게 설희를 완벽하게 포장해."

감독은 친절하게 내 팔을 끌어 미용사에게 넘겨줬다. 그리고 담배를 빼어 물고는 촬영장으로 나갔다.

분장을 끝내자 코디네이터는 메인 모델에게만 쓰는 인조 피부를 꺼냈다. 그녀는 쭈그리고 앉은 다음 내 다리를 벌리고 터럭을 밀었다. 순식간이었다. 내 아랫도리는 마네킹의 그것처럼 민숭민숭해졌다. 그녀는 가랑이를 인조피부로 꼼꼼하게 가렸다. 내 손도 아니고 X의 손도 아닌 누군가의 손이 내 사타구니와 성기 주변을 함부로 더듬고 문지르고 있었다. 온몸으로 소름이 끼쳤다. 하마터면 그녀를 걷어찰 뻔했다. 야구방망이가 뚫고 들어오는 것 같았던 그날의 통증이 생생하게 살아났다. 지옥의 저주가 풀렸다고 해서 생살이 찢어지던 그날의 기억이 지워진 것은 아니었다.

엄마가 출장을 가고 없는 그 지루한 시간을 간간히 채워준 사람은 옆집 오빠였다. 그는 나와 소꿉장난도 했고 병원놀이를 하면서 놀아줬다. 그는 언제나 의사였고 나는 환자였다. 환자는 의사의 말을 거역해서는 안 된다고 했다. 옷을 벗는 것이 부끄럽고 불편했다. 그러나 벗었다. 빈집에 혼자 있는 것보다 그렇게라도 누구와 함께 있는 것이 더 나았다. 그는 장난감 청진기로 가슴을 더듬었고 주사기로 엉덩이와 허벅지를 찔렀다. 나는 간지러워서 키득키득 웃었다. 그러자 그는 내 팬티를 벗기려했다. 나는 싫다고 울었다. 내가 울자 그는 내 입을 막았다. 그는 주머니에서 바비인형을 꺼냈다. 몹시 갖고 싶은 인형이었다. 그가 바비인형을 내 손에 쥐어 주었다. 그는 내가 인형에 눈을 팔고 있는 사이 바지를 벗었다. 유리야 이것 봐. 내가 마술을 보여줄게. 그는 가쁜 숨을 내쉬며 말했다. 그가 가랑이에서 꺼낸 것이 무엇인지 알아볼 새도 없이 나는 지옥으로 떨어지고 말았다. 그가 벌인 마술은 내 가랑이를 찢어 짓이긴 다음 나를 세상 끝으로 밀어버리는 것이었다.

"설희 씨, 왜 이렇게 다리를 떨어요?"

코디네이터가 내 허벅지 사이에 넣었던 손을 빼며 물었다. 그녀에게 대답해줄 말은 아무 것도 없었다. 내 허벅지와 사타구니에 함부로 손대지 마세요. 그렇게 말할 수 있는 상황도 아니었다. 그녀는 허리를 펴고 일어나 짜증스럽게 말했다.

"설희 씨, 새삼스럽게 왜 그래. 다리모델 많이 했다면서? 알아서 다 밀고 나왔으면 좋았잖아."

코디네이터는 내 얼굴과 등에 솟은 땀을 닦고 파우더를 바르면서 짜증을 냈다. 입안이 바짝바짝 말랐다. 내게는 아무 일도 일어나지 않았어. 계속 주문을 외웠지만 쉽게 주술에 걸리지 않았다. X의 손을 떠올렸다. 하얗게 지워졌던 눈앞의 풍경이 선명해졌다. 서서히 입안에 침이 고이기 시작했다. 다리에 힘을 주고 섰다. 그리고 스트레칭을 하듯 다리를 이쪽과 저쪽으로 올렸다 내리기를 반복했다. 다리를 들어 올릴 때마다 앞뒤 밑구멍이 가려진 민숭민숭하고 해괴한 가랑이가 거울 속에 비쳤다. 마네킹의 가랑이 딱 그 형상이었다. 코디네이터는 아랑곳하지 않고 실리콘으로 만들어진 브래지어를 내 가슴에 씌웠다. 투명한 실리콘 브래지어는 가슴에 착 달라붙었다. 건네준 티팬티를 입자 그녀는 내게 드레스를 입혔다.

카메라 앞에 서자 오히려 한기가 사라졌다. 턱을 들고 시선을 살짝 아래로 깔았다. 고급 액자 속의 주인공이 되었다는 주문을 걸었다. 내 몸은 감독의 요구에 충실하게 움직였다. 감독은 내게 미소를 지으라고 명령했다. 그것은 매우 어려운 주문이었다. 수많은 종류의 웃음이나 미소가 있다지만 내가 표현할 수 있는 것은 거의 없었다. 그날 이후 웃어본 적이 없기 때문이었다.

"아, 그림 안 나오네. 도대체 너는 미소가 뭔지도 모르니? 자, 자, 행복한 생각을 해봐. 아니다. 간절히 원하는 남자를 유혹한다고 생각해 봐."

감독은 자신이 원하는 표정을 찾아내기 위해서 이런저런 상황을 떠올리게 했다. 나는 X를 떠올렸다. 뜻밖의 풍경이 그려졌다. 일곱 살에 가봤던 X의 방이다. 그 방에는 하늘을 날고 있는 천마와 비파를 뜯으며 비천들이 날고 있었다. 천장 가득 별이 반짝였다. 나는 천마를 타고 그와 함께 하늘을 날고 있다는 상상을 했다. 감독은 헛기침을 했지만 별다른 지적을 하지 않았다. 나는 그가 주문하는 대로 몸을 움직였고 눈앞에 그려지는 풍경을 좇았다. 감독은 자신이 원하는 그림이 나올 때까지 같은 포즈를 여러 번 주문했다.

"좋아, 몽환적인 그 표정. 그래 웃지 마라. 미소도 짓지 마라. 절대로 아무런 표정도 만들지 말고 네가 떠올리는 그것에 몰입하도록."

감독은 화를 내는 것도 아니고 격려를 하는 것도 아닌 애매한 주문을 계속했다. 컷 사인이 나지 않았기 때문에 내 생각은 오래 전 그 방에 계속해서 머물렀다.

"그래, 역시 넌 뒷모습이 최고다."

갑자기 뒷모습이라니. 뜻밖이었다. 감독은 내 표정과 뒷모습을 동시에 느끼고 있었다는 말이 아닌가. 감독의 말대로 뒷모습으로 하는 연기는 뭐든지 자신이 있었다. 뒷모습의 언어는 L주조 광고를 찍으면서 이미 습득한 터였다. 그때 나는 뒷모습을 팔아먹고 있었다. 가장 진실한 표정은 뒷모습에 있다. 그것은 만들어지거나 포장된 것이 아니다. 감독은 촬영이 끝날 때까지 같은 말을 반복했었다. 그러나 지금은 다르다. 나는 온전한 내 모습을 찾아가고 있는 중이다.

✢✢✢

물기가 뚝뚝 떨어지는 머리카락을 수건으로 감싸며 방안으로 들어선다. 방안은 겨우 사물을 분간할 수 있을 만큼 밝다. 침대 머리맡에는 조도가 낮은 오렌지 빛깔의 전등이 켜져 있고 책상 위에는 허브향이 나는 작은 촛불 한 개가 켜져 있다. 이동식 탁자에는 마사지오일과 카모마일 오일 그리고 보디로션이 준비되어 있다. 허브향과 아늑한 불빛과 X가 수호신처럼 서 있는 이곳은 내가 차지한 엄마의 방이다. 나는 그가 기다리고 있는 침대 위로 올라간다.

머리카락을 말리지도 못했는데 피곤이 몰려온다. 생각 같아서는 이대로 잠들어도 괜찮겠다. 그러나 X의 손길을 거절할 수 없다. 이런 순간 그의 표정은 엄격하고 단호하다. 절대로 거역해서 안 된다는 것을 나는 알고 있다. 이 작업은 나를 위한 작업이지만 동시에 그를 위한 시간이기도 하다. 내 몸뚱어리를 온전하게 그에게 맡기는 이 시간을 그가 얼마나 기다리고 있는지 나는 잘 알고 있다.

나는 마른 수건으로 머리카락을 감싸 묶은 다음 침대 위에 엎드린다. 똬리를 틀고 들어앉았던 피로가 온몸의 퍼져나간다. 특히 어깨는 쇳덩어리를 놓은 것처럼 무겁다. 허리는 실컷 두들겨 맞은 것처럼 쑤신다. 무거운 추를 달고 있는 것처럼 다리도 무겁다. X의 손이 등판을 쭉 훑는다.

"이런, 이런……."

X는 혀를 끌끌 찬다. 하루 종일 무거운 등짐을 지어 나른 것처럼 근육들이 뭉쳐 있다고 한다. 그럴지도 모른다. 나는 조각조각 흩어졌던 내 몸을 완성시키려고 애를 썼다. 그것은 감독이 원했던 그림이었다. 게다가 오늘은 머릿속까지 복잡했다. 촬영에 몰입한 시간은 괜찮았지만 그 외의 시간은 오직 한 가지 생각뿐이었다. 어떻게

말할까. 그가 화를 내면 어떡하지. 허락도 없이 저질러버린 일들을 어떻게 수습할 것인가에 신경을 쓰느라 머리에 쥐가 날 정도였다.

디자이너는 며칠 내로 란제리 화보가 전국 매장에 쫙 깔리게 될 거라고 했다. 오늘 촬영한 CF도 창립기념일에 맞춰 공중파를 타게 된다고 했다. CF와 란제리 게다가 뒷모습이었지만 술 광고까지. 이 모든 것을 X가 알게 되면 호되게 경칠 일이었다. 그는 CF모델을 권유하는 감독에게 어림도 없다며 단호하게 거절을 했었다. 이유는 간단했다. 얼굴을 드러내는 순간 세상 사람들의 시선을 피할 수 없다는 것이었다. 그리고 모델이 되고 싶다는 내게 말했다. 세상 사람들은 너를 가만두지 않을 거다. 무덤에 있는 네 엄마도 불러내서 욕을 보일 것이다. 나는 그의 염려가 지나치다고 생각했지만 우리의 삶이 소용돌이에 휩쓸리는 것은 두려웠다. 아동 성폭행 피의자였던 남자와 피해 당사자였던 아이가 아버지와 딸로 가족을 구성했다. 아이의 엄마는 그 남자와 연인관계였다. 나아가 그 아이는 엄마의 남자를 사랑하고 있다. 그가 걱정하는 것처럼 누군가가 우리 사이를 추적한다면 이보다 더한 삼류 소설이거나 막장 드라마를 만들어 낼 것이다. 그러나 그것보다 절박한 것은 일상이었다. 연체된 대출이자와 일용할 양식이 고갈된 텅 빈 냉장고와 시동도 제대로 걸리지 않는 낡은 자동차. 예상되는 불행한 사태보다 당장 해결해야 하는 일상이 내게는 더 중요했다. 세상으로 당당히 걸어 나오지 못한

쪽은 내가 아니라 그였다.

X는 마사지오일을 어깨와 등 그리고 허리에 바른다. 콧구멍이 뻥 뚫린 것으로 보아 카모마일 오일도 몇 방울 섞은 것 같다. 온몸의 힘을 빼고 눈을 감는다. 한쪽 팔이 침대 아래로 덜렁거리자 그는 팔을 들어 올려 허리 옆에 가지런히 놓는다. 그의 작업은 한 시간 이상 걸릴 것이다. 십 년 넘게 계속되는 일이어서 머리통은 몇 분, 어깨는 몇 분, 허리는 몇 분, 또 다리는 몇 분 동안 진행될지 대충 짐작할 수 있다. 아마 어깨의 근육을 푸는 동안 나는 잠속으로 빠져버릴 것이다. 그는 여느 때보다 더 천천히 그리고 세심하게 목 근육부터 풀기 시작한다. 손끝이 닿는 곳마다 통증이 느껴진다.

"뒷목 근육이 많이 뭉쳤구나."

그는 머리카락을 모아 묶은 수건을 풀었다. 아직 물기가 많이 남아 있는 머리카락이 아래쪽으로 쏟아진다. 그는 마른 수건으로 머리카락의 물기를 닦아낸다. 어느 정도 물기가 걷혔다 싶은지 두 손으로 머리카락을 헤집는다. 그리고 머리통을 꾹꾹 누르기 시작한다. 지끈거리던 머릿속이 조금씩 시원해진다.

"너무 무리를 했구나. 안 되겠다. 이제 그만 하자."

란제리 화보를 찍었고 CF까지 촬영을 했다고 당당하게 말하고 싶었지만 준비했던 말을 꿀꺽 삼켜버린다. 지금 이 편안한 분위기를 망치고 싶지가 않다. 터져야 할 일은 결국 터질 것이고 맞아야 할 때도 피할 수 없을 것이다. 하지만 아직 닥치지 않은 현실이다. 게다가 CF가 전파를 탈 즈음이면 지금까지 받아본 적이 없는 액수의 돈이 통장으로 입금될 것이다. X가 차를 바꾸고 연체된 대출금도 갚을 수 있을 만한 액수다. 그러므로 긍정적으로 생각을 고쳐먹는다. 아직 닥치지 않은 고통이나 걱정까지 가불할 필요가 없지 않은가.

요술을 부린 것처럼 그의 손길은 부드럽고 시원하다. 복잡하게 헝클어졌던 생각들도 가지런해졌다. 딱딱한 머리통이 젤리처럼 말랑말랑해지고 투명해진 것 같다. 머리통처럼 생각도 그렇게 말랑말랑해지면 좋겠다. 그가 머리를 만져주면 정말 기분이 좋아진다. 잠을 자지 못하고 뒤척이거나 두통을 앓을 때 그의 손가락은 수면제가 되기도 하고 진통제가 되기도 한다. 뭔지 모르게 답답하고 우울할 때, 도대체 풀리지 않은 수학 문제를 놓고 끙끙거릴 때도 마찬가지였다. 몸은 물론이고 생각까지 그의 손에 맡기면 저절로 제 자리를 찾아간다. 머리에서 내려온 손가락들이 뒷목에서 부드럽게 움직이고 있다. 경락을 찾아서 일일이 눌러주는 것이라나. 오일을 덧바른 손이 목덜미를 지난다. 회전목마를 타고 있는 것처럼 아찔아찔하다.

놀이공원을 처음 데려간 사람도 그였다. 놀이공원은 동화 속처럼 환상적이었다. 머릿속에서만 상상했던 그 신기한 나라가 바로 그곳

에 있었다. 울긋불긋, 번쩍번쩍, 쑤와와 쑤와와, 휘이잉 휘이잉
……. 그 어떤 수식어로도 표현할 수 없다. 그에게 안겨 회전목마를
탈 때의 기분은 환상 그 자체였다. 내 등짝이 그의 가슴팍으로 스며
드는 것 같았다. 그의 체온이 내 등짝을 적시고 서서히 온몸으로 퍼
져나갔다. 등뼈를 꿰고 있던 두려움과 추위가 스르르 빠져나가는
것을 느낄 수 있었다.

그의 양손은 목을 지나 양어깨를 쓸어내린다. 내 어깨에 얹혀 있
던 피로가 털려 나간다. 깃털처럼 온몸이 가벼워진다. 나는 내 몸뚱
이를 벗어난다. 이제 곧 잠 속으로 빠져들 것이다. 그의 숨소리가
가물가물하게 멀어진다. 효경아, 낮은 탄식이 들린다. 그가 내 허벅
지에 얼굴을 묻고 있다. 효경아, 그의 목소리는 축축하고 뜨겁다.
뜨거운 입김이 점점 위로 올라온다. 손으로는 종아리를 쓸어 올린
다. 저릿저릿한 느낌이 사타구니에 모인다. 발가락에서부터 머리카
락까지 온몸이 쩌릿쩌릿하던 느낌. 이런 느낌이 언제부터였더라.
초경이 시작될 무렵으로 기억한다. 효경아 사랑해. 나는 잠결에 탄
식처럼 읊조리는 X의 목소리를 들었다. 그의 목소리와 손은 열병을
앓고 있는 환자처럼 뜨거웠다. 나는 엄마가 아니라 유리라고 아니
설희라고 말하고 싶었지만 참았다. 그리고 계속해서 잠든 척했다.
다음 날도 그 다음 날도 그는 엄마에게 고백하듯 '효경아 사랑해'
를 계속했다.

지금은 세상에서 사라진 내 엄마 안효경. 엄마는 죽고 나서야 X와 결혼을 했다. 엄마가 죽은 다음에라도 그의 아내가 되고 싶었는지 나는 모른다. 엄마의 성을 받아 안유리였던 나는 X의 호적에 올라 윤설희가 되었다. 내게도 아버지가 생긴 것이다. 엄마와 아빠 그리고 딸. 법적으로는 엄연한 가족의 형태다. 그로부터 한 달 후 X는 자신의 처 안효경의 사망신고를 했다. 이제는 가족증명서류에 엄마는 지워지고 X와 나 둘이 부녀관계로 남아있다. 그러나 이것은 내 의사에 반하는 형식이다. 다시 말하지만 나는 그를 아빠라고 생각해 본적이 없다. 아빠라고 부르는 순간 우리는 영원히 부녀관계라는 감옥에 갇혀버리고 말 것이다. 그렇다고 엄마가 일러준 대로 '아저씨'라는 호칭도 쓰고 싶지 않다. 이도 저도 부르고 싶지 않은 X다. 또한 그는 모든 사회적 규범과 통념 너머에 있는 유일한 존재이다.

처음 본 그날부터 그는 내게 남자였다. 일곱 살 그날, 그는 내게 분홍 원피스와 하얀 구두를 선물했다. 나는 처음으로 바지가 아닌 원피스를 입었다. 나는 원피스와 구두를 신고 '공주님'이라고 부르는 그에게 안겼다. 그는 자신의 발등에 내 발을 얹게 한 다음 오랫동안 춤을 추었다. 나는 동화책에 나오는 공주가 되어 멋진 왕자님과 춤을 추고 있다는 환상에 빠졌다. 아마도 나는 그가 '공주님'이라고 부르던 그 순간부터 사랑에 빠져버렸던 것이라고 확신한다.

효경아. 그가 다시 엄마를 부른다. 그에게 나를 확인시키기 위해 돌아눕는다. 그가 내게서 몸을 떼어낸다. 나를 똑바로 보세요. 나는 안효경도 아니고 윤설희도 아니라고요. 나는 유리, 유리라니까요. 그러나 소리 없는 외침일 뿐 말이 되지는 않는다. 아무려면 어떤가. 나는 벌떡 일어나 그를 안는다. 그의 몸이 내 몸 위로 포개진다. 나는 그가 들어올 수 있도록 다리를 벌린다. 그의 호흡이 가빠진다. 잠시 머뭇거리던 그가 내 속으로 들어온다. 이제야 내가 그에게 도착했다는 것을 느낀다. 나는 일곱 살 적 그의 오피스텔로 들어간다. 엄마가 들어갔던 바로 그 방이다. 그의 방은 아늑한 무덤 속이다. 붉은 벽돌로 쌓아놓은 침대 머리맡, 희미하게 밝혀진 전등, 무지의 침대커버에 전사된 천마도. 천마를 에워싸고 있는 비천들. 기다리고 있었던 것처럼 비천들이 일제히 날아오른다. 효경아, 내가 너를 천국으로 데려갈 게. 그가 내게 말한다. 나는 엄마인 것처럼 고개를 끄덕인다. 말발굽소리가 들리고 온몸이 둥둥 떠오른다. 비파소리와 함께 사방의 구름이 몰려든다. 바람도 사납게 불어 닥친다. 별들이 일제히 불꽃을 터트리며 사라진다. 찰나였나, 아니면 겁의 시간이 흘렀나.

효경아, 그가 짧게 소리를 내지르며 내 몸 위로 허물어진다. 허공에 떠 있던 나는 천천히 땅으로 내려온다. 비천의 날개옷이 까마득하게 멀어진다. 아주 먼 곳을 다녀온 것처럼 온몸이 나른하다. 그는 어느새 침대 아래에 서 있다. 나는 눈을 뜨고 그를 바라본다. 그는 나의 시선을 외면한 채 스팀타월로 내 몸을 닦고 있다. 여느 때의 손놀림과 다르지 않다. 그는 내 몸에 바디로션을 바른 다음 깔고 누 웠던 타월을 빼낸다. 그의 작업은 모두 끝났다. 그는 내게 이불을 덮어준 다음 촛불을 끈다. 그리고 마사지 도구들을 챙겨 방을 나간 다. 나는 그의 뒷모습을 끝까지 지켜보며 꿈속의 남자가 아님을 확 인한다.

이미 잠은 달아나 버렸다. 스탠드 불을 환하게 밝히고 콘티를 꺼 낸다. 촬영이 끝난 후 감독이 건네준 L건설의 CF 콘티다. 그는 은 근한 목소리로 말했다. 윤설희, 내가 너에게 주는 특별 선물이야. 네가 나를 기쁘게 해 줄 거라고 믿어. 나는 그의 말에 긍정도 부정 도 하지 않았다. 내일이 두렵지만 내일은 그냥 내일에 맡길 작정이 다. 감독에게는 스스로의 결정권을 행사했고 X에게는 내 의지를 보 여줬다. 나는 그것에 의미를 두고 싶다.

콘티 상단에는 '싱글들을 위한 호텔급의 주거 공간'이라고 쓰여 있다. 첫 장에는 우아한 드레스를 입은 여자의 모습이다. 그녀의 몸 짓과 표정은 에로틱하다. 다음 장에는 외투자락과 머리카락을 날리 면서 여자가 바쁘게 사무실로 들어오는 그림이다. 그녀는 정장차림 이다. 그녀에게서는 남성적인 힘이 느껴진다. 그녀의 뒤에는 결재 판을 든 남자가 서 있다. 콘티 하단에는 다소 유치한 카피가 굵은 글씨로 적혀 있다. '오늘 나만의 궁전으로 입성한다. 일은 열정적으로 휴식은 우아하고 안락하게. 화려한 싱글의 격조 높은 주거 공간, I CASLE.

〈예장문학상 수상작, 2003, 서울예술대학〉

그래, 낙타를 사자

1. 그래

건물들은 낮고 칙칙하다. 무채색의 건물 너머로 지평선이 아득하게 펼쳐져 있다. 태양은 그 지평선 끝에 반쯤 걸렸고, 붉거진 검은 물체가 정확하게 태양의 중심을 찌르고 있다. 너무 아득해서 그것의 정체를 짐작하기 어렵다. 심장이 터지기라도 한 것처럼 서쪽하늘과 지평선은 범람하는 붉은 빛으로 흥건하다. 여자의 두 다리가 저절로 오므려진다. 여자는 골반과 허벅지의 근육을 최대한 긴장시킨다. 더 깊은 사막으로 떠날 차비를 마친 기차가 기적을 울린다. 여자의 일행은 비슷비슷한 옷차림과 대형 트렁크를 끌고 기차를 향해 바쁘게 걸어간다.

해거름 노을에 흘려있는 여자는 일행으로부터 점점 더 뒤쳐진다. 남자가 붉은 깃발을 아래위로 흔들며 여자의 걸음을 재촉한다. 차츰 깃발은 신경질적으로 흔들린다. 여자는 여전히 움직이지 않는다. 다시 한 번 기적소리가 울린다. 참을 수 없다는 듯 남자는 깃발을 던지고 여자에게로 다가온다. 그는 다짜고짜 여자의 손에서 트렁크를 빼앗으며 기차를 가리킨다. 여자는 비로소 붉은 마법에서 풀려난 것처럼 손을 휘저으며 발걸음을 떼어놓는다. 여자의 트렁크 속에는 두 배로 처방받은 조혈제, 휴대용 위스키, 견과류로 잔뜩 버물린 초콜릿과 에너지바, 몇 벌의 옷, 화장품과 세면도구들이 들어 있다. 의사가 별도로 챙겨준 응급처치 메모와 병원 연락처는 그녀의 여권 갈피에 꽂혀 있다. 그것들이 담겨진 여자의 트렁크는 다른 남자의 손에 이끌려 플랫폼을

잘. 도. 굴. 러. 간. 다.

내가 누워 있는 이동식 침대는. 코너를 돌 때 아주 잠깐 리듬이 깨지는가 싶었지만 이내 원래의 속도를 유지했다. 건장한 체격도 체격이지만 숙련된 남자 간호사들의 침대 운전 솜씨는 일품이다. 빠르지만 안정된 속도감, 바퀴가 구르면서 만들어지는 일정하고 생생한 리듬감. 등허리로 느껴지는 자극 때문에 환자라는 사실을 잊을 만큼 기분이 좋아졌다. 생각도 접고, 팔다리의 긴장도 풀고, 몸뚱이에서도 힘을 뺐다. 아무 의지도 없이 수면에 떠 있는 나뭇잎처

럼. 그러자 등짝에 닿는 진동이 더욱 생생하게 척추로 전달되었다. 떨림을 느꼈던 상황에 대한 기억인지, 척추에 새겨진 감각에 대한 기억인지, 구분해낼 수는 없지만 비슷한 진동과 리듬을 경험한 적이 있는 것 같다. 그것이 황홀경이었는지 엄청난 공포였는지 분간이 되지는 않는다. 정체가 무엇이었든 그 기억들을 잡아내려고 정신을 집중시켰다. 긴 복도를 지나고 엘리베이터를 탈 때까지 '매우' 혹은 '특별한' 느낌으로 저장되었을 기억은 실마리조차 잡히지 않았다.

바퀴가 내는 진동은 계속해서 척추를 두드렸다. 머릿속에 꽉꽉 들어찼던 무겁고 복잡한 생각이 서서히 밀려나갔다. 기억해내려고 애를 쓰던 그것마저 꼬리를 자르고 사라졌다. 살짝 오그리고 있던 한쪽 다리를 뻗었다. 투둑, 꼬리뼈에 진동이 전해졌다. 접혀 있던 기억 하나가 후루루 풀려나왔다. 젊은 아버지와 예닐곱 살쯤의 나였다.

우리는 천막극장 앞에 서 있다. 천막에는 재주를 부리는 원숭이와 색색의 둥근 고리로 저글링을 하는 마술사, 입으로 불을 뿜는 차력사들의 포스터가 붙어 있다. 그것을 배경으로 어릿광대가 커다란 북을 매고 있다. 한쪽 눈은 튀어나올 것처럼 크고 둥글며, 다른 한쪽 눈은 질끈 감고 있는 것처럼 가늘고 새카맣다. 질끈 감겨진 눈 밑에는 하얀 눈물이 방울방울 그려져 있다. 로미야. 저것이 인생이란다. 아버지는 어릿광대를 가리키며 말한다. 아하, 어릿광대가 인생이란 거구나! 나는 아버지의 말을 잘 이해했다는 듯이 고개를 끄덕인다.

어릿광대는 번갈아 가면 다리를 뻗는다. 그가 다리를 뻗을 때마다 구두 뒤축에 매어 있는 줄이 당겨지고 여지없이 북채가 북을 두드린다. 세게 혹은 여리게. 둥, 둥, 둥…… 두둥, 두둥, 두둥……. 어릿광대는 태엽인형처럼 일정하게 발을 움직인다. 북소리에 맞춰 어깨가 절로 들썩거린다. 발도 저절로 들린다. 인생이라는 어릿광대를 보기 위해 점점 아이들이 모여든다. 아이들뿐만 아니라 어른들도 모여들어 내 앞을 가린다. 까치발로 서 보지만 어릿광대는 잘 보이지 않는다. 아버지가 나를 번쩍 안아 올려 목말을 태워준다. 세상에! 이렇게 높은 곳은 처음이다. 동네에서 가장 키가 큰 아버지, 그 아버지 어깨 위에 올라앉은 나. 바지랑대 끝에 처음 올라앉은 어린 새처럼 놀랍고 두렵고 신기하다. 장대처럼 커 보이던 어릿광대도 만만하게 내려다보인다. 아버지가 북장단에 맞춰 몸을 흔들자 천막극장과 어릿광대가 한꺼번에 끼우뚱거린다. 아찔아찔한 현기증과 온몸을 휘감는 북소리. 나는 아버지의 목을 꽉 끌어안는다. 아버지의 어깨는 견고하게 내 몸을 받치고 있다. 아버지가 내 다리를 안전하게 잡아줄 거라는 믿음이 생기자 어지럼증과 두려움이 사라진다. 어릿광대는 쉬지 않고 발을 내뻗는다. 검고 하얀 땀으로 범벅이 된 그의 얼굴은 더욱 우스꽝스러워진다.

입원실 복도를 지나 수술실로 향하는 엘리베이터를 탈 때까지 북소리는 계속 들렸다. 그러나 엘리베이터 앞에 멈추는 순간 소리도 영상도 스릴에 대한 기대도 모두 사그라지고 말았다. 아버지의 든든한 어깨는 물론이고 우스꽝스러운 어릿광대도 거품처럼 꺼져버렸다. 정작 잡아내려고 애썼던 기억은 낌새만 비치고 그대로 가라앉아버렸다. 툭, 덜컹, 쑤욱. 그 무엇이 침대 바퀴를 강하게 지하로 끌어내리고 있는 것처럼 엘리베이터는 아주 빨리 지하층까지 내려왔다. 9층에서 지하 2층으로 내려오는 동안 어느 층에서도 엘리베이터는 멈추지 않았다. 이동식 침대는 다시 긴 복도를 굴러간다. 지극히 단조로운 천장과 규칙적으로 박혀 있는 전등이 빠르게 밀려나갔다. 전등 불빛들은 먼 길을 배웅하는 사열병처럼 내 몸을 비추면서 멀어졌다.

목이 졸리는 것 같은 갑갑함과 등짝이 서늘해지는 두려움이 엄습해왔다. 바깥이 보고 싶어졌다. 그런데 창이 없다. 뜬금없이 몇 송이 남지 않았던 자목련의 안부가 몹시 궁금해졌다. 오늘 눈을 뜬 이후로 한 번도 창밖을 내다보지 못했다. 따로 준비해온 작은 손가방을 우진에게 전하는 일이 더 급했기 때문이었다. 손가방을 들고 두 차례나 진료실로 가봤지만 그는 출근 전이었다. 그의 진료실 앞을 서성이는 동안 나를 찾는 방송을 두 번이나 들었다. 스피커에서 호명되는 내 이름은 모르는 사람의 이름처럼 낯설게 들렸다. '뇌신경외과 병동'이라는 말과 '송로미 환자'라는 말이 반복되지 않았다면 나를 찾는 방송이라는 것도 알아채지 못했을 것이다.

병실로 돌아오자마자 간호사는 뚫어놓은 혈관에 링거를 꽂았다. 그리고 남자 간호사들은 이동식 침대를 환자용 침대에 바짝 들이댔다. 그들이 너무 부산하게 움직이는 바람에 정신을 차릴 수가 없었다. 그러나 우진에게 손가방을 전달해야 한다는 생각 하나는 꼭 붙들고 있었다. 밀봉된 서류 봉투, 신용카드와 신분증, 인감도장이 든 지갑, 단축번호가 입력된 휴대폰이 들어 있는 가방을 담당 간호사에게 맡겼다. 어떤 일이 생기든 우진은 가장 이성적이고 합리적으로 뒷일을 수습해 줄 것이라는 믿음 때문이었다.

부산스레 움직이는 발자국 소리가 잠시 멈추는가 싶더니 이내 가까워졌다. 또 다른 이동식 침대가 굴러오는 소리. 빠르게 다가오는 바퀴 소리와 더해지는 진동음. 종종걸음의 발자국 소리가 점점 가까워지다가 곁을 스쳐 지나갔다. 침대 위에 누워 있는 사람은 머리 끝까지 하얀 시트를 뒤집어썼다. 시트를 걷고 누워있는 사람의 생사를 확인하고 싶어졌다. 할 수만 있다면 그를 일으켜 세워 바깥으로 나가고 싶었다. 그러나 두 대의 이동식 침대는 각각의 방향을 향해 빠르게 멀어졌다. 멀어지는 이동식 침대 운전자는 간호사 차림도 의사 차림도 아닌 긴 가운에 마스크까지 썼다. 이미 말은 필요하지 않는 상황이라는 것을 보여주기라도 하듯이. 그 침대 뒤로 중년의 여자가 허둥지둥 쫓아가고 있었다. 그녀의 걸음걸이는 마구 헝클어졌다. 이윽고 그쪽 침대는 비상구 쪽으로 사라졌다.

수술실로 들어가자마자 남자 간호사들은 나를 시트 채로 들어 수술용 침대로 옮겼다. 그들은 거기까지가 임무의 끝인 것처럼 끌고 왔던 이동식 침대를 끌고 되돌아나갔다. 수술용 침대로 옮겨졌는데도 등짝에 남아있는 진동의 느낌은 여전했다. 하얀 시트를 덮어쓴 사람의 형상도 어른거렸다. 나를 인계받은 사람들은 수술용 침대에 맞게 내 몸을 정리하기 시작했다. 그들 중 한 사람이 내게 입혀진 환자복을 벗겼다. 끈으로 여며진 옷은 쉽게 벗겨졌다. 팬티는 남겨놓았는지 감각이 없다. 입원실에서 미리 벗고 나왔던 것 같기도 했다. 내 몸을 수선하거나 수리를 해야 하는 물체쯤으로 여기는지 그들의 얼굴에는 아무런 감정이 묻어 있지 않았다. 그러나 나는 벗겨진 아랫도리가 수치스러웠다.

우진이 내 몸을 농담거리로 삼을 때도 마찬가지였다. 야, 송로미. 넌 겉은 그럴듯한데 정말 실속이 없어. 머릿속에는 당장 제거해야 할 폭탄이 세 개나 들었지. 자궁에는 흡혈귀보다 더한 이상 혈관이 들어차 있지, 게다가…… . 이게 다 개점 휴업 상태이기 때문이야. 조혈제 처방전을 쓰면서 그는 개점 휴업 상태란 말을 두 번이나 거듭했다. 심각해지기 싫어서 하는 농담이란 것을 모르진 않았다.

그러나 그의 시선이 내 전신을 훑을 때는 묘하게 가슴과 아랫도리가 저릿저릿해졌다. 전류가 흐르고 있는 전선을 내 몸에 댔다 땐 것처럼. 별 뜻도 없어 보이는 농담이나 시선에 예민하게 반응하는 내 몸뚱이에 짜증이 났다. 이 녀석이 지금 남자의 시선으로 나를 보고 있단 말인가? 아닐 것이다. 초등학교에 들어가기 전 이미 우리는 서로의 맨몸을 다 본 사이다. 발가벗은 채 개울에서 함께 물놀이를 했고, 바지를 내리거나 엉덩이를 깐 채로 오줌을 누는 서로의 모습도 심심찮게 보거나 들키지 않았던가. 그가 홀딱 벗고 내 앞에 나선다 해도 나는 무람없이 그를 바라볼 수 있을 것이고, 그 역시 내 몸뚱이를 그렇게 바라볼 것이라고 믿고 있었다.

간호사들은 건조한 말투로 다리 힘을 빼라고 명령했다. 나는 두 다리에서 힘을 뺀 채로 그들에게 몸뚱이를 맡겼다. 그들은 팔과 다리를 잡아다 벨트로 묶고 침대에 고정시켰다. 손가락에도 기기에 연결된 집게를 끼우고 링거줄을 조절했다. 팔과 다리 특히 오른쪽 허벅지가 견고하게 묶인 것을 확인한 그들은 초록색 시트로 내 몸을 덮었다. 역할 분담이 확실하다는 것을 보여주기라도 하는 것처럼 의사인지 간호사인지 모를 두 명의 남자가 다가왔다. 그들은 내 머리통을 침대 밑에 있는 기기에 맞춰 고정시킨 다음 기기와 연결된 두 개의 넓은 판을 얼굴 양쪽에 댔다. 방사선을 쏘아 머릿속의 영상을 모니터로 전달하는 기계라고 했다. 유리인지, 플라스틱인지, 금속인지 모를 그것의 표면은 무척 차가웠다. 너무 차가워 온몸으로 소름이 돋았다. 수술이 끝날 때까지 방사선은 계속해서 쏘여지게 될 것이며, 그 후유증으로 머리카락이 다 빠지게 될 거라고 의사는 미리 일러줬었다. 나는 머릿속에 든 시한폭탄보다 머리카락이 죄다 빠질 거라는 것에 반감을 보였다. 민둥머리가 된다고요? 나는 반사적으로 의사에게 물었다. 그는 어이없다는 표정을 지었다. 폭탄을 안전하게 제거하는 것이 문제지 머리카락 빠지는 것이 무슨 대수냐고 의사는 일축해버렸다. 그리고 무표정한 얼굴로 차트를 살폈다. 내 머릿속 사정을 나보다 더 잘 알고 있는 그는 아직 시선에 잡히지 않는다. 기기가 가동되지도 않았는데 세포들의 아우성을 듣는 것 같았다. 수술이 진행되는 동안 비명도 지르지 못하고 변형되거나 죽어갈 불쌍한 세포들. 눈을 감고 숨을 깊게 몰아쉬었다.

"송로미 씨, 준비됐지요?"

나는 눈을 번쩍 떴다. 폭탄을 제거할 의사와 시선이 마주쳤다. 수술 전 마지막 절차라도 되는 것처럼 그가 물었다. 목소리를 듣지 않았다면 두건과 마스크까지 쓴 그를 단번에 알아볼 수는 없었을 것이다. 나는 대답 대신 두 눈을 깜박였다. 의사는 내 눈빛을 읽고는 이내 모니터로 시선을 돌렸다. 수술에 대한 절차나 방법 그리고 예측되는 결과에 대해서는 어제 이야기를 들은 터였다. 어떤 결과가 초래되든 이의를 제기하지 않겠다는 수술 동의서에도 내가 직접 사인을 했다. 집도할 의사가 환자에게 직접 수술 동의서를 받는 것은 매우 이례적인 일이라고 그는 생색을 냈다. 그리고 입원을 할 때까지 보호자가 나타나지 않는 것을 매우 의아하게 생각했던 것 같았다. 그는 퉁명스럽게 물었다. 남편이 국내에 없습니까? 나는 미처 대답을 준비하지 못했다. 자칫 그 사람은 해외에도 없다고 말할 뻔했다. 튀어나오려는 첫 소리마디 '그 사람'을 재빨리 삼켜버렸다. 의사는 말을 바꿔 물었다. 다른 보호자는 없습니까? 다른 보호자? 누군가의 보호자가 아니라 누군가로부터 보호를 받아야 하는 엄마가 내 보호자가 될 수는 없었다. 오빠와 동생? 그들 역시 적당한 보호자로 생각되지 않았다. 그들은 나를 몹시 불편하게 여겼다. 내 불행이 전염성이 강한 병이라도 되는 것처럼 그들은 몸과 마음을 사렸다. 배를 잡고 웃다가도 내가 나타나면 급하게 웃음을 멈췄다. 누군가가 내 남편에 대해 물어오면 재빨리 화제를 다른 것으로 돌렸다. 마치 금기라도 되는 것처럼 내 피붙이들은 남편에 관한 어떤 이야기도 꺼내지 않았다.

오빠는 한동안 텔레비전이나 라디오를 켜지 못하게 했다. 텔레비전이나 라디오 그리고 컴퓨터에 연결된 전원을 모두 뽑아버렸으며 신문까지 배달을 중지시켰다. 그리고 내 아들이 아빠의 부재를 인식할 새도 없이 자신의 아들이 가 있는 영국으로 보내버렸다. 엄마보고 싶어. 처음 몇 달 간 아들은 자주 전화를 걸어 그렇게 말했다.

아들의 말에서 나는 살아야 할 이유를 찾곤 했다. 그러나 아들은 전화 거는 횟수를 점점 줄였다. 지금은 한 달에 한 번, 그것도 미처 송금을 하지 못했을 때만 전화를 걸어왔다. 징징거리던 그 몇 달을 빼고는 4년이 다 된 지금까지 아들은 엄마가 보고 싶다는 말은커녕 집으로 돌아오겠다는 말을 한 적이 없다. 굳이 돌아와 아빠의 부재를 확인하거나 혼란스러웠던 그 순간을 되새기고 싶지 않은 거라고 억지로 이해했다. 요즈음은 송금을 할 때나 송금내역을 확인할 때가 아니면 내게 아들이 있다는 것도 의심스러울 때가 많다. 아무튼 큰 탈 없이 살고 있는 내 피붙이들에게 나라는 존재는 명치끝에 생긴 아물지 않을 상처일 것이다. 평소에는 잊고 있다가 문득 깊은 숨을 내쉴 때마다 뻐근하게 통증이 느껴지는 그런 상처 말이다.

한참동안 차트를 들여다보던 의사는 찌푸렸던 미간을 풀며 중얼거렸다. 아, 장우진 선생. 그는 해결의 실마리라도 찾아낸 것처럼 반색을 하며 물었다. 내 진료차트에 장우진이란 표식이 새겨져 있을 거라고는 미처 생각하지 못했다. 그는 우진과 어떤 사이냐고 물었다. 나는 미처 그럴듯한 대답을 준비하지 못하고 있었다. 맨 몸으로 만난 가장 오래된 친구입니다. 아니면 배우 뺨치게 예쁜 제 동생을 머리가 나쁘다는 이유로 걷어찬 남자입니다. 아니면 환자복 차림의 내게 무지 섹시하다며 허튼 소리를 하는 녀석입니다. 그 어떤 말도 대답으로는 적절하지 않았다. 내가 머뭇거리자 의사는 더 이상 묻지 않았다. 더 이상 보호자를 고집하지도 않았다.

내가 수술 동의서에 사인을 하기 전에 그는 예측할 수 있는 모든 경우의 수를 늘어놓았다. 그는 수술 결과를 낙관하지 않았다. 살 확률과 죽을 확률이 반반이라는 것이다. 살 확률 50% 중에서 수술 이전의 온전한 상태로 돌아올 확률은 겨우 20%이고 나머지 30%는 경미하든 치명적이든 장애를 입게 된다. 치명적이라 함은 혼수 상태, 반신 마비, 언어 장애, 치매 등의 장애를 입게 된다는 것을 의미한다. 그렇다고 수술을 미루거나 포기하라고 하기도 어렵다. 폭탄 세개를 머릿속에 넣고 있는 상태며, 자각 증세가 없기 때문에 폭발 시각은 예측할 수 없다. 의사는 제법 강도가 센 엄포까지 놓았으나 남의 일처럼 좀처럼 위기감으로 느껴지지는 않았다. 죽음은 노크도 없이 들이닥친다는 사실을 아버지의 죽음으로 알았고, 삭제 버튼을 누르듯 한 사람의 존재를 단번에 깨끗하게 지워버린다는 것도 알고 있었다. 그러나 나에게는 친절하게도 사전 경고까지 했으니 그것을 맞이할 준비만 하고 있으면 될 일이었다. 당신은 젊습니다. 무슨 말인지 알지요? 의사는 보너스라도 주는 것처럼 내 어깨를 두드리며 말했다. 그것이 어제의 일이었다.

"장우진 선생님의 메시지입니다."

마취를 하려던 의사가 휴대폰을 꺼내 메시지를 보여주었다. '로미야 파이팅'이라는 간단한 내용보다 탈색된 칼라 사진이 시선을 끌었다. 교련복과 청바지를 입은 스무 살 남짓의 다섯 명의 젊은이들. 단체복이라도 되는 것처럼 남자 셋은 교련복 바지를 입었고 여자 둘은 청바지를 입었다. 그 중 목에 붉은 스카프를 맨 여자는 잊고 있었던 내 모습이었다. 내게도 저런 날이 있었나 싶을 정도로 새삼스러웠다. 수술이 끝나면 스무 살로 돌아갈 수 있는 기적이라도 일어난다 말인가? 피식하고 헛웃음이 나왔다. 그런데도 뭉텅뭉텅 사라졌던 기억 하나가 어제 일처럼 되돌아오고 있었다. 아련하던 멜로디가 점점 선명해졌다. 멜로디에 실려 노랫말도 떠올랐다. ······ 월말이면 월급타서 로프를 사고/연말이면 적금타서 낙타를 사자/자 그렇게 산에 오르고/자 그렇게 사막에 가자/······. 나와 우진을 포함한 스무 살의 우리들이 주점에 모여서 했던 약속이 생각났다. 그것은 약속이라기보다 희망 사항이었다. 이십대에 해치워야 하는 것으로 암벽 등반을 약속했고, 서른이 되기 전에 사막을 여행하자는 약속이었다. 시나 소설에 설정된 사막은 막연했지만 답답했던 현실 너머의 탈출구이자 이상세계이기도 했다. 어쨌든 로프를 타고 인수봉 꼭대기까지는 여러 차례 올랐다. 그러나 사막을 여행하자던 약속은 이내 잊어버렸다. 그런 꿈을 꾼 적이 있었는지조차 기억하지 못했다. 사는데 바빠서 꿈을 꿀 여유가 없었던 것인지, 막연한 이상보다는 현실적인 욕망을 좇는데 급급했었던 것인지······. 아, 그렇지. 그 무렵 난 사랑에 빠졌다. 교련복 바지 중 한 녀석이 국가보안법 위반으로 수배자 명단에 오르자, 내 남자는 그들로부터 나를 떼어놓았다. 우진은 이미 공부를 핑계로 나보다 먼저 모임에서 멀어졌다. 우진과 나는 배신 아닌 배신자가 되어버렸다. 서른 살에 실천하기로 했던 우리의 약속은 그렇게 잊어버렸다. 그들은 사막에 갔을까? 그리고 낙타를 샀을까?

"자, 마취 들어갑니다. 빠르면 세 시간, 늦어지면 다섯 시간 정도 깊게 잠이 들 겁니다."

휴대폰을 주머니에 넣은 마취 의사는 액체가 가득한 주사기를 들고 링거 줄을 잡았다. 저 액체는 내 혈관 속으로 들어와 나를 깊은 잠속으로 끌고 들어갈 것이다. 일 미터 남짓 된 링거줄을 타고 내려와 내 몸을 장악하는 데는 몇 분 아니 몇 초쯤 걸릴까? 어쩌면 영영······. 저 액체는 내 운명을 가를 수도 있었다. 꼭 했어야 할 숙제를 남겨놓은 것처럼 마음이 조급해졌다. 그러나 몸이 움직여지지 않았다. 움직일 수 있는 것은 오직 입뿐이었다.

"선생님, 잠깐만요."

마취약을 주사하려던 의사가 나를 바라보았다.

"선생님, 할 말 있어요. 손 좀 풀어 주세요, 제발."

나는 간절한 눈빛으로 의사를 쳐다보았다. 마취를 하려던 의사는 메스를 집어든 의사를 바라보았다. 집도 의사가 눈짓을 하자 간호사들이 내 팔을 풀어주었다. 나는 벌떡 일어나 앉았다. 내 몸을 덮었던 시트가 흘러내렸다. 두 손을 가슴에 댄 채로 깊은 숨을 내쉬었다. 그런 다음 팔에 꽂혀 있는 주사바늘을 사정없이 뽑아 버렸다. 노랫소리는 계속해서 머릿속을 울렸다. ……/그래 그렇게 사막에 가자/……. 재빨리 침대 아래로 내려섰다. 링거를 꽂았던 팔에서 피가 줄줄 흘러내렸다. 수술 준비를 하던 사람들의 시선이 일제히 내게로 쏠렸다.

"낙타를 사러 가야겠어요."

나는 탈출하듯 수술실 밖으로 걸어 나왔다. 아랫도리가 홀랑 벗겨져 있었지만 그것은 문제가 되지 않았다.

2. 낙타를 사자

헉. 이건……

멀리서 볼 때는 사구 정도로밖에 여겨지지 않았다. 그러나 점점 가까이 다가갈수록 입이 저절로 벌어졌다. 사구가 아니라 거대한 모래산이 아닌가. 아찔했다. 그렇다고 돌이킬 수도 없었다. 기차에서 내렸을 때, 인솔팀장은 일행 모두에게 코스를 선택할 기회를 줬던 것이다. 하나는 암벽사원을 구경한 다음 버스를 타고 이동하는 코스, 다른 하나는 모래산을 도보로 넘어가는 코스. 합류 지점까지 네 시간이 허용되었다. 네 시간 뒤에는 합류 지점에 도착해야 예약

된 낙타를 탈 수 있다고 했다. 제 시간에 도착하지 않으면 다음 목적지로 떠나는 낙타 행렬을 놓치게 된다는 것이다.

팀장은 버스로 이동하는 코스를 적극적으로 권했다. 유네스코 문화유산으로 지정될 만큼 가치가 높은 사원이라는 것을 강조했고, 사원주변의 풍광과 오아시스에서 솟아 흐르는 시원한 물과 농익은 과일에 대해서도 극찬을 했다. 반면 모래산을 넘는 코스는 엄청난 고통을 감수하게 될 거라고 말했다. 길도 물도 그늘도 없으며 엄청난 모래바람 속을 통과해야 한다고 엄포도 놓았다. 모래산 코스를 택하는 인원을 최소화하려는 의도가 역력했다. 그렇다고 모래산 코스에 대한 매력을 빼놓은 것은 아니었다. 정상에서 느낄 수 있는 희열이라든가, 사막에 펼쳐진 태양과 바람의 마술적인 장관이라든가, 온몸으로 모래바람을 통과할 때 느끼게 되는 쾌감이라든가. 그러나 말미에 '재수가 좋다면'이라고 전제를 하자 일행 대부분은 버스 쪽을 택했다. 고생도 고생이지만 불확실한 쪽에 기대를 걸고 싶지 않은 것 같았다. 모래산 코스를 이끌 팀장 주변에는 나를 포함해서 여섯 명만 남게 되었다.

드디어 여러분들이 자초한 지옥문 입구에 도착했습니다. 팀장이 호들갑을 떨자 일행은 휘파람과 환호성을 질렀다. 팀장은 정색을 하며 다시 말을 이었다. 우선 여권을 안전하게 보관하십시오. 혹시 사고가 생기거나 사막에 고립되었을 때 본인을 증명해줄 유일한 증명서가 될 테니까요. 다음으로 백이나 배낭을 몸에 단단히 붙들어 매십시오. 신발 끈도 단단히 조이시고, 모자와 마스크 그리고 선글라스……. 팀장은 비장한 표정으로 일행을 죽 둘러보며 말을 마쳤다. 들떠 있던 일행의 표정은 순식간에 굳어졌다. 그의 시선이 내게 오래 머물렀다가 비껴났다.

"괜찮겠습니까? 다른 사람들과 달리 송로미 씨는 검증이 안 된 터라……."

우진의 부탁이 아니었더라면 합류시키지 않았을 거라고 말하면서 생수 한 병을 건네주었다. 이곳에서도 여전히 우진의 영향력이 미치고 있었다. 무능함을 재확인하는 것 같아 씁쓸했지만 어색하게나마 웃어보였다. 그리고 팀장이 건넨 생수병은 돌려주었다. 기분이 상해서가 아니라 짐을 보태고 싶지 않아서였다. 그러자 다른 것은 몰라도 물은 반드시 챙겨야 한다며 생수병을 내 배낭에 찔러 넣었다.

"처음이라 어색한 모양인데 일행들과 편안하게 어울리십시오. 다 친구고 동지 아닙니까?"

팀장은 선심이라도 쓰는 것처럼 너스레를 떨었다. 나는 그의 시선을 피하며 몇 발작 떨어졌다. 그의 시선이 온몸으로 느껴졌지만 모른 체했다. 지켜보던 사람들은 별스럽다는 듯이 등을 돌렸다. 사실 나는 다른 사람들과 스스럼없이 어우러지는 방법을 잊어버렸다.

그래선지 그들의 친절도 부담스러웠다. 차라리 아무도 나에게 관심을 갖지 않는 것이 편했다. 나는 팀장이 찔러 넣은 생수병을 꺼내 슬쩍 모래 위에 내려놓았다.

지름길은 경사가 몹시 급했다. 거의 직벽에 가까웠다. 중턱부터는 나무나 로프로 계단을 설치해 놓았으나 거기까지 올라가는 것이 문제였다. 고개를 꺾고 산을 올려다보았다. 머리가 핑핑 돌았다. 네 몸에게 겸손해라. 절대 욕심을 부리지 말 것이며 위험하게 만용을 부리지 마라. 자칫하다간 어설프게 공중제비를 돌다가 겨우 뼈나 추리게 될 거다. 내가 갈등하게 될 것을 예상했던 것처럼 우진은 미리 경고를 했다. 사실 잔소리는 거기서 그친 것이 아니었다. 비상약품, 초콜릿, 휴대용 위스키까지. 그는 트렁크에 챙겨 넣으면서 암기하기도 어려울 만큼 주의사항을 늘어놓았다. 이건 보너스. 그는 내병세와 응급처치방법을 간단하게 정리한 두 장의 종이를 여권 크기로 접어 갈피에 끼워 넣었다. 의사의 재빠른 응급처치와 동행한 사람에게 끼칠 민폐를 최소화하기 위해서라고 했다. 이렇게까지 하고 싶니? 고맙다는 말 대신 그에게 건넨 말이었다. 응, 하고 싶어. 나는 네 주치의잖아? 의사는 마지막 순간까지 자신의 환자를 포기하지 않거든. 그는 단 몇 초도 뜸을 들이지 않고 대답했다. 처음으로 듣는 가장 진지한 말이었고 표정이었다. 진료실도 아니고 하얀 가운도 입지 않았지만 그 어느 때보다 그가 의사답다는 생각을 했다.

길다운 길은 없었다. 산 전체가 길이기도 했고 길이 아니기도 했다. 인간이 만든 길은 오직 직벽에 설치된 로프 몇 가닥과 나무 계단뿐이었다. 일행은 흩어져 산을 오르기 시작했다. 직벽 쪽으로 향하는 사람도 있었고 완만한 능선 쪽으로 향하는 사람도 있었다. 나는 완만한 능선 쪽으로 방향을 잡았다. 올라갈수록 경사는 점점 더 급해졌고 중심을 잡기도 어려웠다. 누군가 말을 걸어왔지만 대답도 버거울 만큼 숨이 컥컥 막혔다. 바람은 모래를 계속해서 밀어 올려 깎아 세운 것처럼 모래날을 세웠다. 발은 모래 속으로 푹푹 꺼졌다. 중심을 잡지 않으면 이쪽 아니면 저쪽으로 굴러 떨어지기 십상이었다. 이쪽은 오아시스 쪽이고 저쪽은 팀장이 경고했던 모래 늪이 있는 골짜기였다. 골짜기를 휘감아 올라온 바람은 몹시 거칠었고 소리도 요란했다. 거침없이 평지를 달려온 바람이 단숨에 산등성이를 휩쓸어 모래너울을 만들었다. 눈, 코, 입, 귀 등 모든 구멍으로 모래가 파고들었다. 선글라스와 마스크를 썼지만 틈새를 파고드는 모래를 막아내기는 어려웠다. 목둘레, 옷섶, 소매 속, 허릿단 가릴 것 없이 모래가 기어들었다. 운동화 속은 말할 것도 없었다. 몸무게의 절반은 모래가 아닐까 싶을 정도로 많은 모래를 끌어안고 있는 꼴이 되었다. 천근같은 다리와 온몸을 태워버릴 것 같은 태양열과 순간순간 아득해지는 현기증 때문에 눈앞이 빙글빙글 돌았다. 문득 어릴 적에 보았던 어릿광대의 모습처럼 내 꼴이 우스꽝스러울 거란 생각이 들었다.

초등학교에 입학하고 나서도 한동안 나는 광대가 그려진 동화책이나 포스터를 보면 "아, 인생이다."라고 말하곤 했다. 아버지만 빙그레 웃었을 뿐 다른 사람들은 생뚱맞다거나 엉뚱한 소리냐며 무시해버렸다. 로미야, 무슨 일이 생겨도 계속해서 걸어야 한단다. 그래야 북소리가 울리거든. 아버지는 내가 자신과 같은 운명에 처하게 될 거라는 예감을 했던 것일까? 아버지의 치명적인 유전자가 내게로 유전될 거라는 사실. 그리고 마흔이 되기도 전에 과부가 되어버린 엄마의 팔자까지 그대로 대물림하게 될 거란 사실. 이런 예감 때문에 아버지는 내가 이해할 수도 없는 말을 공들여 했었던 것이 아니었을까? 그러나 지금 이 순간에도 인생이 뭔지는 여전히 모르겠다. 계속 걸어야 한다는 말의 의미도 제대로 해독하지 못했다. 한가지 확실한 것은 스무 살의 결심을 마흔이 넘어서야 결행하고 있다는 사실이었다. 산꼭대기를 올려다보았다. 아득했다. 귀신 계곡 아래를 내려다보았다. 골짜기 너머에는 양지와 음지가 극명한 구릉과 구릉이 끝없이 펼쳐져 있었다. 그 어디에도 길은 보이지 않았다. 사람은커녕 목숨 붙은 것들의 모습도 시야에 잡히지 않았다.

우진은 내가 현실에서 도망치고 있다고 말했다. 사막에선 더 이상 도망칠 수도 숨을 수도 없는 곳이란 걸 알게 될 거라고 했다. 그는 뭉텅뭉텅 지워졌거나 잃어버린 내 기억에 대해서도 마찬가지였다. 그것을 방패막이로 삼아 모든 문제를 외면하고 있다는 것이다. 남편의 죽음은 물론이고 유학 중인 아들의 존재, 나아가서 결혼을 했었다는 것마저 부인하고 싶어 하는 것이 그 증거라고 말했다. 남편이 죽었다는 사실보다 죽음으로 몰아간 이유나 실체에 대해서 두려움을 갖고 있다는 것이다. 네 남편의 죽음을 너는 결코 막을 수 없었어. 왠지 알아? 네 남편은 s회장의 여러 개의 꼬리 중 하나였을 뿐이야. 매우 요긴하게 써먹긴 했지만 안전을 위해서는 가차 없이 잘라버려야 하는 꼬리. 그런데 명석하다고 소문난 사람이 그것을 몰랐을까? 아니면 자기는 결코 잘려나갈 꼬리가 아니라고 믿고 싶었을까? 아마 네 남편은 만약의 경우라는 것도 다 예상했을 거다. 그랬으니까 밀봉된 서류를 금고가 아닌 네 베개 속에 따로 숨겼지. 아마도 그것이 안전 장치라고 생각했던 것 같다. 남편을 s회장의 충직한 개쯤으로 여기는 듯한 말투가 몹시 거슬렸다. 사실 그의 관심은 남편의 죽음보다 밀봉된 서류에 있는 것 같았다. 남편의 죽음을 설명할 수 있는 유품이라는 것이었다. 그런데도 그것을 마주하지도 뜯지도 못하는 내가 참으로 딱하다고 몰아세웠다. 사실 나는 봉투 속의 실체가 두렵기도 했지만 그것 이전에 내가 확인하지 않은 주검, 아내인 내가 참석하지 않은 장례식을 믿을 수가 없었다. 내가 현실을 부정할수록 주변 사람들은 더 냉정하고 지독하게 증거를 들이댔다. 오빠는 이미 제적 처리된 서류를 내밀며 믿을 것을 강요했고 엄마는 과부가 된 것보다 더 무서운 것은 가난한 것이라며 등짝을 후려쳤다. 자식의 교육과 취업을 보장해준 은혜로운 회사가 있지 않느냐며 호강에 받쳤다고 야단을 쳤던 것이다.

여행 가방을 싸기 전, 나는 처음으로 당시에 보도된 뉴스를 검색했다. 남편의 이름으로는 아무 것도 검색되지 않았다. 그의 강한 출세욕과는 달리 세상에 드러날 만한 인물은 아니었던 모양이다. 다시 's사 간부 사원 자살'이란 검색어를 입력했다. 여러 사이트가 화면 가득 펼쳐졌다. 각각을 검색해봤지만 폐쇄되었거나 내용을 지워버린 사이트가 많았다. 서비스 이용에 불편을 드려 죄송하다든가, 현재 페이지는 작성자 본인이 삭제한 게시물이라는 메시지만 떠 있을 뿐이었다. 남편에 대한 내용은 몇 건에 불과했는데 그것도 지방 신문이나 개인 블로그에 그쳤다. 하나같이 우울증과 과중한 업무로 인한 스트레스를 이기지 못하고 자살을 했다는 내용이었다. 내 남편 말고도 자살한 임원이나 직원은 여러 명이었다. 그들은 목을 맸거나, 한강에 몸을 던졌거나, 내 남편처럼 건물 옥상에서 자신의 몸을 던져버렸다. 자살의 원인은 과중한 업무로 인한 스트레스, 좌천으로 인한 우울증, 공금 횡령 등. 판에 박은 듯 같은 내용이었다. 우울증, 공금 횡령? 얼음물을 뒤집어 쓴 것처럼 머릿속이 서늘해지면서 그들이 들이닥쳤던 그날의 일이 또렷하게 떠올랐다.

현관문을 열자마자 남편의 직속 상사인 상무가 여러 명의 날렵한 사람들을 데리고 들이닥쳤다. 그의 얼굴은 잔뜩 굳어 있었다. 여느 때와 달리 그는 내 인사도 무시하고 남편의 서재로 들어갔다. 그리고 방안에 들어서기가 무섭게 금고를 열었다. 나는 그때까지 금고의 비밀번호는 물론이고 그 안에 무엇이 들어있는지 알지 못했다. 그러나 그는 자신의 금고를 확인하는 것처럼 익숙하게 내용물을 확인하기 시작했다. 그리고 난감한 표정을 지었다. 그가 손짓을 하자 첩보요원처럼 보이는 눈빛이 날카로운 사람들은 서재를 뒤지기 시작했다. 책상 서랍은 물론이고 책갈피까지 샅샅이 뒤져나갔다. 몇몇이 헤집어놓은 물건들을 뒤따르는 몇몇이 원래대로 정리를 했다. 거실도 한바탕 휘저은 다음 순식간에 원래의 상태로 돌려놓았다. 어안이 벙벙할 따름이었다. 일사분란하게 움직이던 그들은 금고를 떠메고 사라졌다. 금고가 있던 자리에는 그들이 가져온 금고 크기의 와인 냉장고가 놓여졌다. 와인 냉장고는 원래 그 자리에 있었던 것처럼 전혀 이물감이 없었다. 눈앞에서 벌어졌던 상황을 믿을 수 없을 만큼 집안은 고요해졌다. 마치 첩보영화 한 장면이 펼쳐졌다가 사라진 것처럼. 당신은 아무도 본 적이 없고, 이곳에는 그 누구도 온 적이 없다. 불한당들의 경고가 이명처럼 계속해서 울렸다. 나는 폭풍이 휩쓸고 지나간 폐허에 홀로 서 있는 것처럼 막막하고 두려웠다. 정말이지 나는 온전히 혼자였다.

"송로미 씨, 괜찮아요?"

앞 사람 발자국만 따라서 걷고 있는 내게 팀장이 물었다. 그가 내 어깨를 칠 때까지 나는 내 생각에 빠져 팀장의 목소리를 듣지 못했다. 나는 애써 표정을 바로 잡았다. 그리고 아무 문제가 없는 것처럼 양팔을 벌려 가슴을 활짝 펴 보였다. 나는 재빨리 그의 시선을 피하며 걱정하지 말라고 했다. 팔을 들어 올리거나 말을 하는 것이 매우 버거웠지만 내색하지 않으려 애를 썼다. 팀장은 정상이 멀지 않았다며 힘을 내자고 말했다. 위아래로 나를 훑어보던 그는 성큼성큼 앞으로 나아갔다. 그리고 일행의 중간쯤에서 속도를 유지하며 걸었다. 그들 사이의 간격은 더 벌어지지도, 더 좁혀지지도 않았다.

올라갈수록 모래바람은 더욱 거칠어졌다. 나는 점점 뒤처지기 시작했다. 이제 앞 사람의 발자국이 보이지 않았다. 하늘이 샛노래지고 입이 저절로 벌어졌다. 여권과 지갑 그리고 비상용품 몇 가지가 들어 있는 배낭의 무게가 어깨를 짓눌렀다. 뜨거운 햇볕도, 거친 모래바람도 피할 방법은 없었다. 목이 말랐다. 바람을 등진 채로 주저앉았다. 가방을 열어 생수병을 찾았다. 그러나 없었다. 물이 없다는 것을 확인하자 혀까지 타들어가는 것 같았다. 가방을 열어 내용물을 뒤적거렸다. 여권, 지갑, 휴대폰, 수첩, 볼펜, 휴지, 초콜릿 바 그리고 휴대용 위스키 병. 이 순간 물보다 더 절실한 것은 아무 것도 없었다. 아쉬운 대로 휴대용 위스키 병을 열어 목을 축였다. 시원한 것이 아니라 불덩이를 입안에 넣은 것처럼 뜨겁고 따가웠다. 초콜릿 바를 까서 한 입 베어 물었다. 초콜릿보다 모래가 더 많이 씹혔다. 그것을 뱉어 버렸다. 갈증은 조금도 가시지 않았고 입안은 최악의 상태가 되었다. 텁텁해진 입을 헹궈내기 위해 위스키를 입 안 가득 물었다가 뱉었다. 혀 밑을 파고든 모래는 그대로 남았다. 다시 위스키 한 모금을 입안에 물고 입속을 헹구려다 그대로 삼켜버렸다. 내친 김에 한 모금을 더 마셨다. 잠이 오지 않거나, 몸살기로 한기가 들거나, 너무 어지러울 때 딱 한 모금만 마셔야 한다는 우진의 경고를 어기고 만 것이다. 그러나 그깟 위스키 두어 모금 때문에 천지가 개벽하는 일은 없을 것이라고 생각했다.

일행으로부터 영영 멀어질 것 같은 불안이 엄습해왔다. 벌떡 일어났다. 술기운 때문인지 마치 바람에 실려 가는 것처럼 다리가 가벼워졌다. 그런데 이상했다. 한 걸음, 두 걸음 …… 채 다섯 걸음도 떼어놓지 못했는데 세상이 빙글빙글 돌았다. 한껏 자세를 낮추고 중심을 잡으려 애를 썼지만 모래 능선이 자꾸 기우뚱거렸다. 멀게만 느껴지던 산꼭대기가 눈앞으로 바짝 다가왔다가 멀어졌다. 앞서 가고 있는 사람들이 우르르 내 앞으로 몰려왔다가 아득하게 멀어졌다. 하늘이 샛노래지더니 눈앞이 하얘졌다. 부드러운 모래 능선은 아버지의 어깨처럼 견고하게 나를 잡아주지 않았다. 두 발은 허공을 딛고 있었다. 붕 뜨는가 싶더니 내 몸은 골짜기를 향해 곤두박질치기 시작했다. 파파팍, 전기 스파크가 일어나듯 눈앞에 불꽃이 튀었다. 무언가를 움켜쥐기 위해 팔을 허우적거렸다. 허우적거릴수록 나를 휩쓸고 있는 모래 더미는 더욱 커졌다. 급류에 휩쓸린 느낌이 었다. 파파팍…… 두두두…… 머릿속에 매설된 폭탄이 터지는가 싶었다. 눈에서는 불꽃이, 등짝에서는 둔탁한 그 무엇이 뼈마디를 계속해서 두들겼다. 명멸하는 불빛, 붉은 매직으로 표시된 4월 4일, 다급한 전화벨 소리, 난간 위의 술병, 뒤집힌 채 부릅뜬 두 눈, 그리고 깨진 수박처럼 부서진 머리와 망가진 구체관절인형처럼 덜렁거리는 팔다리. 뒤죽박죽이 된 영상들이 파노라마처럼 펼쳐졌다. 그리고 귀청을 찢는 앰뷸런스의 사이렌소리. 몸을 잔뜩 오그린 채 눈을 감고 두 팔로 귀도 막았다. 맥락없이 뒤섞였던 영상이 가지런해지면서 그날의 기억, 그들의 의사가 끈질기게 듣고 싶어 했던 일들이 생생하게 떠올랐다.

그날 이명처럼 들리는 어떤 소리에 이끌려 베란다로 나갔다. 그들이 금고를 떠메고 나간 그날 오후였다. 누군가 나를 부르는 것 같았다. 나를 부르는 소리는 계속해서 귓전을 울렸다. 막상 귀를 곤두세웠지만 밀폐된 유리창 안은 바람소리도 뚫고 들어오지 않았다. 조용하다 못해 적막했다. 아래를 내려다보았다. 35층 아래의 지상은 멀미가 날 만큼 아득했다. 울렁거리는 가슴을 누르고 하늘을 향해 시선을 옮기는 순간 유리창을 스치고 추락하는 사람과 마주쳤다. 몇 초? 아니 몇 분의 일 초일지도 모르는 아주 짧은 순간, 내 시선에 잡힌 부릅뜬 사람의 눈동자. 낯설지만 익숙한 눈빛. 그 뜨거운 눈빛을 마주한 순간 나는 질끈 눈을 감아버렸다. 깊은 숨을 몰아쉰 다음 다시 눈을 떴다. 투명한 유리창 너머의 하늘은 여전히 구름 한 점 없이 맑았다. 다음 순간 퉁겨지듯 나는 밖으로 뛰쳐나갔다. 나는 본능적으로 저층을 통과하는 엘리베이터를 타고 지상으로 내려갔다. 그리고 부서진 머리로 너부러져 있는 남자를 보았다. 부서진 남자의 머리 주변에는 흥건하게 핏물이 번지고 있었다. 나는 터질 것 같은 심장을 주체하지 못하고 정신을 놓아 버렸다.

내가 정신을 차린 곳은 폐쇄병동 병실이었다. 나를 병원으로 데려간 사람들은 내 집에 들이닥쳤던 바로 그 건장한 남자들이었다. 추락한 남자와 나는 한 앰뷸런스를 타고 병원으로 이송되었다. 그렇게 병원에 이송된 후 나는 폐쇄병동으로 그는 영안실로 옮겨졌을 것이다. 수술실 복도에서처럼 흰 시트를 뒤집어씌운 이동식 침대와 나를 태운 이동식 침대는 그렇게 각자의 방향으로 스치고 지나갔던 것처럼. 그들의 병원에서 그들의 의사는 내게 남편의 죽음을 확인할 틈도 주지 않았다. 마지막 작별인사를 나눌 기회도 차단시켰다. 무자비하게 들이닥쳤던 그날의 상황을 입막음하기 위해.

내가 그곳에 있는 동안 내 아들은 물론이고 내 피붙이들 중 누구도 찾아오지 않았다. 퇴원하자마자 나는 오빠와 동생에게 따져 물었다. 그들은 약속한 것처럼 같은 말을 했다. 급작스런 죽음, 밀려드는 기자들, 혼절한 동생, 충격을 이기지 못한 어린 조카. 정말이지 경황이 없었다고 했다. 회사에서 수습을 했기 망정이지 이 모든 일을 한꺼번에 감당하기엔 너무 벅찼다는 것이다. 내가 절대 안정을 취해야 한다는 말은 매우 지당했으며 남편의 장례식에 참석시키지 않은 것은 매우 적절한 조치였다고 그들은 확신하고 있었다. 그러나 나는 폐쇄병동에 갇힌 채로 치료가 아니라 취조를 받았었다.

회사장이란 명목으로 치러진 장례 기간 동안, 나는 전화도 시계도 필기구도 없는 병실에서 약을 먹고, 주사를 맞고, 약물 중독자처럼 혼미한 의식으로 잠을 잤다. 잠을 자지 않을 때는 의사에게 불려갔다. 의사는 내 기억을 되살려주겠다며 매번 최면을 걸었다. 의사가 내게 물었던 몇 가지는 똑똑히 기억하고 있다. 아마도 그날이 내 생일이었기 때문일 것이다. 의사는 몇 차례나 똑같은 질문을 했다. 4월 4일, 그날을 기억해 보세요. 그날 누구와 있었지요? 상무님과 비서실 직원들, 아니 혼자였어요. 그날 무엇을 보았지요? 눈동자. 내가 대답할 수 있었던 것은 여기까지였다. 그러나 의사는 계속해서 나를 다그쳤다. 깨진 머리와 낭자한 핏물이 떠오르자 저절로 비명이 터졌다. 나는 고개를 절레절레 흔들며 생각을 밀어냈다. 의사는 냉정하게 다시 물었다. 뭐가 보이죠? 나는 끔찍한 그것을 꿀꺽 삼켜버렸다. 그러자 머릿속이 새카매졌다. 떠오르는 것도 없고 할 말도 없었다. 만사가 다 귀찮았다. 약에 취해서 반편이처럼 멍해졌다. 그래선지 의사의 질문은 더 이상 고통스럽지 않았다. 들리지도 않았다. 의사가 퇴원하라는 말을 할 때도 별 느낌이 없었다. 병든 닭처럼 조느라 미처 그 의미를 파악할 겨를이 없었다.

얼마나 굴렀을까? 모래 더미가 흐름을 멈췄다. 턱진 둔덕에 몸뚱이가 걸린 것 같았다. 자세를 바꾸자 모래 더미가 다시 움직이기 시작했다. 모래 더미에 쓸려 내리지 않기 위해 둔덕 쪽으로 기어갔다. 손에는 딱딱한 막대기가 쥐어져 있었다. 반질반질하게 닳은 뼈다귀였다. 허우적거리면서 뭔가를 움켜쥔 모양이었다. 뼈다귀를 살펴보았다. 커다란 날짐승의 척추뼈로 보였다. 뼈다귀에서 영영 저 능선을 넘지 못하고 죽어갔을 날짐승의 몸부림이 느껴졌다. 이 봉투를 열어야 할 사람도 너뿐이야. 다른 사람에게는 아무런 의미가 없는 물건이야. 내가 잘 보관하고 있을 테니 사막에 가라. 가서 낙타도 사라. 무언가 하고 싶다는 것은 욕망이 생겼단 거잖아? 우진의 말이 떠올라 정신이 번쩍 났다. 사력을 다해 모래 능선을 기어올랐다. 모래는 한없이 부드러웠다. 올라간 만큼 미끄러져 내렸다. 팔다리에서 점점 힘이 빠져나갔다. 뼈다귀를 움켜쥐며 마지막까지 파닥거렸을 날갯짓을 다시 새겼다.

때마침 바람소리를 비집고 전자 음악 소리가 들렸다. 그것은 아주 멀리서 천천히 다가오는 발작소리 같았다. 몇 소절로 끝나는 음악은 계속해서 반복되었다. 내 휴대폰 벨소리임을 한참만에야 깨달았다. 용하게도 배낭은 내 등에 달라붙어 있었다. 가까스로 전화기를 꺼냈지만 이미 끊어진 뒤였다. 누군가에게 도움을 청할 수 있는 것도 용기라는 생각이 들었다. 통화버튼을 눌렀다.

"송로미 씨, 어딥니까?"

팀장은 고함을 질렀다. 걱정과 분노와 안도와 짜증이 뒤섞인 목소리였다.

"팀장님, 도와주세요."

간절함을 다해 도움을 청했다. 내 입으로 직접 도움을 청한 것은 암벽 등반을 하던 스무 살 이후 처음이었다. 스무 살에는 그렇게 쉬웠던 말이 이렇게 어려울 줄은 미처 몰랐다. 전화를 끊고 맥을 놓았다. 이상하게 눈물이 줄줄 흘렀다. 목구멍이 매캐해지면서 꺽꺽 울음이 터졌다. 남편이 죽은 뒤 한 번도 흘리지 않았던 눈물이다. 꽉 꽉 막혀 있던 구멍이 하나씩 뚫리는 것 같았다. 숨쉬기가 조금 수월해졌다.

"송로미 씨 정신 차려요."

나는 눈물이 범벅이 된 채로 몸을 일으켰다. 일행 모두가 한꺼번에 소리를 지르고 있었다. 그들이 호명하는 내 이름에는 걱정과 안도가 느껴졌다. 스무 살 내 친구들처럼. 그들은 로프를 붙들고 있었다. 로프로 몸을 감은 팀장이 내게 손을 내밀었다. 스무 살의 내가 인수봉에서 그랬던 것처럼. 나는 팀장이 내민 손을 잡으며 멋쩍어

히. 죽. 웃. 었. 다,

　여자가 하얀 낙타와 눈을 맞추며. 낙타가 움직일 때마다 방울 소리가 쩔렁쩔렁 울린다. 낙타가 무릎을 꿇자 여자가 낙타에 올라탄다. 낙타가 무릎을 펴고 일어선다. 여자의 몸이 뒤로 젖혀졌다가 앞쪽으로 쏠린다. 방울이 요란하게 울린다. 여자는 아버지의 어깨에 올라앉았던 때를 떠올린다. 계속 걸어라. 그래야 북이 울린단다. 그녀는 지끈거리는 머리를 흔들며 애써 정신을 집중시킨다. 속이 울렁거리는 것도 참는다. 의사가 경고했던 위험한 조짐이란 말도 애써 무시한다. 쩔렁쩔렁, …… 방울소리는 노을빛으로 부서진다. 여자의 눈앞에는 붉은 사막이 펼쳐져 있다. 황금빛으로 빛나는 모래 구릉과 핏빛으로 번지는 저녁노을. 여자의 골반과 허벅지 근육이 저절로 움츠러든다. 이제, 여자는 낙타를 재촉해서 일행 속으로 끼어든다.

　해는 모래언덕 너머로 완전히 기울어진다. 사막에는 바람 무늬가 다시 새겨진다. 사람의 길은 보이지 않는다. 낙타의 길도 보이지 않는다. 사람을 태운 낙타의 발자국이 바람 무늬를 헝클며 길을 만든다. 다시 바람은 그 길을 지우고 자신의 무늬를 새긴다. 여자는 뼈다귀를 쥔 손을 가만히 펴본다. 생명선을 가로질러 뼈다귀 자국이 선명하다. 잊었거나 잃어버린 것들이 모여 있다는 어떤 곳을 생각한다. 밀봉된 봉투도 그곳에 도착해 있을 거라고 믿는다. 여자의 몸이 위태롭게 흔들린다. 쩔렁쩔렁……. 여자의 머릿속에서 수많은 별들이 부서진다. 길잡이가 되어줄 별은 아직 뜨지 않았다.

〈21세기문학, 2012, 봄호〉

그들은 로그아웃을
할 수 없다

갑자기 화면 위로 팝업창이 겹쳐졌다. 금속성 멜로디가 울리고 메시지가 튀어나왔다. 멜로디는 얇고 둥근 금속통을 두드리는 것 같았다. 입안이 시큼해졌다. 혀 밑으로 고이는 침을 꿀꺽 삼키며 모니터를 들여다보았다. 각 부서의 부서장들과 팀장들은 즉시 회의실로 모이십시오. 갑자기 돌출된 메시지는 말풍선처럼 부풀었다 꺼지기를 반복했다. 반사적으로 고개를 뒤로 젖힐 만큼 말풍선은 입체적이었다. 멜로디도 몇 초 간격으로 계속 울려댔다. 모니터에서 시선을 돌린 팀원들은 약속이나 한 것처럼 팀장을 바라보았다. 팽팽하게 당겨진 사무실 공기만큼이나 그의 표정도 굳어 있었다. 그는 자신의 책상 위에 놓여 진 결재판과 태블릿피시를 들고 일어섰다.

다른 부서의 팀장들과 부서장들이 회의실로 들어가기 시작했다.

팀장은 선 채로 모니터와 출입구를 번갈아 보았다. 드디어 나타났군. 독백처럼 한 마디 내뱉고는 출입구 쪽으로 급하게 뛰었다. 팀원들의 시선이 팀장의 움직임을 따라 현관 쪽으로 쏠렸다. 출입문을 밀고 들어오는 사람은 이동통신사 콘텐츠 사업부 직원이었다. 그들에게 다가간 팀장은 허리를 푹 꺾어서 인사를 했다. 그런 다음 그들보다 한 걸음 뒤처져서 그들을 안내했다. 팀장이 회사 안에서 깍듯하게 예의를 갖춰 대하는 사람은 오직 사장뿐이었다. 이동통신사 직원들에게 대하는 태도는 그 이상이었다. 그들이 우리 회사의 목줄을 쥐고 있기 때문이라는 것은 전 사원이 다 알고 있는 사실이다. 어느새 사장은 회의실 문을 열고 나와서 그들을 맞아들였다. 사장과 이동통신사 직원 그리고 팀장이 회의실 안으로 들어가자 회의실 문이 닫혔다. 회의실 문에는 '회의중'이라는 붉은 등이 켜졌다.

의자를 돌려 모니터를 들여다보았다. 드디어 긴급 메시지가 화면에서 사라졌다. 그러나 메시지 펀치를 얻어맞은 사무실 공기는 여전히 팽팽하게 곤두섰다. 자판을 두들기는 소리, 마우스를 움직이는 소리, 서류철을 뒤적거리는 소리, 볼펜 구르는 소리, 의자가 삐거덕거리는 소리 하다못해 스마트폰이나 태블릿피시 액정 화면에 지문이 긁히는 소리까지. 신경을 긁었다. 책상과 책상 사이에 세워진 칸막이는 조금도 소리를 차단하지 못했다.

책상 위에 올려놓은 휴대폰이 해머드릴 소리를 내며 진동했다.

칸막이를 뚫을 것처럼 내게로 향하고 있는 팀원들의 시선, 고개를 모로 꺾어 내 등짝너머 진동하는 휴대폰을 흘겨보고 있는 시선이 한꺼번에 느껴졌다. 후다닥 휴대폰을 집어 들었다. 지워버린 번호였지만 매우 익숙한 전화번호, 바로 시원이었다. 잠시 망설였다. 그러나 진동음은 그 어떤 소음보다 귀에 거슬렸다. 무시하거나 참아낼 수 있는 성질의 것이 아니어서 통화버튼을 밀고 말았다. 어깨를 움츠리고, 고개를 숙이고, 한 손으로 휴대폰을 가린 다음 전화를 받았다.

"왜?"

"아싸, 이거 웬 횡재. 횡재한 기념으로 같이 점심 먹자?"

그녀의 목소리는 환하고 달콤했다. 그리고 냉장고에서 막 꺼낸 사이다처럼 시원했다. 사무실 공기도 한 옥타브 들어 올렸을 것이다. 그러나 그녀의 목소리는 엉뚱한 사람에게 잘못 배달된 음성 메시지처럼 생뚱맞았다. 여러 가지 감정이 동시에 소용돌이쳤다. 반갑고, 아프고, 괘씸하고, 분하고……. 굳이 한마디로 말하자면 불쾌감이었다. 끊지 못하고 그녀에게 귀를 연 것이 후회스러웠다.

"됐어. 바쁘니까 끊어."

"뭐야. 정말 모처럼 전화가 연결됐는데……?"

그녀는 아무 일도 없었던 것처럼 천연덕스러웠다. 뭐냐고 되묻는 순간 뜨거운 것이 '훅' 하고 치밀었다. 그것이 어떤 색깔의 감정이

든 결코 뜨거워서는 안 되는 일이었다. 애써 마음을 가다듬었다. 그러나 그날의 상황이 방금 전에 벌어졌던 것처럼 생생하게 떠올라 머릿속까지 뜨끈뜨끈해졌다.

그날, 팀장은 거하게 쏜다며 팀원들을 엉뚱한 곳으로 데려갔다. 회사 근처는 너무 식상하지 않느냐는 강 대리 의견을 대폭 수용한 결과였다. 이왕 내친걸음이니 압구정동이나 청담동으로 가자는 의견도 있었다. 이 시대의 트렌드를 몰라도 너무 모른다. 우리는 문화산업의 선두에 있는 사람들이다. 첨단문화를 개척하는 사람이라면 꼭 가봐야 하는 곳이다. 강 대리의 주장에 다른 의견들은 슬그머니 꼬리를 감췄다.

토요일이기도 했지만 며칠 동안 야근까지 해가며 업데이트를 끝낸 뒤라 팀 분위기는 매우 느슨했다. 팀장이 그 분위기를 지나칠 리가 없었다. 어제까지 채찍을 휘둘렀다면 오늘은 당근을 줄 때라고 생각한 것이다. 팀장은 법인카드를 내보이며 호기를 부렸다. 지중해 식인지, 프랑스 식인지, 아무튼 국적이 애매한 음식을 먹고, 가장 햇볕이 뜨거운 해에 수확한 포도즙으로 숙성시켰다는 와인도 몇 잔 느리게 마셨다. 그리고 할 일없는 사람들처럼 노천카페에 앉았다. 구경꾼이 아니라 이 거리의 일부라도 되는 것처럼 다들 폼을 잡고 앉았다. 삼청동은 경륜, 청담동은 과시, 이 거리는 로망이라나. 그러나 우리 일행이 이 거리와 잘 어우러지고 있다는 느낌은 들지 않았다. 우리의 모습은 포상 외박을 나온 병사들처럼 촌스럽게 들떠 있었다. 물론 강 대리는 예외였지만. 해방감 때문인지 거리 풍경이 하나하나 들어왔다. 팀장을 비롯한 팀원들의 시선은 주로 여자들에게 쏠렸다. 각선미 죽이는데. 쟨 가슴이 너무 빈약해. 쟤 봐라. 엉덩이가 섹시하지 않냐? 팀원들은 눈에 띄는 여자들을 가리키며 킬킬댔다. 나도 덩달아 낄낄대며 지나가는 여자들을 훑어보았다. 때마침 뚜껑이 열린 파란 스포츠카가 눈앞에 나타났다. 이야아……. 모두의 입에서 탄성이 터져 나왔다. 날렵하게 빠진 스포츠카는 미끄러지듯 천천히 움직였다. 사람들의 걸음걸이와 거의 같은 속도였다.

"쫄따구, 저 차 죽이지 않냐?"

강 대리가 내 옆구리를 꾹 찔렀다. 나는 강 대리와 스포츠카, 팀장과 스포츠카, 팀원들과 스포츠카를 번갈아 쳐다보았다. 그들의 눈이 점점 커졌다. 팀장의 시선은 차보다 차를 운전하고 있는 남자에게 꽂혀 있었다. 패션 잡지나 자동차 광고 화보에서 막 튀어나온 것처럼 세련된 남자였다. 남자의 시선은 몹시 분주했다. 그가 인도 쪽을 향해 손을 번쩍 들었다. 우리의 시야에 들어온 뒤 겨우 십여 미터를 움직인 다음이었다. 남자가 차에서 내렸다. 양손에 쇼핑백을 든 여자가 남자 앞으로 다가왔다. 남자는 여자의 손에서 쇼핑백을 받아 차 뒷좌석에 실었다. 그리고 조수석 쪽의 차 문을 열었다.

여자가 손가락을 펴서 흘러내린 긴 머리카락을 쓸어 올렸다. 그녀는 망설임도 없이 남자가 열어주는 차에 올라탔다. 운전석으로 돌아온 남자가 안전벨트를 매주기 위해 그녀를 향해 몸을 비틀었다. 남자의 행동은 물 흐르듯이 자연스러웠다.

"저 자식 선수잖아. 저 여자는 이 거고."

강 대리는 엄지와 새끼손가락을 머리 위로 올렸다가 아래로 꺾었다. 남자의 상체가 그녀 쪽으로 기울어지자 그녀가 남자를 향해 미소를 지었다. 남자는 안전벨트를 끼워주다 말고 그녀에게 키스를 했다. 그녀는 남자의 입술을 그대로 받았다. 휘익. 강 대리가 그들을 향해 휘파람을 불었다. 그들은 아랑곳하지 않았다. 나는 시선을 뗄 수가 없었다. 누군가 고개를 돌리지 못하도록 내 머리를 붙들고 있는 것 같았다. 몇 초에 불과했을 그 시간이 느리게 너무나 느리게 흘렀다. 남자가 그녀에게서 떨어지는 순간 나와 그녀의 시선이 마주쳤다. 그녀는 별로 당황한 기색을 보이지 않았다. 누구지? 아, 너구나. 그런 정도의 반응이었다. 오히려 당황한 건 나였다. 멍했다. 큰 망치로 머리를 가격당한 느낌 외에 다른 감정은 일지 않았다. 집에 돌아와 자리에 누워도 마찬가지였다. 도대체 내 마음이 어떤 상태인지 가늠이 되지 않았다.

그러니까 그날은 그녀에 관한 가장 최근의 기억인 셈이었다. 그날의 상황은 생생하게 기억할 수 있었지만 이상하게 그게 언제쯤이었는지 생각나지 않은 건 무슨 조화 속인지 모르겠다. 한 달 이전의 과거를 더듬는 것은 역사 교과서를 뒤적이는 것처럼 내게는 아득한 일이었다. 전쟁터인 이 게임 시장에서 한 달은 승패를 가르고도 남을 충분한 시간인 것이다. 하물며 한 달도 아닌 그 이전의 과거였으니 아득할 수밖에. 그녀에 대한 생각은 그날 이전과 그날 이후로 구분되었다. 어쩌면 그 보다 훨씬 전인 아버지의 죽음을 기점으로 삼아야 더 정확한 구분일지 모르겠다.

아버지들끼리 친밀한 관계를 유지하는 동안 나와 그녀도 서로에게 유일한 이성친구로 지냈다. 그러나 아버지의 급작스런 죽음과 동시에 그들의 관계는 깨지고 말았다. 어디까지나 비즈니스차원이었는데 끈끈하게 얽힌 친밀한 관계라고 우리가족만 착각했던 것이 아닌가 싶었다. 그렇다고 해서 나와 그녀의 관계가 쉽게 정리되는 것은 아니었다. 이미 우리는 서로를 간섭하는 사이가 되어버렸던 것이다. 왜 밴드를 그만두었느냐, 왜 하필 사생활까지 저당 잡혀야 하는 게임회사로 들어갔으며, 병역 의무 기간은 언제나 끝나게 되느냐, 등등. 나는 그녀의 푸념과 짜증을 사랑의 다른 표현으로 받아들였다. 그것도 착각이었던 걸까? 줄줄 끌려나온 기억들을 더듬다 엉뚱한 질문을 하고 말았다.

"지금 어딘데?"

"도서관. 근데⋯⋯."

"너 정말 웃긴다. 어울리지 않게 무슨 ……."

자신도 모르게 소리를 확 지르고 말았다. 너무나 어이없는 질문에 화가 났고, 도서관이란 말에 짜증이 치받은 것이다. 스포츠카에 앉아 키스를 하던 그녀와 도서관에 앉아 머리를 싸매고 있는 그녀를 일치시키기 어려웠다.

"도서관에서 한 컷 찍어 아빠한테 전송하고 나오는 중이란 말이야. 나 오빠에게 할 말 있어. 꼭 만나야 해."

아빠에게 한 컷 전송했다는 말이 몹시 거슬렸다. 타이어가 펑크난 차를 타고 요철이 심한 길을 달리고 있는 기분이었다. 자신의 아빠에게 한 컷 찍어 전송했다? 그것은 도서관에 얌전히 앉아 있으니 안심하라는 메시지였을 것이다. 그러나 그런 쇼까지 하면서 그녀가 왜 나를 만나야 한단 말인가.

"아, 쓰벌. 쫄따구 주제에 열라 개념 없네."

강 대리가 쥐어박는 소리를 했다. 벌떡 일어나 팀원들을 돌아보았다. 그들은 하나같이 짜증스런 눈빛으로 나를 쳐다보고 있었다. 강 대리 얼굴은 유난히 구겨져 있었다. 미간은 잔뜩 찌푸려졌고 눈빛도 살벌했다. 그가 가리키는 벽을 쳐다보았다. 근무 중 휴대폰 사용 금지! 사적 용무 절대 불허! 나는 서둘러 통화 종료 버튼을 눌러 버렸다. 전화기가 다시 진동했다. 손바닥을 강타한 진동은 수압이 강한 물줄기처럼 온몸으로 퍼져나갔다. 새끼발가락까지 부르르 떨렸다. 휴대폰을 호주머니 속에 넣어버렸다.

앉아 있기도 불편하고 서 있기도 불편했다. 흡연실로 들어갔다. 담배연기를 깊숙이 들여 마셨다. 그리고 천천히 아주 천천히 연기를 내뿜었다. 갑갑하던 가슴이 조금 뚫리는 것 같았다. 입 안에 고이던 시디신 침도 잦아들었다. 지금 내가 고민해야 할 문제는 회의실 안에서 벌어지고 있는 일이라는 생각이 들었다. 내가 기획한 〈감각의 제국〉은 기대치를 웃돌았지만 어젯밤에 일어난 자살 사건이 걱정이었다.

예감이 좋은 건지 나쁜 건지 도대체 종잡을 수가 없었다. 네 마음이 꼴리는 대로 마음껏 만들어봐. 모든 책임은 내가 다 진다. 알았나? 팀장이 그렇게 부추길 때마다 나는 함정을 더 깊게 팠다. 게임을 소화하지 못하는 단순 무식한 유저를 골탕 먹일 몇 개의 충격 장치를 설치한 것이다. 멍청한 놈들이 무대보로 항의를 해오지 않을까요? 뒷일이 걱정되어 묻자 팀장은 호기어린 투로 말을 잘랐다. 걱정 마. 대신 욕먹어줄 놈들을 일렬로 쫙 세워놓을 테니까. 팀장은 과장된 음성으로 뒷일을 장담했다. 팀장 말대로라면 어떤 일이 벌어진다 해도 내가 책임질 일은 없다는 것이었다.

사실 강 대리와 내가 기획안을 내놓을 때까지 우리 팀원들은 숨도 제대로 쉴 수 없었다. 그야말로 머리카락이 다 타버릴 정도로 매일같이 닦달을 당했다. 그때, 강 대리는 병역 의무 기한을 몇 개월

앞두고 있었다. 제발 머리들 좀 굴려라. 머리 좋은 놈들이라고 뽑아
놨더니 쌈박한 아이디어를 내놓는 놈이 어째 하나도 없나. 머릿속
에 똥만 가득 차 가지고⋯⋯ 자존심이 있다면 남의 게임이나 베껴
먹고 먹다 흘린 아이디어나 훔쳐오는 걸로 만족하지는 말아야지.
무의식적으로 팀원들은 서로의 얼굴들을 바라보았다. 그리고 피식
웃었다. 생각이 모자라면 남의 아이디어라도 훔쳐 와야 한다든가,
장사가 될 것 같으니까 룰만 적당히 수정해서 출시하라든가, 쓸 만
한 것이 있으면 무조건 활용하고 보라고 권장하던 사람이 바로 팀
장이었다. 저작권 운운 하면 그때 가서 해결하면 돼. 어떤 상황이든
힘센 놈이 이기게 되어 있거든. 골치 아픈 일은 고문 변호사가 알아
서 다 해결하잖아. 팀장은 그렇게 치사한 방법까지 일러주고 지시
했었다.

아, 강 대리는 바로 팀장의 숨은 뜻까지 찾아내서 작업에 들어갔
다. 지난해에 출시한 〈러브샷〉은 다른 개발자의 상품을 훔친 것이
었다. 개발자는 미처 업그레이드를 시키지 않은 채 자신의 재산을
방치하고 있었다. 슬슬 유저들이 등을 돌릴 찰나 선임인 강 대리가
그것을 주워들었다. 3D 화면으로 재생된 게임은 휴대폰 액정 화면
에서도 충분히 입체감을 느낄 수 있었다. 때맞추어 스마트폰이 출
시되었다. 기존의 유저들은 물론이고 초보들까지 달라붙었다. 당연
히 대박이 났다. 이런 유의 게임은 거의 실시간으로 업그레이드를

시켜줘야 하는데 개발자는 기회를 놓친 것이다. 게을렀던 것인지, 기술이 부족했던 것인지, 그도 아니면 자금이 달렸던 것인지. 어쨌든 개발자의 처지는 강 대리나 팀장에게 전혀 고려되지 않았다. 물론 게임 개발자로부터 제소를 당하긴 했지만 별 탈 없이 합의가 이루어졌다. 팀장 말처럼 고문 변호사가 간단히 해결했다. 기본 틀은 다 거기서 거기야. 다만 화면 구성과 디자인 그리고 캐릭터 싸움인 거지. 힘없는 자신을 탓해야지 별 수 있겠어? 강 대리는 그렇게 변명 아닌 자기 변호를 했었다.

그것뿐만이 아니었다. 팀장은 시시때때로 팀원들에게 일일이 목표를 설정하게 했다. 각자에게 부과된 목표액이 얼마인지 다시 한번 말해봐. 제일 먼저 입을 여는 사람은 언제나 선임인 강 대리였다. 30억입니다. 그의 목소리는 빳빳하게 힘이 들어가 있었다. 20억, 10억……. 팀원들은 돌아가면서 자신들의 목표액을 말했다. 30억입니다. 나는 선임 못지않게 크고 분명하게 대답했다. 무모하다고 느낄 사이도 없이 튀어나온 말이었다. 사실 내 목표는 10억이었다. 그런데 30억이라고 말해버린 것이다. 나는 현금 천만 원도 가져본 적이 없었다. 그런 내게 30억이란 가치로 감각되는 액수가 아니라 그저 사무적인 막연한 숫자였다. 어쨌든 팀원들 앞에서 소리 내어 말해버린 순간 30억은 흡착력이 강한 괴물처럼 어깨에 달라붙었다. 목표액 30억? 근로계약서에 합의된 대로라면 순이익의 10%가

개발자의 몫으로 돌아가게 된다고 했다. 매력적인 유혹임에 틀림없었다. 내 말이 끝나자마자 팀장은 박수를 치며 웃었다. 그래, 월급까지 주면서 병역을 해결해주는데 회사에 그 정도의 이바지는 해야지. 어이없음인지, 만족함인지, 팀장의 속내를 가늠하기 어려웠다.

팀장은 나를 다그칠 때마다 이미 치러낸 복무 기간을 엎어버리겠다고 으름장을 놓았다. 국방부 시계가 저절로 가는 줄 아나? 내가 모래시계 뒤집듯 엎어버리면 카운트는 다시 시작되는 거야. '국방부 시계'와 '병역 미필'이라는 채찍으로 팀장은 수시로 나를 옥죄었다. 그것은 내 목에 채워진 개 줄이나 다름없었다. 그는 목줄을 죄기도 하고 풀어주기도 하면서 나를 조져댔다. 나는 길이 잘 든 충견처럼 그의 목줄에 따라 움직였다. 그럴 때마다 머리에서 쥐가 났다. 새치도 마구 돋았다. 나는 스물일곱 살이 아니라 서른일곱 살처럼 늙어버리지 않았나 싶다.

아무도 상상하지 못했으리라고 생각되는 기획안을 팀장에게 내보였다. 시중에 나와 있는 모바일 게임을 거의 뒤져본 다음이었다. 팀장의 시선을 단번에 사로잡을 수 있을 거라고 생각했다. 은근히 어깨에 힘을 주었고 허리도 쫙 펴고 아랫배에 단단히 힘을 주었다. 김우혁, 장난 하냐? 이걸 기획안이라고 내놨느냐고. 우리는 예술을 하는 것이 아니라 상품을 제작하고 있는 거다 이 말이다. 상품이 뭐냐. 수익을 발생시킬 수 있는 것이 상품이다. 근데 이 따위로 어떻게 돈을 벌어. 개뿔, 영상미가 어쩌고, 음향효과가 어쩌고저쩌고? 〈비상하는 계단〉? 이런 것은 니 배가 불러터질 때나 할 일이고, 매혹적이면서 중독성이 강한 상품을 만들어 오라니까. 강 대리를 봐. 골프게임도 화끈하게 여자를 벗겨놓고 시작하잖아. 스포츠와 섹스 죽이잖니? 일거양득, 꿩 먹고 알 먹고. 땀도 빼고 딸딸이도 치고. 팀장은 기획안을 내 얼굴에다 집어던졌다. 그가 던진 기획안은 내 가슴팍에 부딪혔다가 바닥으로 떨어졌다. '기획자 김우혁'이라고 쓴 표지가 내 발등에 얹혀졌다. 내 기획안은 결재판에 다시 끼워지지도 못하고 파쇄기 속으로 직행했다. 무참한 심정으로 파쇄기를 바라보고 있는 내게 강 대리가 말했다. 처음에는 다 그런 거야. 이상에 압도되어 실제가 보이지 않거든.

점심 시간을 훌쩍 넘긴 후에 팀장이 회의실에서 나왔다. 팀장의 목소리가 몹시 들떠있었다. 환희와 불안이 내재된 불안정한 목소리였다. 가슴이 턱 내려앉았다. 동시에 체기처럼 얹혀 있던 그 무엇이 쑥 내려갔다. 내심 기다리고 있었던 바로 그것? 팀장이 내 어깨를 툭 쳤다. 그의 감정이 온전히 내게로 전염되었다. 이심전심이란 말을 써도 되는지 모르겠다. 목구멍이 몹시 가려웠다. 재채기도 웃음도 아닌 괴상한 소리가 목구멍을 긁으며 터져 나왔다. 킁킁킁…… 킥킥킥…… 잔기침으로 계속 소리를 뱉어내는데도 목구멍은 시원해지지 않았다.

"자, 모두 주목. 어젯밤 자정 뉴스 본 사람 있나? 오늘 아침 검색어에도 떴던데."

팀장은 팀원들을 죽 둘러보며 물었다. 팀원들은 멀뚱멀뚱한 눈으로 서로를 바라볼 뿐 아무런 대답도 하지 않았다.

"짜식들, 케이블만 돌아다니지 말고 뉴스도 좀 봐라. 자, 됐고. 드디어 어젯밤 한 놈이 아파트 옥상에서 투신했다. 중요한 것은 녀석이 투신 직전까지 〈감각의 제국〉에 접속해 있었다는 거다. 이통사로 불똥이 튄 것 같은데……"

팀장은 미간을 찌푸리며 말끝을 흐렸다. 간담이 서늘해지면서 등짝으로 식은땀이 흘렀다.

"짜샤, 긴장하지 마라. 뒷감당은 내가 다 한다고 했잖아. 자살이래, 자살."

팀장은 내 등을 툭 쳤다. 그는 양 손을 들어 올리며 어깨를 으쓱했다. 그리고 팀원들을 향해 표정을 가다듬었다.

"유서로 추정되는 낙서가 발견됐단다. '이 지독한 감옥에서 벗어나고 싶다.' 노트 한 바닥이 모두 그 비슷한 내용이었다지? 게다가 담임과 부모가 서로에게 책임을 떠넘겼다더라. 부모는 학교가 감옥이었다고 주장하고, 담임은 집이 감옥이었다고 우기고. 어쨌든 녀석은 탈옥에 성공했다는 것이고, 우리에게 중요한 것은 〈감각의 제국〉이 공중파를 탔다는 거야. 돈 한 푼 안 들이고 제대로 광고를 때리게 된 거지."

팀원들의 시선이 내게로 쏠렸다. 응원도 아니고 질타도 아닌 묘한 표정들이었다. 따끔따끔했다. 팀장에게 제대로 걸렸군. 넌 딱 걸렸어. 딱해요 딱해. 네 것은 막장 게임이야. 좋겠다. 잘하면 대박이 나겠군. 등등. 그들의 표정에서 읽혀진 것들을 부인할 생각은 없었다. 시원이에 대한 생각은 순식간에 밀려나갔다.

"돌아가는 판세를 조용히 구경하자고. 잘하건 못하건 유저들에게는 제국에 대한 판타지가 있거든. 지금부터 김우혁은 게시판에 관여하지 마라. 알바생들 죽 세워놓을 테니까. 니가 기도할 것은 딱 하나다. 우리가 희생양이 되지 않도록 나라의 안녕을 비는 것. 감당하기 어려운 큰일이 터지게 되면 이번 일에다 여론몰이를 할지도 모르니까. 게임중독, 청소년 자살, 대중이 흥분하기 쉽잖아? 덧붙이는데, 마케팅팀은 내 허락 없이 게임 잡지나 각 포털의 게임담당자를 만나지 말도록. 굳이 접촉할 일이 생기면 반드시 내가 작성해준 홍보 문안을 사용하도록 한다. 다들 주둥이를 조심해. 이상. 아참 사랑하는 나의 팀원들, 오후에 있을 연봉 협상에 대해 기대를 걸어도 좋다. 그럼 난 상전들 모시고 점심 먹고 올 테니까 대기하고 있도록. 특히 너, 김우혁……."

팀장은 목소리를 쫙 내리깔고 여유를 부렸다. 그는 나와 시선이 마주치자 내 어깨를 잡았다. 그의 시선은 나를 향해 있지만 귀는 사장실 쪽으로 열려있는 것 같았다. 그는 사장실 문이 열리자 말끝도 맺지 않고 부리나케 그쪽으로 뛰었다.

팀장을 만나게 된 것이 행운인지 불행인지 아직은 모르겠다. 분명한 것은 내가 그의 능력을 숭배하게 되었다는 것이다. 온몸에 바늘이 돋을 정도로 불편한 사람이지만 시장을 읽어내는 능력과 적기에 적절하게 대처하는 순발력은 혀를 내두를 정도였다. 내가 〈비상하는 계단〉을 끝까지 고집하지 못했던 것도 그의 능력을 신뢰하고 있기 때문이었다.

다시 보강해서 제출한 기획서는 팀장에 의해 부분 수정이 된 다음 채택되었다. 그는 〈비상하는 계단〉을 〈감각의 제국〉으로 제목을 바꿨다. 한 번으로 설정된 공격용 메시지도 수차례 반복되도록 수정을 요구했다. 처음에는 선뜻 팀장의 의견에 동의하지 않았다. 우선 제목이 거슬렸다. 오래전에 센세이션을 일으켰던 일본 영화와 같은 제목이라서 싫었다. 설령 그 영화를 알지 못한다 해도 자칫 성적 판타지로 오해할 수 있었다. 그러나 요즘 아이들 운운하며 그는 끝까지 그 제목을 고집했다. '감각'의 즉흥성과 '제국'이라는 판타지가 잘 먹힐 것이라고 했다. 초등학생용 악보만 읽을 수 있으면 된다던 그가 음악이나 음향에 대해서도 일일이 간섭을 했다. 내가 끝까지 고집한 것은 서사의 완결뿐이었다. 스마트폰이나 태블릿피시라면 효과를 거둘 수 있다고 우겼다. 기존의 모바일게임에서 가장 취약한 부분인 그 점이나마 극복하고 싶었던 것이다.

아무튼 그의 예상은 조금도 빗나가지 않았다. 출시된 지 석 달도 되지 않아 손익분기점을 넘었다고 했다. 이미 상당액이 적립되었을 터였다. 내게도 노란 스포츠카를 살 수 있는 날이 가까워진 것 같았다. 가로수길에서 시원이를 본 그날 이후, 나는 목표를 새롭게 설정했다. 이십 대가 다 지나기 전에 꼭 이루어야 할 일인 것처럼 첫 번째 목표를 스포츠카로 삼았다. 어떤 길에서 어디를 향해 달릴 것인지는 아직 정하지 않았다. 내가 스포츠카를 사기 전에 속도를 무시하고 달릴 수 있는 아우토반이 닦여진다면 더 없이 좋을 일이다. 옆자리에 누구를 태우지? 시원이 외에 떠오르는 여자가 없었다. 억지스럽지만 그 자리에 엄마를 앉혀보았다. 스포츠카에 앉아 있는 엄마. 도무지 그림이 그려지지 않았다. 내게 집은 엄마고, 엄마는 곧 집이다. 집은 어떤 변화에도 움직이거나 흔들려서는 안 된다. 그러므로 내 옆자리에 탈 사람으로 엄마는 적당한 사람이 아닌 것이다.

어젯밤에 본 엄마는 허깨비처럼 느껴질 정도로 생기가 없었다. 일주일만의 귀가여서 새삼스럽게 보였는지 모르겠다. 그녀는 목이 늘어난 티셔츠에 무릎이 나온 트레이닝 바지를 입고 앉아서 TV를 보고 있었다. 그녀의 모습은 언제나 같은 자리에 놓여 있는 낡은 가구처럼 보였다. 연속극에 넋을 빠트리고 있던 그녀는 내가 가까이

다가가자 소스라치게 놀랐다. 그녀의 비명이 너무 커서 오히려 내가 뒷걸음질을 쳐야만 했다. 한참 가슴을 쓸어내린 다음에야 그녀는 입을 열었다. 왔니? 마치 기대하지 않았던 횡재를 한 것처럼 그녀는 허둥거렸다. 밥 먹어야지? 아니 먼저 씻을래? 그녀는 주방과 욕실 앞을 오가며 허둥거렸다. 밥 줘.

밥을 먹는 동안 엄마와 내가 나눈 말은 딱 두 마디였다. 밥은 잘 챙겨먹고 있는 거지? 그녀가 내게 물었다. 응. 나는 그녀를 보지 않고 아주 짧게 대답했다. 밥이란 단어는 엄마라는 존재가 걱정하는 모든 것으로 해석되었다. 단음절의 내 대답 역시 그녀가 듣고 싶은 모든 것의 함축이었다. 그녀는 내가 수저를 놓을 때까지 수저와 젓가락의 움직임을 좇았다. 조금 더 친절하고 싹싹하게 대해야 한다는 생각이 들었다. 내가 하는 일이 잘되고 있다는 기대도 안겨주고 싶었다. 그러나 앞뒤가 길어질 것 같아서 그만두었다. 우리의 침묵을 TV소리가 메웠다. 그녀는 순간순간 그 소리에 귀를 기울였다. 연속극의 흐름을 추적하고 있는 것 같았다. 나는 밥과 반찬을 씹는 중에도 팀장의 목소리를 찾아내고 있었다. 입사 첫날 내게 했던 '가장'이란 말이 무엇인지 알 것도 같았다.

아버지가 안 계시는군. 팀장은 가족관계증명서를 들여다보면서 아버지의 부재를 확인시켰다. 어머니는 무슨 일을 하시나? 그의 질문에 선뜻 대답을 하지 못했다. 우선 첫 대면부터 반말이었고, 억지로 외면하고 있는 아버지의 부재를 들췄고, 무력감에 빠져 있는 엄마의 무능함을 되새기게 했다. 팀장은 내 얼굴을 빤히 쳐다보았다. 어쨌든, 자네가 가장이란 말이지? 필히 어른이 되어야겠군. 어른이 뭐하는 사람인 줄 아나? 나는 대답하지 않았다. 애인 있으면 빨리 정리해라. 그는 시선을 내리깔고 서류를 넘기면서 명령투로 말했다. 클럽에서 연주를 했었다? 좋아하시네. 그런 개똥같은 허영기가 남아 있다면 깨끗이 털어내도록. 그는 내 밴드활동을 비웃었다. 디자인, 영상, 음악까지 게임회사에서 필요한 스펙을 두루 갖추고 있다는 것을 보여주고 싶었는데 팀장의 반응은 의외로 시큰둥했다. 우리 업무는 초등학생용 악보 정도를 읽을 수 있으면 그만이야. 내가 아는 한 너 같은 부류는 대부분 날라리들이거든. 그런데도 너를 뽑은 이유가 뭔지 아나? 개뿔, 네 실력을 인정해서가 아니라 네가 가장이라는 점 때문이야. 등 따뜻하고 배부른 녀석들은 대체로 끈기도 없고 오기도 없거든. 말이 면담이지 그는 내게서 단답형의 대답만을 원했고 일방적으로 자기 생각만을 강요했다. 아예 대답을 원하지 않는 질문도 많았다. 면담을 보는 것인지 길고 지루한 강의를 듣고 있는 것인지 모를 지경이었다.

면담 시간이 개인당 두 시간씩이란 것은 알고 있지? 이 시간이 얼마나 중요한 것인가는 나중에 알게 될 거야. 나는 지루함을 애써 감추며 고개를 끄덕였다. 아까 어디까지 말했더라. 아, 팔자놓은 놈들. 그는 특권층과 부유층에 대한 냉소를 드러내기 시작했다. 특히 부모가 모든 것을 해결해주는 자식들에 대한 비난과 비판이 줄줄이 이어졌다. 하긴 그것도 능력이지. 우리 같은 인간들이 결코 따라잡을 수 없는 특별한 능력. 그런 족속들이 무척 부럽지? 솔직하게 말할까? 사실은 나도 무지 부러워. 그래서 어쨌다는 거냐고 반문하고 싶었다. 그래, 이 작자는 지금 내 인내심을 시험하고 있는 거다. 나는 어금니를 꽉 악물었다.

그렇다고 억울해 할 필요는 없어. 갑자기 등짝이 뜨끈해졌다. 정면돌파가 안 되면 사이드로 걔들을 치면 되거든. 치사하게 걔들이 흘린 부스러기나 주어먹고 걔들의 발가락이나 핥는 그런 일은 할 필요가 없잖아? 걔들에게도 치명적인 약점이 한 가지쯤은 있게 마련이거든. 그것이 뭐냐면…… 하긴 그것도 저절로 알게 될 거다. 사실 그들에게 있다는 치명적인 약점이 뭔지 짐작할 수는 없었다. '걔들'이란 호칭은 '개들'이란 말로 들렸다. 그나마 개들을 핥는, 개만도 못한, 개는 아니라고 보는 것 같아서 조금 위안이 되었다. 생각 같아서는 한 방 먹인 다음 뛰쳐나가고 싶었지만 꾹 참았다. 통과의례라니까. 내가 너무 흥분했나? 그래 다시 그럴듯하고 있어 보이게 말해주지. 최고는 언제나 미친놈들의 손에서 만들어진다 이거야. 그는 말꼬리를 질질 끌었다. 그럼 나도 미친놈이 될 가능성이 있다고 판단한 것인가?

그의 시선은 내 눈을 더 깊게 파고들었다. 마치 만만한 강아지를 앞에 놓고 장난을 치고 있는 것 같았다. 오기가 생겼다. 나는 그의 시선을 피하지 않고 받아냈다. 눈알이 시큰거렸다. 그가 표정을 풀고 다시 말을 이었다. 배부른 놈들 이야기는 양념으로 썰을 풀어본 것이다. 김우혁, 지금부터는 진짜 본론을 말하겠다. 그는 정색을 하며 신병훈련소 조교처럼 말투를 바꿨다. 나와 일을 하려면 장애물은 모두 제거해라. 출근 시간은 있지만 퇴근 시간은 없다. 알았나? 방심하지 마라. 삼 개월 동안 일을 시켜본 뒤에 너의 채용여부를 확정한다. 우리 회사 방침이나 내 업무 스타일이 마음에 들지 않으면 언제든지 그만둬도 상관없다. 대기 중인 놈들은 얼마든지 있으니까. 그는 두 시간을 다 채우고 나서 면담을 끝냈다. 팀장의 페이스에 말려든 것인지, 아니면 스스로 늪으로 들어간 것인지 따질 새도 없이 어느덧 병역특례 기한이 끝나가고 있었다.

목을 빼고 칸막이 너머를 둘러보았다. 점심 시간이었지만 아무도 자리를 뜨지 않았다. 자리를 비웠던 사람도 돌아와 있었다. 그렇다고 서로 대화를 나누지도 않았다. 그들은 각각의 칸막이 안에서 하나같이 모니터에 시선을 박고 있었다. 나는 다시 모니터를 바라보았다. 자살 사건에 대한 뉴스 검색을 끝냈다. 어떤 매체도 그 사건을 〈감각의 제국〉과 관련시키지 않았다. 그러나 게시판은 달랐다.

난장판이나 다름없었다. 비난과 욕설과 옹호와 응원까지 다양한 의견들이 뒤섞여서 요란했다. 동조하거나 반박하는 의견들로 댓글에 댓글이 이어졌다. 특히 어젯밤에 자살했다는 아이를 놓고 격론이 벌어지고 있었다. 이동통신사와 게임회사와 경찰이 짜고 친 고스톱이라는 것이다. 게시물 중 가장 강력한 의견이었다. 그 밑에는 수많은 댓글이 달렸다. 도배까지는 아니지만 비난과 욕설 뒤에 같은 문구가 반복되고 있었다. '나는 게임한다, 고로 존재한다.' 냄새가 조금 났다. 벌써 팀장이 아르바이트생들을 시켜 댓글을 달게 했을까? 자세히 살펴보니 올린 사람의 아이디가 모두 달랐다. 각기 다른 그들이 '나는 게임한다, 고로 존재한다.'는 문구를 경쟁하듯 올려놓았다. 동조한다는 댓글도 많았다. 게임의 세계에서만 존재감을 느낀다는 유저도 있었다. 그들은 게임에서 아웃당하거나 접속을 거부당하는 상황을 상상조차 할 수 없다고 적어놓았다.

역시 자살한 녀석은 사망 직전 게임에 접속한 흔적이 남아 있었다. 녀석은 오랫동안 3단계에 머물러 있었다. 왕따를 면치 못했고, 음성메시지로 원혼들의 공격을 받고 있었다. 게임을 중도에 포기할 수 있도록 설정했더라면 녀석은 죽지 않았을까? 게임 시작 전에 동의 절차를 거쳤듯이 이 게임은 중도에 포기할 수 없다. 만약 중도에 포기하면 우리 회사의 게임 사이트에는 아예 접속할 수 없기 때문이다. 그러므로 패자가 되어 도중에 아웃이 되건, 승자가 되어 제국에 입성을 하건, 끝을 봐야 게임으로부터 해방된다. 물론 패자들이 부활할 수 있는 장치도 마련해 놓았다. 구제당한 유저의 자존심에는 상처가 크게 남겠지만.

대체로 영혼을 구제하고 지배자로 등극한 유저들은 현실에서 왕따를 당했거나 폭력에 시달렸던 경험을 갖고 있다. 그들은 현실에서 갖지 못했던 특별한 능력을 나타낸다. 그러나 영혼을 구제하는 문제는 간단하지 않다. 인간미 즉 감성을 시험하는 단계라고나 할까. 그것은 기능이 아니다. 최소한 감동이란 것이 뭔지, 아픔이나 슬픔이 어떤 건지를 구체적으로 경험해봤어야 억울한 영혼을 구제할 수 있다. 즉 5단계까지가 감각이나 기능이었다면 6단계와 7단계를 해결하는 것은 전적으로 감성인 것이다. 그리고 제국의 지배자로 등극하는 유저에게는 큰 보상이 주어진다. 평생 무료 회원권과 생활 지원금이 그것이다. 아무튼 녀석은 감성을 시험당할 기회는커녕 제국에 입성할 능력도 갖지 못한 유저였던 셈이다. 실시간 검색어 순위에 오를 만큼 녀석은 죽은 뒤에 유명세를 치르고 있었다.

태블릿피시에 새로운 메일이 도착했다는 신호가 떴다. 대형 게임사인 N사에 근무하는 선배가 보낸 메일이었다. N사는 대부분의 개발자들이 입성을 꿈꾸는 회사다. 주위를 둘러본 다음 목을 빼고 칸막이 너머를 살펴보았다. 내게 관심을 갖는 사람은 아무도 없었다. 들었던 엉덩이를 내려놓고 메일을 열었다. 메일은 축하한다는 말로 시작되었다. 서류심사를 무난히 통과했으니 면접을 보러 오라는 내용이었다. 면접 날짜와 시간도 잡혀 있었다. 갑자기 가슴이 두근거렸다. 잘하면 온라인게임 개발자가 될 기회가 주어질 것 같았다. 영화 못지않은 대작을 만들어보고 싶었다. 신화든, 영웅이든, 제국이든, 대항해사든. 일단 스케일이 다르지 않은가. 게다가 거대함에서부터 섬세함까지 무한정의 세계를 펼쳐 보일 수 있다.

결근을 해야 하나, 조퇴를 해야 하나? 잠깐 고민스러웠다. 선배는 세부적인 내용까지 적어 보냈다. 면접을 통과하게 되면 신원 조회와 건강 검진을 받은 후에 최종 합격이 결정된다고 했다. 대충 계산해보니 면접에서부터 합격통보까지 한 달여의 시간이 걸릴 것으로 짐작되었다. 난감했다. 병역의무 기한은 아직 두 달 가까이 남았다. 선배는 너무 빨리 손을 내밀어준 것이다. 자칫 정보가 새기라도 한다면 큰일이다. 팀장이 모래시계를 엎어버린다면……. 머리털이 곤드서고 심장이 옥죄었다.

"김우혁?"

누군가 등을 툭 쳤다.

"네엣?"

나는 탄성이 강한 용수철처럼 벌떡 일어났다. 정말이지 심장이 멎는 줄 알았다. 황급히 태블릿피시를 덮었다. 그리고 돌아보았다. 강 대리였다. 평소처럼 '쫄따구'라고 불렀어도 이렇게 놀라지는 않앉을 것이다.

"왜 이렇게 놀라나. 나한테 죄지은 것 있어?"

나는 강 대리에게 대들 듯이 물었다.

"무 무슨 일입니까?"

"뭐야, 혹시 그것 때문이야?"

강 대리는 내 얼굴과 태블릿피시를 번갈아보며 히죽히죽 웃었다. 내 메일을 훔쳐 본 것은 아닌지 의심스러웠다. 그러면 내가 자리를 비운 사이에 내 태블릿피시를 뒤져봤을 수도 있었다. 상대의 약점을 자신의 기회로 삼는데 탁월한 능력을 가진 그가 아닌가. 혼란스러웠다. 그렇다고 대놓고 물을 수도 없는 노릇이었다. 그야말로 뚜껑이 열릴 지경이었다.

"문자 좀 확인하지. 팀장님이 점심을 배달시켰다네. 가자."

그는 내 옆구리를 꾹 찌르며 성큼성큼 앞서 나갔다. 속이 탔지만 확인할 방법이 없었다. 안내데스크 옆에는 피자와 치킨 그리고 음료수가 배달되어 있었다. 팀장이 대기하라는 명령을 내릴 때 이미 점심 메뉴가 정해졌던 셈이다. 보안상 배달원이나 외부인이 출입할 수 있는 곳은 로비까지였다. 배달된 음식을 가지러오는 것도 곧 후임에게 넘겨주게 될 것이다. 강 대리를 돌아보았다. 분명 그의 표정은 여느 때와 달랐다. 과연 후임에게 넘겨주고 무사히 떠날 수 있을까? 마치 불안의 근원이 강 대리라도 되는 것처럼 짜증이 났다. 쓰벌, 개자식. 껌을 씹는 것처럼 여러 번 중얼거렸지만 불안이 줄어들지는 않았다.

"쫄따구, 저 여자 어디서 본 것 같지 않아?"

피자 상자와 치킨 상자를 들고 돌아서려는데 강 대리가 물었다. 나는 무슨 희떠운 소린가 싶어 무시해 버렸다. 그러자 그가 내 옷자락을 잡아당기며 다시 물었다.

"이봐, 우리 저 여자 본 적 있잖아?"

그가 가리키는 쪽으로 고개를 돌렸다. 머리가 짧아지긴 했지만 시원이가 분명했다. 할 말이 있다고는 했지만 여기까지 오리라는 예상은 하지 못했다. 이 자리를 빨리 벗어나지 않으면 강 대리는 곧 그녀를 기억해내고 말 것이다. 나는 관심 없다는 표정을 지어보이고 재빨리 고개를 돌렸다. 그리고 부리나케 엘리베이터를 향해 걸었다. 그녀가 나를 불러 세울 것 같아 오금이 저렸다. 등짝과 겨드랑이로 식은땀도 줄줄 흘렀다. 강 대리가 뒤따라왔지만 엘리베이터 닫힘 버튼을 눌러버렸다.

언제 들어왔는지 팀장은 회의용 탁자에 앉아 있었다.

"빨리 가져와. 모두들 점심 안 먹었지? 다들 배고프겠다. 먹으면서 회의를 진행하자고."

피자 몇 상자와 치킨 몇 상자가 순식간에 비워졌다. 몹시 배가 고팠지만 나는 피자나 치킨의 맛을 느낄 수가 없었다. 강 대리가 나를 힐끗거릴 때마다 피자 덩어리나 치킨 조각이 목에 걸렸다. 그것을 목안으로 넘기느라 계속해서 콜라를 마셨다. 평소와 달리 강 대리는 피자나 치킨에 손을 대지 않았다. 콜라 캔 하나를 들고 홀짝거리기만 했다.

팀장이 내놓은 안건은 두 가지였다. 하나는 새로운 게임기획안이었고, 다른 하나는 연봉 협상에 관한 것이었다. 강 대리와 나는 호되게 질타를 당했다. 나는 마음이 떠버려서 그렇다손 치더라도 강 대리의 여유는 도무지 의도를 짐작하기 어려웠다. 억지로 넘긴 피자와 치킨 조각이 뚤뚤 뭉친 것처럼 속이 답답해졌다.

"강 대리, 그리고 김우혁. 두 사람은 삼빡한 기획안을 내놓을 때까지 퇴근을 보류한다. 다음은 연봉 협상에 관한 건이다. 조금 전, 인사팀에서 보낸 메일이 각자에게 전달되었을 것이다. 지금 그것을 열어 확인한다."

팀장의 말이 끝나기도 전에 팀원들은 각자의 메일함을 열었다. 팀장의 말처럼 인사팀에서 보낸 메일이 들어와 있었다. 첨부서류에는 매출 실적에 대한 성과급과 인사팀에서 제시한 연봉 액수가 적혀 있었다. 물론 각자에게 해당하는 내용만 확인할 수 있는 것이다. 나는 눈을 의심하지 않을 수 없었다. 연봉액은 기대치에 가까웠지만 성과급 란에는 아무런 숫자가 적혀 있지 않았다. 어차피 연봉은 관심이 없었다. 그러나 성과급에 대한 기대는 컸다.

"인사팀과 내가 여러분 각자의 성과에 따라 1차 조율을 했다. 아마도 여러분들이 예상했던 것보다 높게 책정되었을 거라고 믿는다. 혹시 불만 있는 사람?"

팀장은 팀원들을 둘러보았다. 아무도 불만을 표시하는 사람이 없었다. 그는 동의한 것으로 간주하겠다고 말하며 당장 회신을 하라고 종용했다. 회신 절차는 매우 간단했다. '예' 혹은 '아니오' 버튼을 누르면 되는 일이었다. 나는 손을 번쩍 들었다. 그는 예상했다는 듯이 묻기도 전에 말을 꺼냈다.

"김우혁은 아직 병역 의무 기간이 끝나지 않았다. 당연히 일반사원들과 다르게 책정된다. 그리고 아직 독자적으로 개발한 게임이 없다. 나와 공동 개발한 〈감각의 제국〉은 의무기간이 종료되는 시점에 할당된 성과급이 지급될 것이다. 더 궁금한 거 있나?"

병역 의무 기간이 끝나지 않았다는 말에 할 말을 잃었다. 나아가 〈감각의 제국〉이 공동개발이라는 말에 완전히 어이를 상실하고 말았다. 스포츠카에 대한 환상은커녕 '병역필' 조차 보장된 것이 아니라는 사실만 확인한 셈이었다. 개자식. 온몸이 부르르 떨렸다. 제대로 걸려들었다는 의미가 뭔지 이제야 실감이 났다.

팔짱을 낀 채로 자신의 피시 화면만 보고 있던 강 대리가 결심한 듯 안주머니에서 하얀 봉투를 꺼냈다. 사직서였다. 팀장은 강 대리가 내미는 봉투를 보고 어안이 벙벙해졌다. 강 대리는 한마디 한마디에 힘을 주며 또박또박 물었다.

"설마 했지만 역시군요. 그만 두는 마당에 다른 말은 길게 하지 않겠습니다. 〈러브샷〉이 우리 회사 주력게임입니까? 아닙니까? 그 것 하나만 확인하고 싶습니다. 나 말고도 사직서를 준비한 사람이 또 있다는 것을 아시는지 모르겠네요."

강 대리는 팀장의 얼굴을 똑바로 바라보며 말했다. 팀장의 눈빛 도 만만치 않았다. 그의 표정은 이미 평정심을 회복하고 있었다. 팀 장은 강 대리가 내민 봉투를 열어보지도 않고 찢어버렸다. 봉투를 찢는 중에도 그의 시선은 강 대리의 시선을 풀어주지 않았다. 쓰벌, 개자식들. 물귀신처럼 나를 물고 들어가는 강 대리와 내 존재를 완 전히 뭉개버린 팀장을 번갈아 쳐다보았다.

"동의할 수 없으면 '아니오'를 누르면 되잖아. 그런 다음 재협상에 응하라고. 연봉 협상이 끝나면 인사이동이 있을 예정이야. 강 과장."

팀장은 몸을 일으켜 강 대리의 어깨를 툭 쳤다. 그리고 강 대리를 향해 손을 내밀었다. '강 과장'이란 호칭을 듣자 강 대리는 두 손을 내밀어 팀장의 손을 덥석 잡았다. 이보다 더한 코미디는 일찍이 본 적이 없었다. 생각 같아서는 그들의 얼굴을 향해 먹다 만 피자 조각 을 던져버리고 싶었다. 그때 구내 전화벨이 요란하게 울렸다. 그러 나 선뜻 전화를 받는 사람이 없었다. 모두 열렬한 관객이 되어 팀장 과 강 대리의 연기를 구경하고 있기 때문이었다. 팀장과 눈이 마주친 사람이 엉겁결에 전화를 받았다. 그가 수화기를 든 채로 나를 보며 말했다.

"김우혁, 이시원이란 여자가 로비에 와 있대. 여친이야?"

느물느물한 미소를 짓고 있던 팀장의 표정이 순식간에 돌변했다. 그는 눈을 부라리며 전화기를 들고 있는 팀원을 향해 소리를 질렀다.

"뭐가 그 따위야? 지금은 회의 중이야 회의 중. 빨리 끊어."

팀장의 말이 끝나기도 전에 팀원은 재빨리 수화기를 내려놓았다.

"김우혁, 사생활 관리 똑바로 못해. 근무 시간에 회사까지 와서 징징대게 만드냐고."

그는 강 대리에게 밀린 화풀이를 나와 팀원들에게 풀고 있었다. 한층 살벌해진 분위기는 안중에도 없다는 듯 강 대리가 말했다. 그의 표정은 얻고 싶은 것을 다 얻은 승자처럼 여유만만이었다.

"혹시 아까 그 여자? 아, 드디어 생각났다. 어쩐지 낯이 익더라. 팀장님도 보셨잖아요. 가로수길에서 봤던 그 파란 스포츠카."

강 대리는 야릇한 미소를 지으며 나를 바라보았다. 무지 흥미롭다는 표정이 역력했다. 팀장은 물론이고 팀원들까지 그날의 풍경을 떠올리는 것 같았다. 살벌했던 분위기는 엉뚱한 쪽으로 방향을 틀고 있었다. 정색을 하고 있던 팀장까지 가세하기 시작했다.

"오, 제법인데."

개 껌을 던지듯 팀장이 말을 던지자 강 대리를 비롯한 팀원들 모두가 말꼬리를 물고 희롱하기 시작했다. 여자에게 까였다는 둥, 자신들이라도 스포츠카에게 가겠다는 둥, 몸매만 죽여주는 게 아니라 그것도 죽여주는 걸레 아니냐는 둥, 그런 여자는 양다리가 아니라 몇 놈에게 다리를 걸치고 있을 거라는 둥. 그들의 야유는 점점 더 극렬해졌다. 팀장이 그들을 더욱 부추겼다. 도마 위에 올려 진 시원이가 저들에게 난도질을 당하자 이성을 잃고 말았다. 나는 콜라가 들어 있는 페트병을 양 손으로 집어 들었다. 그리고 뚜껑이 열려 있는 페트병을 팀원들을 향해 휘둘렀다. 콜라가 사방으로 쏟아졌다. 그들은 앉아있는 의자를 힘껏 뒤로 밀었다. 그들이 밀려난 탁자 위는 엉망이 되었다. 회의 자료와 서류, 팀원들의 태블릿피시, 먹다 만 피자와 치킨 상자가 콜라로 흥건해졌다.

"김우혁, 이 또라이 새끼."

팀장이 버럭 고함을 질렀다. 그제야 정신이 번쩍 났다. 팀장의 고함 소리는 병역 미필 이란 말로 들렸다. 나는 길이 잘 든 개처럼 팀장의 고함소리에 탁자 앞으로 다가갔다. 닥치는 대로 티슈를 뽑아 탁자를 훔치고 팀장과 강 대리의 태블릿피시를 닦았다. 강 대리 피시의 액정 화면에는 여전히 '예'와 '아니오'의 버튼이 나란히 떠 있었다. 팀장 것에도 '결재 완료' 버튼이 대기 중이다. 나는 미세한 시간차를 두고 두 대의 화면에 떠 있는 버튼을 눌러 버렸다. 그 순간 강 대리와 팀장이 동시에 소리쳤다.

"동작 그만."

"멈춰."

나는 로봇처럼 동작을 멈춘 채 그들의 태블릿피시를 번갈아 보았다. 강 대리의 태블릿피시에서 '예'라는 메시지가, 팀장의 태블릿피시에서 '결재 완료'라는 메시지가 동시에 전송되고 있었다. 기다렸다는 듯이 팀장의 태블릿피시에서 경쾌한 멜로디가 울렸다. 성공적인 연봉 협상을 축하합니다. 멜로디 소리와 함께 허리를 굽힌 팀장과 시선이 마주쳤다. 그가 한쪽 눈을 찡긋하며 씩 웃었다. 얼마나 자연스런 일인가. 이건 정말이지 계획에 없던 일이다. 만약의 경우는 팀장의 머릿속에만 설정되어 있었을 뿐이다. 나는 그가 조종하는 로봇이었다는 것을 뒤늦게 깨달았다. 역시 팀장은 기가 막히게 상황을 만들어 내는 재주가 있다. 나는 다 알아채고 있었던 것처럼 피식 웃으며 씁쓸한 미소로 답했다.

〈학산문학, 2011, 여름호〉

금륜의 봄날

며칠 동안 궁리에 궁리를 거듭했지만 뾰족한 생각이 떠오르지 않았다. 그야말로 금쪽같은 시간이 속수무책으로 흘러가고 있다. 첫날은 목을 내놓은 채 망나니의 칼날을 바라보는 심정으로 보냈다. 그런데 아무 일이 일어나지 않았다. 그 다음날은 배가 터지도록 밥을 먹었다. 그래도 아무도 오지 않았다. 그리고 다음 날과 그 다음날은 미친 듯이 그녀의 몸을 탐했다. 우리가 서로에게 탐닉하는 동안 불안이나 두려움은 밀려나갔다. 온전히 한 몸이라고 느껴지는 그 순간 차라리 그대로 끝이 나기를 바랐다. 그러나 쾌락의 순간이 지나가고 나면 밀어냈던 그것들이 더 큰 반동으로 밀려들었다. 그것은 강한 탄성을 지니고 있는 괴물임에 틀림없었다. 다시 그 괴물을 밀어내기 위해 미친 듯이 그녀의 몸속으로 도망을 쳐야만 했다.

닷새째 되던 날은 온몸의 진이 다 빠져 버렸다. 다리가 후들거려서 일어설 수도 없었다. 머릿속도 분탕질이 일어난 것처럼 뒤죽박죽이 되어 가닥이 잡히질 않았다. 그러나 도화는 조금 달랐다. 적당히 체념을 한 것인지, 당장의 욕구에 충실한 것인지, 여느 날의 하루처럼 움직였다. 그녀는 잊고 있었다는 듯이 옷도 제대로 여미지 않은 채 바깥으로 나갔다. 치맛자락에 걸려 방문이 닫히지 않고 열렸다. 나는 소스라치게 놀라서 얼른 문고리를 잡아 당겼다. 그리고 문구멍으로 바깥을 내다보았다. 마당에도 사립문에도 인적은 느껴지지 않았다.

도화는 놈이 던져놓은 짐을 풀어 물건들을 정리했다. 문고리를 잡은 채로 그녀의 움직임을 바라보았다. 놈이 가져온 짐 보따리에는 식량과 일상용품이 들어있었다. 먹을거리와 일상에 필요한 소소한 물건들, 하다못해 실이나 바늘까지. 그녀는 마루에서 부엌으로, 부엌에서 마루를 오가며 쌀자루와 곡식자루를 옮겼다. 쌀자루를 들 때는 힘에 부쳐보였지만 나는 아무 것도 거들어주지 않았다. 정말이지 손가락 하나 까딱하기 싫었고 문밖으로 나가는 것은 더욱 두려웠다. 그렇다고 문구멍에서 시선을 뗄 수도 없었다. 그녀는 더 재게 몸을 움직였다. 간혹 들고 있던 것을 놓치기도 했고 치맛자락을 밟아 중심을 잃기도 했다. 그럴 때마다 터질 만큼 신경이 곤두섰다. 그렇지만 나는 단단히 문고리만 붙잡고 있었다.

도화는 빨래를 하고, 청소를 하고, 몸을 씻고, 밥을 지었다. 지금까지 몰랐던 그녀의 일상을 처음으로 알아낸 것처럼 새삼스러웠다. 사실 그녀의 일상이 헝클어졌던 것은 지난 며칠뿐이었다. 뚜렷하게 달라진 것이라면 허기진 사람처럼 수시로 밥을 먹는다는 것이었다. 그녀는 내가 깨작거리다 물린 밥까지 싹싹 비울 정도로 식욕이 왕성했다. 요 며칠 그녀가 만든 반찬은 정말 맛이 없었다. 반찬은 간이 맞지 않았고 밥은 설거나 탔다. 내가 도저히 넘길 수 없었던 그 음식들을 그녀는 게걸스럽게 먹어댔다. 그리고 그녀는 내가 이끄는 대로 옷을 벗었고, 일이 끝나면 다시 먹을 것을 찾았다. 생각이란 게 있는지 묻고 싶을 지경이었다.

어머니 사도태후는 그녀를 지혜로운 여자라고 내게 소개했었다. 참으로 고운 여자라든가, 사내 못지않은 배포를 가진 여자라든가, 몹시 뜨거운 몸을 가진 여자라든가 하는 말도 물론 했었다. 여럿의 찬사 중에 참으로 고운 여자와 몹시 뜨거운 몸을 가진 여자라는 것은 이미 확인한 바였다. 그러나 지혜롭다든가 사내 못지않은 배포를 가졌다든가 하는 말은 아직까지 수긍이 가지 않았다. 아무 일도 없었던 것처럼 짐을 정리하고 밥을 먹고 잠을 자는 것이 사내 못지않은 배포란 말인가?

초조함과 불안을 잊기 위해서 다시 그녀를 안았다. 진이 다 빠졌는지 신통치가 않았다. 그렇다고 유일한 탈출구인 그것을 포기할 수는 없었다. 그녀의 몸속으로 들어가는 것은 점점 어려워졌다. 온 신경을 집중해서 시도한 끝에 아주 어렵게 그녀의 몸속으로 내 것을 밀어 넣을 수 있었다. 순간 작은 움직임이 내 몸으로 전해졌다. 작았지만 그 움직임은 너무나 생생했다. 여기에 나도 있어요. 나도 살고 싶어요. 태아는 그렇게 아우성을 치고 있는 것 같았다. 나는 몸짓을 멈추고 그녀의 배를 내려다보았다. 도도록한 그녀의 배가 울쑥불쑥 움직였다. 그것은 배 위쪽과 아래쪽에서 번갈아가며 바깥을 향해 신호를 보냈다. 그녀와 내가 아닌, 또 다른 존재의 확인. 그다지 남아있지 않던 기운마저 한꺼번에 쑥 빠져버렸다. 내 몸은 저절로 그녀의 몸에서 떨어졌다.

앗, 피. 피라는 말을 듣자 그녀가 벌떡 일어났다. 그런 기운이 어디에 있었는지 모를 정도로 반사적이었다. 그녀는 기겁을 하면서 배를 끌어안았다. 다리를 모아 붙이고 엉덩이를 들어올렸다. 그리고 무엇인지도 모를 말을 중얼거렸다. 그녀의 목소리는 작지만 너무 간절해서 충분히 신에게 전달될 수 있을 것 같았다. 서도사 성모든, 계림의 삼신할미든. 그녀는 더 이상 다리를 벌려 나를 받아들이지 않았다. 그녀의 몸도 은신처가 될 수 없다는 사실을 깨닫게 된 것이다. 그러자 불안과 공포는 더 무겁게 나를 내리눌렀다. 그녀는 엉덩이를 든 채로 밤을 꼬박 새웠다. 그래서인지 출혈이 멈춘 것 같았다. 그녀는 몸을 씻고 옷을 단단히 챙겨 입었다. 특히 새 면포로 아랫배를 감싸고 또 감쌌다.

"도화야, 너무 애쓰지 마라. 다 부질없는 짓이다."

"아니요, 아직은. 마마도 저도 뱃속의 아기도 아직은 별일 없잖아요"

면포를 감던 손을 멈추고 도화가 힘없이 웃었다. 놈이 다녀간 이후 처음이었다. 볼까지 발그레하게 물들이면서 그녀가 웃었던 것이다. 별일이 없다는 말보다 아직은 아니라는 말이 가슴을 후볐다. 영경사에서 탑돌이를 할 때도 그녀는 '아니요, 아직은.'이라고 말했었다. 아직은 남편의 목숨이 끊어지지 않았다는 뜻인지, 남편의 병이 낫기를 바란다는 것인지 그때도 그녀의 마음을 헤아리기 어려웠다. 대부분의 사람들은 그녀가 곧 과부가 될 것이라고 말했다. 인물도 좋고 사내 못지않게 배포도 두둑한데 참으로 아까운 아이야. 딱하나 몸이 너무 뜨거워서 탈이지. 제 몸 다스리기가 얼마나 힘들꼬…… 쯧쯧쯧. 어머니는 그녀를 애처롭게 바라보며 혀를 찼다. 태후의 눈빛이 아니라 그녀의 차 시중을 받는 비구의 눈빛처럼 자애로웠다. 참으로 묘한 것은 도화의 미소였다. 그녀의 미소를 본 사람들은 제각각 다르게 해석했다. 남편을 놓아버린 것도 아니었는데 병구완에 지친 표정은 찾아볼 수 없었다.

영경사에 갈 때마다 그녀는 내게로 다가와서 그림자처럼 따라붙었다. 마치 기다리고 있었던 것처럼 모자람이 없었다. 사도태후는 아는 듯 모르는 듯 애써 우리에게 눈길을 주지 않았다. 내 아들 금륜아, 도화는 사랑스런 아이다. 그러니 잘 지내보렴. 나는 태후의 뜻을 그렇게 해석했다. 마마, 제 몸과 마음은 마마처럼 뜨겁습니다. 그러니 저를 받아주세요. 도화의 몸짓은 그렇게 해석했다. 그녀에게 병든 남편이 있든 없든 나는 그녀를 안는데 아무런 갈등 없었다. 기대했던 만큼 그녀의 몸은 뜨거웠고 그녀의 몸짓은 열정적이었다. 그러나 지금 그녀의 마음은 잘 읽혀지지 않았다. 도대체 저 미소는 어떻게 해석해야 한단 말인가?

"도화야, 살고 싶으냐?"

도화는 대답하지 않았다. 그녀의 얼굴에서 미소는 사라지고 없었다. 발그레하던 볼도 다시 창백해졌다. 나는 그녀에게 무엇을 기대하고 있는가? 그녀도 똑같이 물어주길 바랐다. 더 욕심을 부리자면 나와 함께 죽어도 괜찮다고 말해주길 바랐다. 왕도 아니고 필부도 못되지만 그녀와 살았던 지난 몇 달이 얼마나 행복했는지 대답으로 들려주고 싶었다. 그러나 그녀는 아무 말도 하지 않았다. 그녀는 무표정했고 몸짓에는 서늘함이 감돌았다. 그녀는 간절한 내 시선은 아랑곳하지 않고 아랫배에 면포를 여러 겹 감았다. 고쟁이도 두 벌이나 입었다. 그리고 저고리와 치마를 단단히 여몄다. 다시는 옷을 벗지 않을 것 같은 불길한 몸짓이었다. 그녀의 차림새와 몸짓은 절망감을 느끼기에 충분했다. 차고 날카로운 칼끝이 창자를 훑는 것처럼 아팠다. 나는 말을 바꾸어 다시 물었다.

"도화야, 내가 어떻게 해주면 좋겠느냐?"

그녀는 단정한 자세로 앉아 말을 받았다.

"어리석은 제가 무엇을 말씀 드릴 수 있겠습니까? 확실한 것은 마마와 제가 천 길 낭떠러지 앞에 서 있다는 것입니다. 죽는 것은 두렵지 않습니다. 다만 마마의 아기를 꼭 지켜내고 싶습니다."

도화는 흔들림 없는 말투로 뱃속의 태아를 지켜내고 싶다고 했다. 그녀는 자신의 배를 감싸 안았다. 내 몸으로 전해지던 태동이 생생하게 떠올랐다. 사안이 사안인 만큼 저들은 죽었다고 공표한 왕을 공공연하게 살려 두지는 않을 거였다. 거칠부와 충신들의 목이 잘리는 순간 내 목도 잘린 거나 다름없었다. 나를 유령 인간으로 만든 사람들은 태후와 미실이었다. 태후가 내건 조건은 내 목숨을 살려두는 것이었고, 미실 측이 요구한 것은 태후가 정치 일선에서 완전히 물러나는 것이었다. 게다가 태후의 거처를 영경사로 제한한다는 내용이 곁들어졌다.

유궁에 유폐된 뒤에도 내가 선택했던 사랑에 대해 후회해본 적이 없었다. 왕위를 내놓기만 하면 도화와는 평온한 일상을 보낼 수 있다고 믿었다. 그러나 그것은 헛된 꿈이었다. 말이 유궁이지 감옥과 다르지 않았다. 굶어죽지 않을 만큼의 먹을 것과 얼어 죽지 않을 만큼의 입을 것이 제공되었다. 도화와는 만날 수도 없었다. 그런 생활

속에서 3년을 살아냈던 것은 오로지 서라벌에 도화가 살고 있기 때문이었다. 며칠만이라도 그녀와 함께 살고 싶다는 간절함이 하늘에 닿았던 것일까? 아름드리나무가 벼락을 맞고 쓰러져 담장을 허물어버렸다. 허물어진 담장 너머로 서라벌의 불빛이 아른거렸다. 서라벌 불빛은 참을 수 없는 유혹이었다. 나는 그 불빛을 좇아 월성을 빠져나왔다. 숲을 지나고, 성을 넘고, 개천을 건너고 사량부 골목길로 접어들 때까지 내 걸음을 붙잡는 것은 아무 것도 없었다.

태후의 말씀처럼 그녀를 만난 것은 부처의 섭리였을까? 그녀를 만난 그 순간을 생각하면 지금도 가슴이 떨린다. 그날 그녀는 영경사 일주문 밖 복사꽃 그늘에 서 있었다. 지금 생각해보면 그녀는 일주문 밖까지 나를 마중 나왔던 것이 아닌가 싶다. 어허! 네 얼굴이 복사꽃을 닮았구나. 지금부터 너를 도화라고 부를 것이다. 나는 그녀의 이름이 무엇인지 묻지도 않고 명령하듯 그녀의 이름을 내려주었다. 그리고 그녀에게 내린 이름을 불렀다. 도화야. 그녀의 이름은 혀끝에서 부드럽게 녹았다. 혀끝에서 녹은 '도화야'라는 말이 목젖을 적셨다. 그것이 목젖을 뜨겁게 했다. 감격에 겨워 눈물까지 핑 돌았다. 그녀는 처음부터 그 이름을 갖고 있었던 것처럼 망설이지 않고 대답을 했다. 도화야. 어감이 좋아 다시 그녀를 불렀다. 그녀의 볼이 숫처녀처럼 발갛게 물들었다. 그녀가 가지런한 잇속을 드러내며 환하게 웃었다. 나는 도화에게 넋을 빼앗기고 말았다. 그 순간 그녀의 영혼까지 고스란히 내게 스며드는 것 같았다. 그러나 지금 그녀는 영경사에서 만났던 그 도화가 아니었다.

그녀는 반나절을 누워 있다가 외출을 했다. 그녀가 외출한 동안 나는 사립문은 물론이고 방문까지 걸어 잠근 뒤 죽은 듯이 웅크리고 있었다. 그녀가 돌아올 때까지 숨 쉬는 것까지 아꼈다. 외출에서 돌아온 그녀의 손에는 황금빛 비단이 들려있었다. 이상하게도 그녀의 얼굴은 아주 평온해 보였다. 그녀의 얼굴에는 불안이나 초조 그리고 두려움이 어려 있지 않았다. 그렇다고 바람이나 기대도 엿보이지 않았다. 그 무엇도 서리거나, 어리거나, 깃들이지 않았다. 그렇다고 무심함이라고 단정 지을 수도 없었다. 외출했던 반나절동안 그녀가 무엇을 했는지 짐작조차 되지 않았다. 그러나 무엇인가가 그녀를 달라지게 한 것은 분명했다. 척 보기에도 무척 귀한 황금빛 비단이 그 해답인 것처럼 느껴졌다.

그녀는 그 비단으로 옷을 짓기 시작했다. 끼니를 챙겨주는 외의 모든 시간은 옷을 짓는데 쏟았다. 마치 모든 것이 정리되고 한 가지 숙제만 남겨놓은 것 같은 몸짓이었다. 왜 비단옷을 짓고 있는지, 그 옷이 누구의 옷인지, 짐작이 되지 않았지만 물을 수도 없었다. 그녀의 마음을 내 마음처럼 알고 있다고 믿었는데, 사실은 전혀 알지 못한다는 생각이 처음으로 들었다. 가슴이 답답해졌다. 날이 저물자 침묵은 한껏 더 무거워졌다.

그 무언가가 집을 향해 다가오고 있었다. 그것이 점점 가깝게 느껴졌다. 문 쪽으로 바짝 다가앉았다. 그리고 귀를 바짝 세우고 숨소리를 죽였다. 바느질에 열중이던 도화가 고개를 들어 나를 쳐다보았다. 나는 그녀에게 손을 들어서 조용히 하라는 신호를 보냈다. 그녀의 눈이 커지면서 눈꺼풀이 파르르 떨렸다. 그녀는 눈을 질끈 감았다 뜬 다음 이내 바느질을 계속했다. 바느질감은 제법 옷의 형태를 갖춰가기 시작했다.

더 가깝게 그리고 더 팽팽하게 조여지는 기운이 집을 휘감아 흘렀다. 온몸의 촉수를 곤두세워 그것의 실체를 짐작해보려고 하지만 전혀 감이 잡히지 않았다. 아무리 귀를 기울여도 귀에는 한 가닥의 소리도 걸리지 않았다. 순간 방문에 비친 복사꽃나무 그림자가 살짝 흔들렸다. 그림자나무에서 떨어진 그림자꽃잎 몇 개가 어른거리다가 사라졌다. 방문에 비친 나무그림자는 다시 정지되었다. 뚫린 문구멍으로 복사꽃나무가 서 있는 우물가를 내다보았다. 우물가는 어둡다. 만발한 복사꽃이 하늘을 가려 더욱 그렇다. 그늘이 깊어 더욱 어두운 그곳을 찬찬히 살펴보지만 아무 것도 보이지 않았다. 바람 한 점 없는데 무엇이 나뭇가지를 흔들었을까?

밀어낼 수도 없고 당길 수도 없는 침묵 때문에 숨이 막혔다. 도화는 바느질을 하는 양손만 조용히 움직일 뿐 그 자세 그대로 헝클어짐이 없었다. 우리를 향해 점점 조여 오는 이 불온한 기운을 그녀는 느끼지 못한단 말인가? 그녀를 흔들어 묻고 싶지만 용기가 나지 않았다. 그 무언가로부터 강요당했던 침묵은 한계를 넘었다. 더 이상 참지 못하고 방문을 열어젖혔다. 숨을 크게 내쉰 다음 재빨리 사방을 휘둘러보았다. 쥐새끼 한 마리도 보이지 않았다. 불온한 그것이 이 집안에 있다면 복사꽃나무 그늘 밑일 것이다. 벽에 기대놓은 몽둥이를 들고 마당으로 내려섰다. 대여섯 걸음 밖에 안 되는 걸음걸이가 유궁으로 끌려갈 때만큼이나 무거웠다. 두 팔에 잔뜩 힘을 준 다음 눈을 질끈 감았다. 그리고 어둠을 향해 힘껏 몽둥이를 내리쳤다. 빗맞은 몽둥이가 나무 밑동을 치고 퉁겨졌다. 그 반동에 의해 중심을 잃고 휘청거렸다. 재빨리 우물턱을 붙잡았다. 성글성글 남아있던 복사꽃이 힘없이 화르르 날렸다. 꽃잎은 분분히 날리다가 우물 속으로 빨려들었다. 우물 속에는 이울어진 달이 잠겨있었다.

등짝이 축축해졌다. 물 한 바가지를 퍼서 벌컥벌컥 마셨다. 꽃잎이 목에 걸렸지만 그냥 물과 함께 삼켜버렸다. 벌렁거리던 가슴은 아직 진정이 되지 않았다. 가슴을 지그시 누른 채 방안을 건너다보았다. 도화는 아랑곳하지 않고 바느질만 계속하고 있었다. 달빛이 닿은 그녀의 이마가 희다 못해 푸르스름했다. 그녀의 속내를 도통 짐작할 수가 없었다. 그것이 더욱 숨통을 조였다. 놈과 마주친 그날은 내가 본 세상 중 가장 찬란한 날이었다. 뼛속까지 녹아들던 그날의 봄볕과 간담이 졸아붙던 놈과의 만남은 방금 전에 겪었던 일처럼 생생하게 도드라졌다. 문구멍으로 내다보는 것처럼 그날의 내 모습이 떠오른다.

문구멍에 눈을 박고 바깥을 내다본다. 눈이 시큰거릴 만큼 바깥은 환하다. 며칠 새 세상은 요지경 속처럼 바뀌었다. 발그스름하거나 파르스름한 빛으로 아른거린다. 그 빛깔들은 이내 햇볕 속에서 바래져버린다. 시큰거리는 눈을 감고 다른 눈으로 밖을 내다본다. 마찬가지다. 눈을 질끈 감는다. 발그스레하거나 파르스름했던 빛깔이 더욱 선명하게 빛난다. 눈을 떠도, 눈을 감아도, 문밖 세상은 완연한 봄날이다.

문고리를 잡은 채 비긋이 문을 연다. 그래도 성이 차지 않는다. 몸을 벽 뒤로 숨긴 채 문을 조금 열어젖힌다. 심하게 겨울을 앓던 복숭아 나뭇가지가 낭창낭창해졌다. 가지마다 열꽃이 피듯 꽃망울이 맺혀있다. 얼었다 녹기를 반복하면서 딱딱하게 굳어있던 흙이 보드랍게 몸을 풀었는지 마당 가득 아지랑이로 아른거린다. 복숭아나무가 서 있고, 그 아래 우물이 있고, 우물가에 저고리를 벗은 채 도화가 머리를 감고 있다. 함지박 물통에 머리를 박고 머리를 헹굴 때마다 도화의 젖가슴이 쏟아질 것처럼 흔들거린다. 잘 익은 과일이 매달려 있는 것처럼 탐스럽다. 유두를 입에 물면 단물이 술술 빨릴 것 같아 자꾸 침이 고인다. 엉덩이가 들썩거릴 때마다 갈라진 고쟁이 사이로 희디흰 허벅지도 드러난다. 사타구니가 벌어지고 가뭇

가뭇 불두덩이 아찔아찔하게 드러난다. 어젯밤도 그젯밤도……. 유궁을 빠져나온 그날 밤부터 지금까지, 달거리를 하는 중에도 참지 않고 안았던 그녀가 아닌가. 온몸의 기운이 사타구니로 몰린다. 마른 침을 삼켜야 할 만큼 입안도 뻑뻑하다. 문을 박차고 내려가 도화를 덮쳐버리고 싶어서 엉덩이가 들썩거린다. 조급증이 인다. 우선 마당을 살피고, 다음 사립문을 살피고, 고개를 길게 빼서 사립문 너머를 살핀다. 사람은커녕 개 그림자도 보이지 않는다. 살그머니 방문을 젖힌다. 벽 뒤에 숨겼던 반쯤의 몸뚱이를 틀어 마루로 내려선다. 내친 김에 마루턱까지 가서 걸터앉는다. 살갗을 파고든 햇볕이 뼈마저 녹일 것처럼 노긋노긋해진다. 사슬 하나가 몸에서 툭, 또 다른 사슬이 마음에서 툭, 풀려나간 것 같다. 이것이 해방감인가? 절대로 방밖으로 나와서는 안 된다는 금기는 새까맣게 잊어버린다.

도화가 머리를 빗는다. 빗살에서 올올이 빠져나온 머리카락이 바람에 날린다. 쏟아지는 햇살, 도화의 머리카락, 머리카락을 날리는 바람, 빗질을 하고 있는 도화의 팔이 복숭아가지처럼 낭창낭창하게 흔들린다. 흔들리던 복숭아가지에서 꽃망울이 톡. 톡. 톡. 터진다. 물기를 털어낸 도화의 머리카락이 바람에 날리자 또다시 꽃망울이 톡. 톡. 톡…… 터진다. 처음 그녀를 만났던 그날인 것처럼 심장이 벌떡거린다. 복사꽃이 만발했던 영경사 일주문 밖에 서 있던 그녀를 보고 있는 것이 아닌가 싶을 정도로 가슴이 벅차오른다. 그날 나는 그녀의 이름을 도화라고 불렀다. 지금부터 너는 도화이니라. 내가 그렇게 말하자 그녀는 볼을 발갛게 물들이며 미소를 지었다.

"마마."

도화의 찢어지는 듯한 목소리가 눈앞에 펼쳐진 환상을 단번에 깨버린다. 나는 토방에 멈춰선 채로 얼어붙는다. 그녀는 젖가슴을 드러낸 채로 빨리 방으로 들어가라고 손짓을 한다. 말보다 몸짓과 손짓이 더 다급하게 전해진다. 나는 고개를 길게 빼고 사립문 너머 골목을 내다본다. 아무도; 아무 것도 없다. 나는 손사래를 치며 어깨를 으쓱해 보인다. 보는 사람이 없는데 뭐가 문제냐며 호기를 부린다. 방심은 금물이라는 말은 안중에 들어오지도 않는다. 그녀는 사립문 사이에 눈을 박고 골목을 잠깐 살핀 다음 돌아선다. 그녀의 표정이 한층 누그러진다. 유궁을 빠져나온 그날처럼 나는 그녀를 끌어안는다. 풍만해진 젖가슴이 한 아름 꽉 찬다. 다소곳이 안겨있던 그녀가 급한 일이 생긴 것처럼 내 팔을 풀어낸다. 그녀의 표정과 몸짓이 준엄하다. 나는 그녀가 이끄는 대로 몸을 맡긴다. 그녀는 검불덤불한 내 머리를 감기고 목물을 쳐준다. 등짝에 물을 끼얹을 때마다 온몸으로 소름이 돋는다. 이도 덜덜 떨린다. 여염집의 이름 없는 사내가 된 것 같아 행복해진다. 등짝과 허리에 척척 감기는 손바닥 느낌과 다리를 문지르고 발가락을 조물거리는 손길이 참 좋다. 예닐곱 살짜리 아이로 돌아간 듯한 착각이 든다. 그녀는 내 머리의 물기를 털어낸 다음 등짝과 가슴의 물기를 닦아준다. 걱정과 불안이 한꺼번에 씻기고 닦여나간 것처럼 머릿속이 개운해진다. 자신의 남편에게도 이렇게 씻겨주고 닦아주었겠지. 그렇게 생각하자 죽은 그 사내에게 슬그머니 부아가 치민다.

나와 도화는 머리를 풀어헤친 채로 해바라기를 한다. 바람에 머리카락이 부드럽게 날린다. 볕을 퉁겨낼 만큼 희디흰 그녀의 젖가슴, 가무스름해지고 단단해진 유두가 유난히 도드라져 보인다. 발가벗고 서서 해바라기를 하고 있다니 도무지 현실감이 없는 봄날이다.

"어이, 도화. 안에 있는가?"

누군가 사립문을 밀고 들어선다. 몸을 숨길 새도 없고 옷을 걸칠 새도 없다. 그녀는 반사적으로 두 팔을 올려 가슴을 가린다. 웬 사내가 제 몸의 몇 갑절은 될 성 싶은 짐을 지고 마당으로 들어선다. 사내는 익숙한 걸음걸이로 토방 쪽으로 걸어간다. 그는 토방에 짐을 내려놓고 나서야 우리를 향해 돌아선다. 사내의 눈이 휘둥그레지고 입이 떡 벌어진다.

"어이 도화, 내가 올 줄 알았는가? 이렇게 환대를 하다니……"

횡재라도 만난 것처럼 사내는 헤벌쭉한 표정을 짓는다.

"잠깐만, 돌아서 계시오."

도화는 사내를 향해 꾸짖듯이 말한다. 사내는 아랑곳하지 않고 도화에게 다가선다.

"어허."

나는 헛기침을 하며 놈을 막아선다.

"넌, 넌 웬 놈이냐? 감히 예가 어디라고……. 그리고 네 이년, 죄인인 주제에 사내를 끌어들여."

사내는 자신의 마누라가 정부와 정을 통하는 현장을 덮친 것처럼 부들부들 떨기까지 한다. 칼을 들었다면 당장 내리칠 기세로 작대기를 들어 겨눈다. 도화의 얼굴은 하얗게 질린다. 그녀는 감쌌던 두 팔을 풀고 허둥지둥 저고리를 걸친다. 몇 차례나 헛손질을 한 다음 겨우 저고리에 팔을 꿴다. 나는 늘어뜨린 머리를 손으로 쓸어 올리며 사내를 쳐다본다. 이 사내는 문노 수하에 있던 낭도가 아닌가.

놈은 화랑들의 무리에 끼어 궁궐에 침입했었다. 탄핵을 주도했던 화랑들 틈에 끼어 낭도의 무리까지 궁궐로 난입했다. 놈은 화랑들까지 제치고 나서서 선창을 했다. 나라를 어지럽힌 음탕한 사륜왕은 물러나시오. 백성을 불안에 떨게 한 무능한 사륜왕은 물러나시오. 놈의 목소리는 궁궐 안이 쩡쩡 울릴 만큼 우렁찼다. 누군가의 앞잡이 노릇을 하는데 쓰기에는 너무나 아까운 목소리였다. 왕권에 대한 무례하기 짝이 없는 소행이었으나 나는 구경꾼처럼 놈의 목소리에 매료되었다. 흥분한 거칠부가 칼을 빼들어도 쩌렁쩌렁한 놈의 목소리는 조금도 주눅이 들지 않았다. 그 기백이 갸륵하여 거칠부의 칼을 접게 했다. 놈을 선발대로 내세운 사람이 풍월주라고는 생각하지 않았다. 날뛰는 놈의 모습이 가소롭기 그지없어 화도 나지 않았다. 지금도 마찬가지다.

"이 발칙한 년, 이 벌건 대낮에 해괴망측한 꼴로 ……. 내 이 연놈을 가만두지 않겠다."

가만히 있다가는 무슨 꼴을 당할지 모를 일이다. 나는 다시 풀어 헤친 머리를 쓸어 올리며 헛기침을 한다. 놈과 눈이 마주친다. 나는 눈을 부릅뜨고 놈을 쳐다본다.

"아, 악. 사. 사륜. 마. 마."

기세등등하던 놈이 엉덩방아를 찧어가며 뒷걸음을 친다. 놈의 얼굴이 사정없이 일그러진다. 이미 놈은 적수가 되지 못한다. 죽은 왕이 되어버렸다는 사실도 잊은 채 놈에게 성큼 다가선다. 놈은 반사적으로 발밑에 납작 엎드린다. 발바닥으로 놈의 떨림이 고스란히 전해진다. 무슨 생각을 했는지 놈이 아주 천천히 고개를 들어 나를 올려다본다. 놈의 눈에는 놀람과 공포와 미심쩍음이 담겨있다.

"마마, 죽을죄를 지었습니다."

한참동안 사지를 떨며 땅바닥에 엎드려있던 놈이 살며시 고개를 든다.

"사륜왕은 이미 죽었잖아. 그럼 사륜왕의 혼령?"

놈은 주춤주춤 일어서더니 꽁무니가 빠지게 사립문 밖으로 달아

난다. 사륜귀신이다. 우렁차고 쩌렁쩌렁한 놈의 목소리는 마당 가운데에 한동안 맴돌다 사라진다. 혼비백산한 놈의 몸짓과 목소리가 완전히 사라질 때까지 나는 아무 생각도 할 수 없었다. 마당 안은 다시 적막에 휩싸인다. 도화는 허깨비처럼 바닥으로 허물어진다. 절대 방밖으로 나오지 말 것. 그것은 이곳에서 내가 지켜야 할 절대적 금기다. 나는 또 한 번 금기를 깨고 만 것이다. 내가 치르게 될 대가가 얼마나 클지 짐작도 되지 않는다.

놈이 다녀간 이후 이곳 역시 유궁이나 다름없다. 유궁을 빠져나왔던 그날처럼 오늘 밤도 달빛이 환했다. 달빛에 이끌리듯 사립문을 밀고 골목으로 나섰다. 골목은 처음 이곳으로 접어들던 밤보다 더 낯설다. 유궁의 담장을 넘고, 참나무 숲을 지나고, 월성교를 건너고, 들판을 가로질러 이곳으로 왔었다. 아마도 어떤 힘이 나를 끌어다 그녀의 집 앞에 놓아줬던 것이 아닌가 싶다. 이 골목으로 접어들 때 사량부에는 오직 도화만 살고 있는 것처럼 느꼈었다. 저 많은 집들, 이리저리 얽힌 골목, 울울하게 솟은 나무들, 이 모든 깃들이 도화의 집을 꾸미는 배경으로 보였다.

새삼스럽게 집들이 보이고, 골목이 보이고, 울타리 위로 솟은 키가 큰 나무들도 보였다. 불이 켜진 집에는 사람의 그림자가 어른거리고, 어린 아이의 울음소리도 들렸다. 그러나 여전히 낯설다. 마치 미로를 헤매고 있는 것처럼 막막하다. 사량부의 불빛이 하나 둘 꺼져가고 있다. 불빛이 꺼지자 방안에서 어른거리던 그림자들도 사라졌다. 집을 에워싸고 있던 그 불온한 기운이 다시 느껴졌다. 무엇일까? 아니 누굴까. 뒤돌아보았지만 실체가 가늠되지는 않았다.

어느새 서라벌 저잣거리에 들어섰다. 봄밤이 환한 것은 벚꽃이 만발해서다. 바람결도 적당히 부드럽다. 체념하기에는 너무나 아쉽고 달콤한 밤이다. 어디선가 가야금 소리가 들려왔다. 얼마나 오랜만에 들어보는 선율인가? 간드러진 선율이 사치스런 기억을 떠올렸다. 모든 것을 가질 수도 있고 누릴 수도 있었던 왕자 금륜의 시절이 못내 그리웠다.

잘 익은 술 냄새와 분 냄새 그리고 사향 냄새가 맡아졌다. 거칠고 호탕한 남자들의 목소리가 들리고, 사이사이 여자들의 간드러진 웃음소리도 들렸다. 익숙한 목소리들이었다. 아, 저 녀석들은……. 이벌찬의 아들과 이찬의 아들? 녀석들과 함께 서라벌 저잣거리를 누비고 다녔던 때가 엊그제 일처럼 선했다. 여자들은 언제나 녀석들이 데려왔다. 밤놀이를 하는데 굳이 골품을 따질 필요는 없었다. 예쁘고 고분고분하고 몸에 착착 감기면 그만이었다. 녀석들의 취향이 변하지 않았다면 그 이상을 상상할 필요는 없을 것이다. 십 수 년 전으로 되돌아간 느낌이었다. 녀석들과 어울려 마시고, 노래하고, 춤추고 싶어졌다. 내가 결혼을 하고, 왕이 되고, 폐위당하고, 유궁에 갇혔던 이 모든 일들은 악몽이 아니었을까? 그들을 불러 세우려는 순간 나는 뒷목을 잡고 고꾸라졌다. 머리가 쪼개진 것인지, 목이 날아간 것인지. 수천 개의 불꽃이 한꺼번에 튀더니 순식간에 사그라졌다.

깊은 잠을 푹 자고 난 느낌이다. 머릿속이 개운하다. 이 촉감, 이 냄새, 이 소리 모두 익숙하다. 그런데 눈을 뜨기가 불안하다. 눈을 감은 채로 지난밤을 더듬는다. 달빛, 골목길, 활짝 핀 벚꽃, 술 익는 냄새, 분 냄새, 사향 냄새, 녀석들, 그리고……. 정신이 번쩍 든다. 아직 내가 살아있단 말인가? 나는 천천히 눈을 뜬다. 도화의 방이다. 내 몸을 덮고 있는 것은 겨우내 덮고 자던 이불이다. 그러나 이건 뭔가. 밀쳐내기 어려운 무거운 시선. 고개를 돌려 방안을 살펴본다. 도화가 앉아있고, 그 옆에 건장한 사내가 나를 내려다보고 있다. 국선 문노다. 나는 천천히 몸을 일으킨다. 눈앞이 팽하니 돈다. 도화가 재빨리 등을 받혀준다. 알 수 없는 분노와 배신감. 나는 내 몸에서 도화의 손을 떼어낸다. 자세를 바로하고 옷매무새를 가다듬는다. 그런데 내 몸에는 도화가 짓고 있던 그 누런 비단옷이 입혀있지 않은가. 참으로 기분이 묘하다. 나는 두 손을 비벼 마른세수를 한다. 마른세수를 하는 그 짧은 시간 복잡하게 뒤엉킨 머릿속을 가까스로 정리한다. 나는 문노와 도화를 천천히 건너다본다. 문노는 내 뱃속까지 다 들여다보고 있다는 표정을 한 채로 내 시선을 받아낸다. 문노 등 뒤로 물러나 앉은 도화는 가늘게 떨리는 문풍지만 바라보고 있다. 문노가 자세를 고쳐 무릎을 꿇고 앉는다.

"사륜마마, 문노이옵니다."

문노는 공손하게 고개를 조아린다.

"풍월주, 나를 사륜이라 부르지 마라. 진흥대제께서 불러주신 이름은 금륜이었느니라."

그는 이르는 대로 나를 고쳐 부른다. 새삼 부아가 치민다. 감정을 앞세우면 뒷수습이 어렵다는 것을 모르지 않는다. 그러나 이런 기회가 다시는 올 것 같지 않다.

"금륜마마, 송구하오나 고정하십시오."

이 순간을 기다리고 있었던 듯 도화가 준비된 술상을 내 앞으로 옮겨놓는다. 궁에서나 맛볼 수 있는 귀한 술과 음식들이다. 문노는 내 앞에 놓인 술잔에 술을 따른다. 목이 말랐던 터라 망설이지 않고 단숨에 마신다. 그는 다시 잔을 채운다. 나는 거푸 마신다. 쩌르르, 애간장이 진저리를 친다.

"왈패놈에게 들었느냐?"

너무나 번연한 것이라 물어놓고 후회한다.

"궁에서도 알고 있는가?"

"일단 놈의 입은 틀어막았습니다. 그러나 오래가지 않을 것입니다. 마마께서 더 잘 알고 계시잖습니까?"

혀가 입천장에 쩍쩍 달라붙는다. 병 채로 마신다고 해도 갈증은 쉽게 가시지 않을 것 같다. 그러나 애써 참으며 혀끝만 조금씩 축인다.

"풍월주, 왜 하필 오늘이냐? 어제도 아니고 아니 놈에게 발각된 엿새 전도 아니고……."

"마마께 정리할 시간을 드리고 싶었습니다. 도화녀가 저를 찾아오지 않았다면 더 빨리 정리를 했을 겁니다. 그러나 도화녀는 마마와 작별할 시간이 필요하다고 했습니다."

불온했던 그 기운이 바로 문노였다는 것을 뒤늦게 깨닫는다. 순간 의문으로 남아있던 수수께끼 하나가 풀린다. 부지런히 짓고 있던 옷이 작별의식을 치르기 위한 내 옷이었음을. 어허, 저절로 탄식이 터진다. 그리고 또 하나의 수수께끼도 풀린다. 지금까지 문노가 그녀를 돌보고 있었던 것이다. 그래 이왕 내친걸음이 아닌가. 희미하게나마 출구가 보이는 것도 같다.

"우리를 먼 곳으로 보내주게, 제발."

나는 한 무릎 문노에게로 다가간다. 그리고 그의 손을 잡고 간청한다. 문노의 표정이 서늘해진다. 눈빛도 매섭다. 호된 꾸지람을 할 때의 진흥대제의 눈빛과 닮았다. 꽉 쥐었던 손에서 스르르 힘이 빠진다. 나는 응원을 청하듯 도화를 쳐다본다. 그녀는 내 시선을 피해 떨리는 문풍지만 응시한다. 초월한 것도 아니고 체념한 것도 아닌

묘한 결의가 그녀의 얼굴에 서려있다. 그녀는 표정뿐만 아니라 온몸으로 그 결의를 내게 전달하고 있다. 허리는 꼿꼿했고 어깨는 바짝 세워졌다. 그리고 그녀의 손은 자신의 배를 감싸고 있다. 지금 그녀가 지켜내야 하는 것은 뱃속의 태아뿐인 것처럼.

"금륜마마, 마마는 주검으로라도 이 땅에 남아계셔야 합니다. 도화녀도 마찬가지입니다. 여기 이집에 있어야 왕실과 신라가 편안해집니다."

그가 무슨 말을 하는지 듣고 싶지도 않고 들리지도 않는다. 우리가 같이 살 수만 있다면 문노의 옷자락이 아니라 무릎이라고 꿇고 싶은 심정이다. 그가 딱하다는 듯이 혀를 찬다.

"금륜마마, 체통을 지키십시오. 마마는 신국의 왕이셨습니다."

문노는 단호하다.

"네 이놈, 감히 나를 능멸하는 데도 분수가 있지. 오괴하고 요망스러운 말로 내 의지를 꺾으려 드느냐. 너는 나에게 충성을 맹세했던 놈이다. 왕위에 전혀 욕심이 없던 나에게 몇 날 며칠을 찾아와 간청을 했었던 것을 잊었느냐? 그 말이 잊히기도 전에 너는 미실궁주의 앞잡이가 되어 같은 방법으로 나를 왕의 자리에서 밀어냈다. 백성의 뜻이라고? 참으로 허울 좋은 핑계였지. 네 놈들은 나를 옹립할 때도 그랬고, 나를 밀어낼 때도 같은 명분을 내세웠다. 특히 네 놈은 폐위 즉시 내 목을 쳐야 한다는 주장을 굽히지 않았다. 그렇게 해서 네 놈이 무엇을 얻었느냐?"

사실 거칠게 표현했지만 문노에게 가장 먼저 묻고 싶은 말이었다. 문노는 진흥대제는 물론이고 태자에게도 충직한 신하였다. 그는 낯빛 하나 변하지 않고 차분하게 말을 잇는다.

"네 맞습니다, 금륜마마. 제가 앞장을 섰습니다. 진흥대제께서 갑자기 승하하시는 바람에 왕실이 얼마나 혼란스러웠습니까. 왕실은 물론이고 왕실과 관련된 세력들 사이에 암투가 극에 달했습니다. 진흥대제의 승하까지 비밀에 부치지 않았습니까. 정국을 안정시킬 대안이 필요했습니다. 백정마마가 계셨지만 대안이 될 수는 없었습니다. 다행이 사도태후나 미실궁주께서도 마마를 추대하셨습니다. 동상이몽이었지만 혼란은 빠르게 수습되었습니다. 지독한 말씀이지만 각각의 세력에게 금륜마마는 훗날을 기약하기 위한 임시처방이었습니다."

"훗날을 기약하기 위한 임시처방이었다고, 다들?"

"네 마마. 그것이 정치판의 야합이라는 겁니다. 그러나 지금 마마는 시시비비를 가릴 위치에 있지 않습니다. 그저 유궁을 탈출한 죄인일 뿐입니다. 마마를 은익하고 있는 저 또한 반역에 해당하는 중죄를 저지르고 있는 겁니다."

권력, 정치, 야합, 반역 등 이 무거운 말들이 왜 나와 결부되어야 하는지 모르겠다. 문노가 마른 침을 삼킨다. 그의 미간에 깊은 주름이 잡힌다. 그는 표정을 풀며 다시 말문을 연다.

"금륜마마, 마마에게는 처음부터 자신의 삶을 선택할 권한이 없었습니다. 왕의 아들로 태어난 것도, 왕으로 추대된 것도, 사는 것도, 또한 죽는 것까지. 운명을 극복하거나 개척하지 못한 것이 마마의 한계였습니다. 신국은 한 여자를 죽도록 사랑하는 남자가 필요한 것이 아니라, 만백성을 보호하는 냉철하고 지략이 뛰어난 강한 왕을 요구했던 겁니다. 조금 더 냉정하게 말하자면, 신국의 백성들이 마마를 버린 겁니다."

문노의 말을 듣다보니 나는 서푼어치의 가치도 없었던 왕처럼 느껴진다. 적을 막아내기 위해서, 적의 땅을 뺏기 위해서, 전쟁 또 전쟁. 진흥대제께서는 그렇게 한 세상을 전장터에서 보냈다. 그러나 나는 추호도 그렇게 살 마음이 없었다. 복사꽃이 피면 복사꽃이 닮은 여자와 뜨겁게 사랑하고, 비 내리면 빗소리 장단에 취해 술을 마시고, 바람이 불면 투명해진 하늘을 보며 쓸쓸한 마음 한 자락 깔린 낙엽 위를 거닐고, 눈 내리면……. 겨울을 상상하자 명치끝이 뜨거워진다. 내가 꿈꾸는 그 모든 시간 속에는 도화가 있다. 그런데 겨울이란 시간에는 도화와 그녀에게서 태어날 아이가 함께 있는 풍경이 그려지지 않는다. 목젖까지 치미는 뜨거운 것을 꿀꺽 삼킨다. 더 이상 그 어떤 말도 의미가 없는 것 같다. 자포자기 심정이 되자 나를 수단으로 여겼던 모든 세력들에 대한 애증이 사라진다. 문노는 안타까운 눈빛으로 나를 바라본다. 저건 또 뭔가?

"금륜마마, 궁에는 마마의 두 분 왕자님이 계십니다. 두 분 왕자님은 총명하고 온화한 성품을 지니셨습니다. 장차 두 왕자님은 신국을 위해 큰 역할을 하실 분들이십니다. 부디 그 두 분의 안위를 위해서 임금의 체통을 지켜주십시오. 마마께 마지막으로 드리는 충정입니다."

그가 뜸을 들이며 내 안색을 살핀다. 그의 말처럼 나는 궁에 있는 두 명의 왕자를 잊고 있었다. 믿는 구석이 있었기 때문이었을 것이다. 융통성과 순발력이 뛰어난 왕후에 대한 믿음이 있었고, 정치 일선에서 물러났지만 왕실을 지키려는 태후의 의지를 믿었기 때문이다. 어린 왕자들이 정치판의 소용돌이에 휩쓸릴 수 있다는 생각을 하자 등골이 서늘해진다. 나는 문노 앞에서 판결을 선고받는 죄인의 심정이 된다.

"금륜마마, 한 말씀 더 올리겠습니다. 도화녀는 걱정하지 마십시오. 지금까지 그녀를 보살펴온 것처럼 앞으로도 그렇게 할 것입니다. 태중의 아기씨를 사생아로 만드는 불충도 저지르지 않겠습니다. 반드시 마마의 자식, 그리고 두 왕자님의 동생으로 자랄 수 있도록 돕겠습니다. 그러니……."

문노의 말에는 단호한 의지가 담겨 있다. 그는 선물보따리를 풀어놓듯이 해결책을 한꺼번에 제시했다. 그것은 선택의 여지가 없다. 얼굴이 따끔거린다. 도화가 간절한 눈빛으로 나를 바라보고 있다. 그녀는 계속해서 배를 감싸 안고 있다. 싸한 통증이 아랫배를 훑는다.

"그러니……?"

"네, 그러니……."

나는 그가 말하지 않은 '그러니' 너머의 의미를 헤아린다. 이제 남은 것은 술병을 비우는 일 뿐인 것 같다.

"아직 술이 남았구나."

술병을 오래 기울였는데도 술잔은 채워지지 않는다.

"이것이 마지막 잔인가?"

술잔을 들어 천천히 마신다. 한 모금 한 모금이 달디 달다. 유궁의 빗장보다 더 단단한 빗장이 내게 채워지고 있는 느낌이다. 그것은 그녀와 나를 가로막는 문이다. 다른 한 편, 온몸을 묶고 있던 사슬을 모두 벗어낸 것처럼 홀가분해진다. 모든 숙제를 끝마친 느낌이랄까? 남아있는 마지막 한 방울까지 털어 마신다. 한참동안 빈 잔을 내려다본다. 내가 꿈꿨던 모든 기대를 단숨에 비워낸 것처럼 빈 잔이 허전하다. 심호흡을 한 다음 다시 한 번 두 손을 비벼 마른 세수를 한다. 그리고 목을 쓸어내린다. 이 목을 내놓는 일이 그렇게 어려웠던가. 목구멍이 매캐해진다. 문노가 술상을 한쪽으로 치운다.

"금륜마마, 마지막 절이옵니다. 부디⋯⋯."

문노는 자세를 가다듬은 다음 정중하게 큰절을 한다. 나는 누런 비단옷을 벗는다. 그는 내가 건넨 옷을 받아들고 밖으로 나간다. 날개를 활짝 펼친 해오라기처럼 누런 두루마기가 허공으로 날아오른다. 복사꽃은 어느새 다 지고 없다. 꽃이 진 가지마다 새싹이 푸릇푸릇 돋았다. 발그스름하던 세상은 이제 푸른빛이 성성하다. 내 생의 최고의 봄날이 다 지고 있다. 도화를 바라본다. 그녀의 눈빛이 처연하다. 그녀는 누런 옷이 날아간 허공을 오래오래 바라보고 있다. 취기가 몰려든다. 이제는 정말 정신을 놓아도 되겠다.

〈21세기문학, 2012, 봄호〉

중편소설

화이트 아웃

한 바탕 광풍이 몰아쳤다. 안경은 다리가 부러졌고, 교과서는 방바닥에 널부러졌다. 허리가 부러진 휴대폰은 주방과 현관에 각각 나뒹굴고 있다. 현관문을 향해 몇 번이나 걷어차였던 아들의 운동화 한 짝은 뒤집힌 채로 엎어져 있고 다른 한 짝은 내 구두코를 밟고 있다. 두 동강난 휴대폰은 회생이 불가능해 보였고 카터 칼에 찢겨진 운동화는 만신창이가 되었다. 나는 길길이 날뛰는 아들을 속수무책으로 바라보았다. 빵빵 잘 터지는 휴대폰과 고무창이 생생한 운동화의 실용성을 아무리 들먹여도 소용없었다. 오히려 사그라지는 불씨에 기름을 끼얹는 꼴이 되고 말았다. 제 몸에 걸친 것은 물론이고 제 몸까지 절단 낼 것처럼 아들은 막무가내였다. 가장 무서운 아이가 중학생이란 말을 온몸으로 실감했다. 등교할 시간이 지났지만 녀석을 다그치지 않았다. 제풀에 지치기를 기다리는 동안 나는 맨발인 채로 얼음장 위에 너무 오래 서 있는 것처럼 고통스러웠다. 발바닥의 냉기가 심장까지 뚫고 올라온 느낌, 급기야 얼어버린 심장이 바스라질 것 같은 고통이었다. 다행히 아들의 광란은 오래가지 않았다. 녀석이 수그러들자 나는 재빨리 협상을 제시했다. 협상은 아들의 요구를 적극 수용하는 쪽으로 마무리되었다.

아들의 요구를 그대로 수용한 것은 '노예 계급'이라는 한마디 때문이었다. 학교에서의 아들 계급이 노예라니. 그것은 참을 수 없는 일이었다. 나는 아들과 의기투합이 되어 귀족 계급이라는 아이들을 싸잡아 비난했다. 그런 녀석들은 틀림없이 돈에 대한 개념이 없거나 머릿속에 똥밖에 들지 않았을 거라고 침을 튀기며 열을 올렸다. 아들을 향했던 화살은 엉뚱한 곳으로 날아갔다. 그러자 아들이 정색을 하며 내 말을 잘랐다. 걔들은 정말로 귀족이야. 잘 나가는 부모 밑에서 특별 관리를 받는 상위권 애들이라고. 선생님도 어떻게 못해. 엄마는 알지도 못하면서…… 아들은 목젖이 튀어나올 만큼 어렵게 말꼬리를 삼켰다. 녀석의 눈시울이 잠깐 붉어졌다.

아들이 목젖으로 눌러 삼킨 불덩이가 내 가슴에 얹혔다. 나는 어깨를 늘어뜨리고 있는 아들의 등을 두어 번 토닥였다. 그까짓 게 뭔데 내 아들 기를 죽여. 걱정하지 마. 엄마가 다 해결해줄 거니까. 나는 필요 이상 목소리를 높이며 아들의 사기를 북돋으려 애를 썼다.

그것은 진심이었다. 어떤 희생이 따르더라도 아들을 노예 계급으로 추락시키고 싶지 않았다. 아들이 내뱉지도 못하고 분통을 삼키는 것도, 시선을 비낀 채 눈시울을 붉히는 것도 보고 싶지 않았다. 그러나 이틀 안에 아들과의 약속을 모두 지켜내는 것은 무리였다. 나는 아들이 등교를 한 뒤에도 한동안 멍청하게 앉아 있었다. 깔고 앉은 다리가 저리지 않았다면 계속 그렇게 있었을 것이다. 저린 다리를 질질 끌며 창문 쪽으로 걸어갔다. 집안이 찜통 속이란 것을 깨달은 것이다.

창문을 열자 그악스러운 매미소리가 쓰나미처럼 쏟아져 들어왔다. 느끼지 못한 사이 온몸은 땀으로 흠뻑 젖었다. 아들에게 걷어채인 선풍기는 바닥에 얼굴을 박은 채 돌고 있었고 텔레비전은 저 혼자 쟁쟁대고 있었다. 선풍기를 세우고 텔레비전으로 시선을 옮겼다. 앵커는 날씨가 미쳤다고 말한다. 서로 편을 갈라 죽일 듯이 상대편을 궁지에 몰아넣으려고 하는 정치판. 세금으로 구축된 사회기반 시설은 몇 배로 활용하면서 불법과 편법으로 악착같이 돈을 긁어모으며 제 잇속만 챙기는 기업들. 강도와 강간 그리고 살인과 자살이 횡횡하고 있는 어지러운 세상. 가뭄과 폭염으로 타들어가는 농작물. 이 모든 것이 미친 날씨 탓이라고 앵커는 격앙된 목소리로 뉴스를 전했다. 그는 자료 화면과 기자를 불러낼 때마다 넥타이 매듭을 만졌다. 넥타이 매듭을 만질 때마다 그의 목소리는 평정심을 잃었다. 사건이나 사고 소식보다 앵커의 목소리가 더 귀를 자극했다. 나는 신경이 있는 대로 긁혀서 텔레비전을 꺼버렸다. 그제야 신경을 자극했던 또 다른 소음을 알아챘다. 경쾌하다고 느꼈던 휴대폰 전자음이 쇠못으로 철판을 긋는 것처럼 거슬렸다.

땀은 닦을 새도 없이 솟았다. 나는 인내심을 갖고 벨소리가 그치기를 기다렸다. 한 손으로 이마의 땀을 훔치며 다른 손으로 폴더를 밀었다. 부재중 전화가 십여 통이나 되었고 문자 메시지도 여러 통 들어와 있었다. 대부분 T로부터였다. 출장 준비하고 대기 바람. 노트북 필수. 그녀는 밑도 끝도 없이 명령 투의 문자를 보내왔다. 후배 작가가 보낸 메시지도 있었다. 문학상을 수상하게 되었다는 것과 내 축하를 꼭 받고 싶다는 내용이었다. 흘러내리던 땀이 눈으로 들어갔다. 눈알이 따끔거렸다. 빌어먹을…… 저절로 욕설이 튀어나왔다. 결코 후배에 대한 시기나 질투 그런 고약한 심보는 아니었다. 여유가 된다면 가장 먼저 만나보고 싶은 사람이 그녀였다. 그녀에게 생긴 좋은 일이라면 무조건 축하해주고 싶다. 누가 뭐래도 그녀는 성실하고 실력 있는 작가다. 그럼에도 불구하고 마음이 상했다. 그것은 스스로에 대한 분노이며 자책이었다. 도대체 나는 무엇 하는 인간인가. 그런 자책은 잠깐이었다. 그녀가 받게 될 억 소리 나는 상금 액수를 떠올렸다. 나도 모르게 한숨이 나왔다. 나는 책상 위로 휴대폰을 던졌다.

책상에 앉아 어젯밤 늦도록 주물럭거리던 파일을 불러냈다. 새해 첫날부터 시작한 글이 아직도 지지부진이다. 장편 한 편 분량 중 절반도 채우지 못했다. 사실 분량보다 더 절망적인 것은 내용이다. 몰입을 하지 못하고 틈틈이 쓰는 바람에 맥락이 잘 이어지지 않았다. 쓸 때마다 매번 처음 시작하는 기분이었다. 아들과의 약속을 생각하자 머리가 지끈거린다. 등짝으로 달라붙은 옷을 연신 떼어내며 파일의 페이지만 신경질적으로 넘겼다. 컴퓨터 모니터에 눈을 박고 있지만 도무지 집중이 되지 않았다. 다시 휴대폰이 울렸다. T였다. 그녀는 문자 메시지의 내용을 반복했다. 연구원장의 새 운전기사가 곧 도착할 거라며 전화를 끊었다.

장전된 총부리가 나를 겨냥하고 있는 것처럼 허둥지둥 식탁을 정리했다. 김칫국물은 뿌글거렸고 콩나물무침에서는 쉰 냄새가 났다. 아들이 먹다 만 밥그릇에는 한입 베어 먹힌 햄 조각이 얹혀 있고 그 위에 고명처럼 파리가 다닥다닥 붙어있다. 반나절도 지나지 않았는데 집안은 음식물 썩는 냄새가 진동을 했다. 나는 음식물 쓰레기봉투에 그것들을 쏟아 부었다. 다시 휴대폰이 울렸다. 나는 들었던 음식물 쓰레기봉투를 내려놓았다. 봉투에서 새어나온 물기가 손에 묻어 냄새가 지독했다. 전화벨은 지치지도 않고 계속 울렸다. 전화 벨소리 때문인지, 더위 때문인지, 냄새 때문인지 숨이 턱턱 막혔다. 나는 비눗기가 채 가시지도 않은 손을 앞치마에 문지르고 전화를 받았다.

"씨발, 더워죽겠는데…… 왜 빨리 전화를 안 받습니까?"

전화속의 남자는 다짜고짜 욕부터 내뱉었다.

"야, 니가 누군데 나한테 소리를 지르십니까."

내 목소리도 덩달아 커졌다. 남자는 내 목소리를 싹둑 자르면서 말했다.

"T교수님 전화 받았죠? 지금 도착했으니 빨리 내려와요. 기다릴 시간 없습니다."

남자는 자기 할 말만 전하고 전화를 끊었다. 나는 전화기를 내려 놓고 서둘러 음식물 쓰레기를 내다버렸다. 또다시 전화벨이 울렸지 만 애써 무시했다. 나를 조종하고 명령하는 작자는 원장과 T 둘만 으로도 벅찼다. 그들이 부리는 또 다른 사람에게까지 휘둘리고 싶 지 않았다. 어차피 음식물 쓰레기는 버려야 하고, 간단하게라도 씻 어야 하고, 대충이라도 가방은 챙겨야 했다. 하지만 그 놈의 휴대폰 벨소리 때문에 머리가 터질 지경이었다. 대충 씻고 대충 입있다. 광 풍이 휩쓸고 간 집안은 정리도 하지 못했다. 다급한 마음을 애써 억 누르며 주차장으로 내려왔다. 운전기사는 다짜고짜 내 손에서 노트 북과 가방을 빼앗아 뒷좌석으로 던졌다. 그리고 내 머리를 눌러 차 안으로 밀어 넣었다. 운전석으로 들어간 그는 내가 문을 닫기도 전 에 차를 출발시켰다. 가까스로 차문을 닫았지만 자칫했으면 길바닥으로 튕겨질 뻔했다.

바짝 치켜 올라간 어깨, 거친 손동작, 식식대는 숨소리, 실룩거리는 볼 근육. 운전기사는 화가 났다는 것을 온몸으로 보여주고 있었다. 내가 얼마나 황당했는지, 심장이 얼마나 쪼그라들었는지는 아예 염두에도 없었다. 그쪽 사람들의 일처리 방식은 항상 이 모양이었다. 일방적으로 지시하고 닦달하고 명령했다. 내가 일정에 맞출 수 있는지 없는지 확인은커녕 최소한의 배려도 하지 않았다.

운전기사는 계속해서 신호를 무시했다. 차간 사이를 아슬아슬하게 빠져나가기도 했다. 또한 이 차선 저 차선을 넘나들며 추월을 했다. 뿐만 아니라 경적을 울려 앞차를 재촉하거나 비키도록 유도했다. 말이 유도지 사실 엄포나 다름없었다. 결국 교차로에 다다랐을 때는 아찔한 상황이 벌어지고 말았다. 정지 신호로 바뀌었는데 그는 멈추지 않았다. 좌회전 신호를 받은 승용차와 충돌할 위기에 직면했다. 끝장이다 싶었다. 내 손은 저절로 손잡이를 움켜쥐었다. 그리고 눈을 질끈 감았다. 차마 비명도 내지르지도 못했다. 경적 소리와 급정거 소리가 귀청을 찢었다. 온몸이 뒤로 떠밀리더니 앞좌석 등받이에 부딪혔다. 한여름인지 한겨울인지 분간을 못할 만큼 오싹한 순간이었다. 땀구멍이란 땀구멍은 모두 닫혀서 다시는 열리지 않을 것만 같았다. 감았던 눈을 천천히 떠보니 교차로는 아수라장이 되어 있었다. 다행히 충돌은 피했지만 교차로 가운데는 마구 뒤엉킨 차량들로 어수선했다.

햇볕이 쨍쨍한 교차로에는 삿대질과 고함소리와 욕설로 소란스러웠다. 아침부터 죽으려고 환장했느냐는 둥, 혼자나 뒈지라는 둥, 저런 새끼는 목을 비틀어버려야 한다는 둥, 차 바깥으로 고개를 빼낸 운전자들이 욕설과 악담을 퍼부어댔다. 그러나 운전기사는 비상 라이트까지 켠 채로 계속 경적을 울려댔다. 그리고 뒤엉킨 차량 사이를 헤집고 교차로를 빠져나갔다. 놀란 운전자들이 반사적으로 길을 내주었다. 배짱이 두둑하다고 보기에는 너무 뻔뻔했고, 심장을 가졌다고 하기에는 너무나 기계적이었다. 룸미러 속으로 보이는 운전기사의 표정은 조금도 변함이 없어 보였다. 그런 가운데 그의 시선은 몹시 분주하게 움직였다. 눈앞의 도로, 사이드 미러, 룸 미러를 살폈고 그것들을 오가는 중에도 시계를 보았다. 몇 분 간격으로 그의 휴대폰은 울렸고 그는 어디를 통과하고 있는지를 보고했다. 차 안의 공기는 조금도 느슨해지지 않았다. 너무 팽팽해서 다른 생각은 할 겨를이 없었다.

공항 관제탑이 보이자 그는 전화기를 들었다. 원장님, 지금 막 공항 쪽 진입로로 접어들었습니다. 그의 목소리는 수행 능력이 뛰어나지 않느냐고 우쭐대는 것처럼 들렸다. 그는 통화를 하는 중에도 전혀 속도를 늦추지 않았다. 자신의 상사 앞에서 보고를 하고 있는 것처럼 공손하게 통화를 마쳤다. 통화를 끝낸 그는 번거로운 물건이라도 되는 듯 휴대폰을 조수석으로 내던졌다. 그리고 이마에 맺힌 땀을 훔치며 휘파람을 불었다.

"작가 선생, 미안했수다. 원장님의 명령이니 나도 어쩔 수가 없었다 이겁니다. 내 밥줄이 원장에게 달렸으니 어쩌겠습니까. 당신도 별로 달라 보이지 않으니 이해하쇼."

나를 지옥 입구까지 끌고 갔던 것에 비하면 너무나 가벼운 사과였고 변명이었다. 게다가 같은 처지라며 나까지 슬그머니 끌고 들어갔다. 그의 태도는 사과라고 볼 수도 없었다. 상사에게 얼마나 충직한 부하인지를 보여주고 있을 뿐이었다. T가 매번 그랬던 것처럼.

호텔 앞에 도착하자 원장은 앞서서 회전문 안으로 들어갔다. 공간이 충분했지만 나는 그보다 두어 걸음 뒤쳐져 다음 칸으로 들어섰다. 목을 죄고 있는 단추 한 개를 겨우 풀어놓은 것처럼 숨쉬기가 조금은 수월해졌다. 그는 로비의 빈 소파를 손으로 가리켰다. 나는 그가 가리키는 소파에 앉았다. 그가 내 옆자리에 자신의 가방을 내려놓고 데스크 쪽으로 걸어갔다. 나는 멍하니 그의 뒷모습을 쳐다보았다. 그의 걸음걸이가 몹시 부자연스러웠다. 찔뚝, 찔뚝, 찔뚝…… 그가 걸을 때마다 왼쪽 어깨가 심하게 기울어졌다. 왼쪽과 오른쪽 어깨의 불협화음처럼 상체와 하체도 전혀 리듬이 맞지 않는다. 견고해 보이는 상체에 비해 하체는 너무나 빈약해보였다. 견고한 어깨로 힘겹게 하체를 끌고 가는 느낌이었다. 왼다리를 감싸고 있는 바짓가랑이는 헐겁게 펄럭거렸다.

그의 걸음걸이는 자서전 대필을 부탁했던 한의사 y와 많이 닮아 있었다. 한의사 y가 기를 쓰고 절름거리지 않으려고 했던 것과는 다르게 원장은 걸음걸이에 그다지 신경을 쓰지 않았다. T의 말에 의하면 다리에 대한 콤플렉스가 전혀 없는 사람이라고 했다. 그의 능력은 신체적인 결함을 뛰어넘을 수 있을 만큼 출중하다는 것이다. 그는 프런트에서 키를 받아 내게로 다가왔다. 걸음걸이와는 다르게 그의 표정에는 함부로 범접할 수 없는 권위가 엿보였다. 그는 키를 건네주며 말했다.

"T교수가 선생 이메일로 자료를 송부했다고 보고를 해왔소. 방으로 올라가 바로 작업할 준비를 하시오. 학술 대회는 네 시부터 시작될 예정이니 삼십 분 전까지 세미나실 앞으로 가져오시오. 반드시 시간을 엄수하시오."

그의 말투는 지극히 사무적이었다. 아울러 무조건 지시를 수행해야 할 것 같은 엄격함이 느껴졌다. 그에게서 느껴지는 엄격함은 순간순간의 감정 변화를 숨기지 못하던 한의사 y와 또 다른 점이었다. 사람 하나 못 쓰게 만드는 것쯤은 문제가 아니라는 엄포성 말투에도 불구하고 한의사 y의 말은 조금도 두렵지 않았다. 그러나 불안정해 보이는 몸집에도 불구하고 원장의 눈빛은 잘 벼린 칼날처럼 매서웠다. 그는 눈빛으로 자신의 온몸을 무장하고 있는 것처럼 느껴졌다.

호텔 룸은 객실이라기보다 대기업의 중역실 같은 분위기였다. 우선 눈에 띄는 것은 커다란 책상이었다. 짙은 갈색의 원목 책상에는 필기구와 호텔 안내 책자가 놓여있고 인터넷을 사용할 수 있도록 시설이 갖춰져 있었다. 컴퓨터는 물론이고 프린터와 팩스기기도 설치되어 있었다. 두툼한 책이 몇 권 있었는데 급하게 챙겨놓은 것인지 원래부터 장식용으로 꽂혀진 것인지 짐작은 가지 않았다. 보조 탁자에는 지금 막 내려놓은 것 같은 커피와 정갈해 보이는 커피 잔도 준비되어 있었다.

침실은 안쪽으로 배치되어 있었다. 침대는 구김살 하나 없는 시트가 덮여 있었다. 사무용 가구가 있고, 푹 안겨들 것 같은 소파가 있고, 단잠을 잘 수 있을 것 같은 침대가 있는, 이런 형태의 호텔 객실일 거라고는 상상도 하지 않았다. 아주 특별하고 호화스러운 호텔 객실을 방송이나 잡지에서 본 적이 있다. 그러나 지금 이 방은 그런 아주 특별한 사람들을 위한 객실이라고 보기는 어려웠다. 적당히 특별한 사람들 혹은 특별하려고 애쓰는 사람들을 위한 방이라고나 할까? 어쨌거나 방안의 온도는 가을날을 연상시킬 만큼 쾌적했고 커피 냄새는 충분히 향기로웠다. 아침나절에 겪었던 황당한 일도 다 지울 수 있을 만큼 기분 좋은 냄새였다.

커피를 마시고 싶었지만 손부터 씻어야 했다. 비누거품을 많이 내서 손가락 사이와 손톱 밑을 꼼꼼히 씻어냈다. 음식물 쓰레기를 버렸던 아침의 기억이 내내 꺼림칙하게 남아 있었던 터라 손을 씻고 난 뒤의 느낌은 더 없이 상쾌했다. 내친 김에 샤워까지 했다. 상큼한 세제향이 배어 있는 면 셔츠와 바지를 입었다. 머리까지 뒤로 올려 묶고 나니 비로소 자유를 얻은 기분이 되었다. 잔 가득 커피를 부어 책상 앞에 앉았다. 특별한 사람이 된 것 같은 호사스런 기분에 잠깐 사로잡혔다. 그러나 커피 한 잔을 다 마시기도 전에 그런 기분은 깡그리 사라졌다. 준비됐지? 그럼 빨리 서둘러라. 메일부터 열어봐. T가 보낸 문자는 티끌만큼도 감정이 묻어 있지 않았다.

호텔에 비치된 컴퓨터는 무척 성능이 좋아보였다. 컴퓨터를 부팅시키려다가 노트북을 꺼냈다. 반드시 노트북을 가져가야 한다는 말이 떠올랐기 때문이다. 무슨 기밀문서를 작성하는 것도 아닌데 T는 다른 컴퓨터를 사용하지 못하게 했다. 지금까지 내가 T를 도와 작업한 것은 학과의 홍보자료나 연설문, 학회지에 정기적으로 발표되는 외국 첨단도시 소개와 연구소 등을 견학한 기행문 형식의 보고서 등이었다. 내가 생각하기에는 특별하다고 볼 수도 없는 작업이었다. 어차피 전문적인 것은 그들의 몫이었다.

T가 날라다 준 일거리는 지난 4년 동안 내 생활을 지탱해준 기반

이었다. 총선을 앞둔 한의사 y의 자서전을 대필한 뒤 한동안 일이 없었다. y에게 목돈을 받기 했지만 그다지 오래 가지 못했다. T가 일거리를 마련해주지 않았다면 무척 어려웠을 터였다. 그녀가 송금 해준 액수는 항상 예상보다 많았다. 일부러 확인해 본 것은 아닌지 만 원래 약속한 대필료 외에도 그녀가 더 얹어서 보냈을 거라고 짐 작했다. 그러나 일부러 확인하기가 싫었다. 그것을 확인한 순간 머 릿속이 복잡해질 것 같아서였다.

　T가 보내온 자료는 에이포지 30여 매 분량이었다. 원장이나 T의 논문 일부를 발췌한 것과 일간지에 소개된 연구원의 성과 그리고 대학의 발전상을 요약한 내용이었다. 그리고 외국의 첨단도시를 시 찰했던 내용도 일부 첨부되어 있었다. '대학연구진이 지방자치단 체에 어떻게 기여를 했으며 앞으로 어떤 효과가 기대되는가?' 라는 문장은 밑줄이 붉게 그어져 있었다. 대학 연구원들이 제공한 기술 을 바탕으로 개발되거나 상품화된 첨단기기들과 제품들에 대한 소 개도 나열되어 있었다. 원장의 이력과 공로에 대한 것은 과하다 싶 을 정도였다. 지방 혁신 리더로서 혁혁한 공로를 인정받아 정부 요 직에 임용될 가능성이 많다는 원장에 대한 신문기사도 첨부되어 있 었다. 여러 매체에 실린 인터뷰도 빼놓지 않았다. 차기 과학기술부 장관 후보로 낙점이 될 거라는 내용을 전제로 한 인터뷰들이었다. 원장 자신도 그 자리에 대한 욕심을 숨기지 않았다. 우리나라의 과

학기술을 위해 최선을 다해 봉사하고 싶다는 말을 그는 인터뷰마다 빼놓지 않았다.

내게 주어진 과제는 두 가지였다. 곧 개최될 학술 대회의 기조 연설문을 작성하는 것과 마지막에 배부될 '학회에 전하는 글'을 작성하는 것이다. 발표 논문이나 학술 자료는 이미 제본까지 마쳐서 배부된 모양이었다. 결국 내가 작성해야 할 글은 원장의 공로를 내세우고 포장해서 띄우는 작업인 셈이다. 특히 대학의 특성화와 교수들의 연구력 강화 등을 핵심으로 대학의 구조 개혁을 가장 성공적으로 이끌어냈으며, 새로운 원천기술을 개발하여 지역 산업 발전에 크게 공헌했다는 것을 주된 내용으로 삼으라는 것이었다. '학회에 전하는 글'에는 입지전적인 그의 이력과 모범적인 가정생활을 잘 버무려내라는 주문이었다.

별첨 마지막 장에는 T의 사적인 메일이었다. 극비라며 읽는 즉시 지우라고 했지만 나로서는 별 긴장감이 느껴지지 않았다. 이번 학술 대회에 VIP가 파견한 요원이 참석할 거라는 첩보를 입수했다는 것과 장관 후보로서의 검증 과정 중 하나인 것 같다는 내용이었다. 오늘 아침 그 정보를 입수한 원장은 연구소를 발칵 뒤집었다는 것이다. 원장이 정부 요직에 발탁되는 것은 학교 측으로서는 매우 환영할 만한 일이었기 때문에 적극적인 지원을 하고 나선 모양이었다. 원장의 출세야말로 T가 기대했던 미래가 한 걸음 더 가까워졌다는 것을 의미한다고도 했다. 그리고 그 효과는 바로 나에게 이어질 거라고 했다. 그것이 내가 이 일에 적극적으로 가담해야 할 이유라고도 했다. 오히려 가담이라는 단어가 묘하게 나를 긴장시켰다.

학술 대회의 취지와 목적이 정해진 이상 기조 연설문을 작성하는 것은 그다지 어렵지 않을 것 같았다. 그러나 지금까지 썼던 보고서나 기획서처럼 틀에 박힌 문장이 아니라 감동을 자아내라는 과제는 적당히 부담스러웠다. 사실 나는 연구원장 개인에 대해서는 아는 바가 별로 없었다. 보내준 자료를 바탕으로 오직 상상력을 빌어 특별한 인물 한 명을 만들어내야 할 판이었다. 한의사 y에게 해줬던 작업 내용과 다를 바가 없었다. 열악한 환경을 극복하고 한방 병원장이 되기까지의 성공담을 입지전적으로 그려달라는 y의 부탁이나, 캠퍼스의 콤플렉스를 극복하고 지역 혁신 리더로서 성공을 거둔 원장의 성공 사례를 잘 그려내라는 명령은 그야말로 오십보백보였다. 결국 나는 기억에서 지우려고 애썼던 y의 말들을 다시 떠올리고야 말았다.

죽고살기를 무릅쓰고 여기까지 왔지. 나를 무시하고 엿먹이던 놈들과 나와 내 어머니를 궁지에 몰아넣었던 세상에 복수하는 방법은 오로지 출세하는 것뿐이었어. 출세? 출세가 뭐냐고 묻는 거야? 자본주의 사회에서 출세란 것이 뭐라고 생각해? 돈과 권력. 그것을 얻는 것이 아니겠냐고. 어쨌든 나는 지금 그 중 하나를 얻었어. 권력 하나만 남겨놓은 거지. 내가 왜 아무런 감정도 없는 마누라를 신주단지 모시듯 하겠어. 장인의 정치적 후원을 얻기 위해서가 아니겠냐고. 돈 때문이든 장인의 세도 때문이든 간에 몇몇 놈들은 내 발밑에 무릎을 꿇었지. 나보다 학벌도 좋고 인물도 훤한 그 작자들이 내 밑에 기어들어와 비굴한 낯짝으로 내 밥을 먹고 있다 이 말이야. 그래서 말인데 나는 꼭 내 자서전을 써서 세상에 알리고 싶어. y는 웅변을 하듯 얼굴을 붉히고 목소리를 높였다. 토크 쇼에 나와서 병의 원인을 설명하고 상담할 때의 차분함은 찾아볼 수 없었다.

고무 함지가 삶의 도구이자 밑천이었다며 어머니를 회상할 때는 지나칠 정도로 낭만적인 슬픔에 빠져 있어서 나는 그를 건져 올릴 자신이 없었다. 그의 신파를 따라잡기가 참으로 어려웠지만 나는 참을성 있게 그의 말을 들어주었다. 예사롭지 않은 어머니와 범상치 않은 아들의 모습을 그려주는 일은 어렵지 않았다. 그는 보너스처럼 숨겨둔 여자에 대해서도 자랑을 했다. 가능하면 오래오래 숨겨두고 싶은 여자라는 것이다. 자신을 살맛나게 하는 특별한 존재라며 그는 입맛을 다셨다. 그가 말하는 살맛이 삶에 대한 의미가 아니라 육체를 향한 쾌감이라는 것을 한참만에야 깨닫고 씁쓸했다.

당신이 유념할 첫 번째는 내가 공천대상자란 사실이야. 그리고 선거전에 돌입하기 전에 책을 출간할 수 있어야 한다는 것이 두 번째 명심할 사항이고. 다음은 책 내용인데…… 내 어머니의 이야기를 쓰면 더할 나위가 없을 거야. 우리 어머니만큼 좋은 처방이 어디 있겠어. 저절로 코끝이 찡하고 가슴이 먹먹해질 테니까. 그리고 열악한 처지에 빠져 있는 사람들에게도 내가 희망의 등불이 되잖아? 나를 본보기로 삼으면 누구나 성공할 수 있을 거라는 믿음이 생길 거야. 안 그래? 그는 동의를 구하듯 내게 물었다. 나는 건성으로 그에게 고개를 끄덕여 주었다. 그의 말이 화려해질수록 일의 대한 부담은 줄어들었다. 그가 요구하는 그림을 그리고 그의 눈에 띌 만한 색을 칠해주면 그만이었다.

그가 자서전이 출간되었다며 전화를 걸어왔을 때 나는 등골이 오싹했다. 처음 약속대로 나는 그의 기억에서 지워지길 원했다. 그 글은 선생님 작품입니다. 선생님이 심혈을 기울여 쓰지 않았습니까? 저는 선생님을 모릅니다. 뿐만 아니라 나는 선생님의 지역 구민도 아니잖습니까. 그러니 선생님은 저에게 책을 부칠 이유가 없습니다. 정말 모르는 사람처럼 나는 그의 성의를 냉정하게 거절했다. 그는 한참 동안 말이 없었다. 참으로 지루하고 민망한 시간이었다. 아, 그렇군요. 실례했습니다. 우리는 정말 모르는 사람들인 겁니다. 감정을 수습한 그의 목소리는 TV 토크쇼에서처럼 적당히 무게가 잡혀 있었다.

T가 원장을 대신해서 나에게 요구하는 과제는 y를 포장했던 것과 다르지 않았고 나는 또 같은 방법으로 원장을 포장하는 작업에

최선을 다해야 할 판이었다. 쾌적하고, 상쾌하고, 향기롭기까지 하던 방안은 오뉴월 양철지붕 위보다 더 불편해졌다. 엉덩이는 물론이고 발바닥까지 뜨끔거렸다. 숨을 깊이 들여 마셨다. 그리고 잔이 넘칠 만큼 커피를 부었다. 커튼을 걷어버리자 바다가 한눈에 들어왔다. 해변에는 그야말로 사람 반, 물 반이었다. 어쩌면 바닷물보다 사람이 더 많을지도 몰랐다. 바나나 모양의 모터보트가 휙휙 시야를 가로질렀다. 사람들을 가득 태운 유람선도 지나갔다. 창밖으로 펼쳐진 화려한 해변의 풍경은 마치 영화 속 풍경처럼 현실감이 없었다. T에게 전화를 걸었다. 그녀는 대기하고 있었던 것처럼 금방 전화를 받았다.

"이런 일은 내가 부산까지 내려오지 않아도 충분히 해결할 수 있었잖아?"

나는 따지듯 그녀에게 물었다.

"이메일에 다 설명했잖아. 신속, 정확. 네가 손이 닿는 곳에 있어야 차질이 없잖아. 입 아프게 또 반복해줘? 이렇게 급하게 일이 벌어질 줄 몰랐다니까. 대장이나 나나 한꺼번에 몇 년은 늙어버렸을 거다. 난리도 이런 난리가 없었다. 얌마, 사는 것이 다 그렇잖아. 예상하는 일만 일어나디? 자, 자, 시간낭비, 감정 낭비 하지 말고 즐겁게 일하자고. 알았지?"

"즐겁게 일하라고? 야, 너는 이 상황이 즐겁게 일할 수 있는 상황으로 생각되니?"

"너무 부담 갖지 마. 자서전 대필 하는 것보다 훨씬 쉬울 걸. 분량도 적고. 작품을 쓰는 것도 아닌데 뭘 그래. N사업 성공 사례 보고서에다 적당히 양념을 치라니까. 전에 쓰던 것과 별로 다르지 않아. VIP와 관련 책임자들만 만족시키면 된다 이 말이지. 그들에게서 고생했다는 말만 유도해내면 되는 거야. 영웅 만들기 알지? 이러저러한 고난과 역경을 딛고 오늘 이렇게 정상에 우뚝 섰다. 게다가 지역 발전에 이바지했다. 그렇게 읽혀지기만 하는 된다니까. 그런 사람들일수록 단순하잖아. 누가 아냐. 잘하면 네게 커다란 보너스가 주어질 수도 있어. 우리 대장의 성공은 내 성공이고 내 성공은 곧 너의 안정과 연결된다니까. 그러니 아자, 아자, 파이팅."

T의 목소리에는 기대가 가득 담겨 있었다. 원장보다도 T가 더 원장의 성공을 열망하고 있는 것처럼 느껴졌다. 안정된 일자리를 얻을 수 있다는 미끼는 대단히 매력적이었다. 나와 아들의 일상이 해결될 수 있다는 말이 아닌가. 그렇게만 된다면 내가 쓰고 싶은 글을 쓸 수 있을 것이다. 사실 등단한 지 몇 년이 흘렀지만 변변한 소설집 한 권 내놓지 못하고 있었다. 머릿속으로는 수도 없이 많은 작품을 구상하지만 그것은 머릿속에만 지어진 집이었다. 관리비, 각종 공과금, 수업료, 학원비, 아들 용돈…… 등을 해결하느라 뺑뺑이를 돌다보면 한 달이 금방 지나갔다. 그리고 다시 돈을 구하기 위해 뺑

빵이를 돌아야만 했다. 소설의 완성은 늘 멀고도 가까운 목표였다.

"참, 커피 맛은 어땠니? 내가 호텔에 특별 부탁해서 준비시켰거든. 거기까지 내려가 줘서 정말 고마워. 은희야, 사랑해."

밤 열 시가 넘어서야 원장은 나를 로비로 불러 내렸다. 엘리베이터에서 내리자 휴대폰이 울렸다. 원장이었다. 그는 후문 쪽에 대기하고 있는 택시를 타라고 말했다. 나는 그가 지시하는 대로 택시를 탔다. 택시 안에도 그는 없었다. 택시기사는 내 이름을 확인한 다음 차를 출발시켰다. 택시는 해안도로를 한참이나 달렸다. 해운대의 밤풍경은 불빛만으로도 현란하기 짝이 없었다. 해가 졌는데도 해변은 피서객들로 붐볐다. 여전히 수영복 차림이거나 반라의 사람들의 욕망들이 흥청거렸다. 족쇄가 풀린 원색적인 욕망들이었다. 택시는 해변 끝의 호텔 로비 앞에 멈췄다.

원장은 안쪽 깊숙한 자리에 앉아 있었다. 그는 손가락을 까닥하며 앉기를 권했다. 물주전자를 들고 서 있던 종업원이 엎어 놓았던 잔을 뒤집어 물을 따랐다. 그녀는 원장의 잔에도 절반쯤 물을 부어 준 다음 정갈해 보이는 냅킨으로 물주전자를 닦았다. 물주전자에는 방울방울 물방울이 맺혔다.

"에이코스로."

원장은 종업원에게 메뉴판을 돌려주면 주문을 했다. 이미 때를 놓쳐 배가 고프지도 않았다.

"김 선생, 저녁이 늦어 미안하오. 저녁을 먹지 말고 기다리라고
한 것은 실수였소."

"괜찮습니다."

나는 처음부터 아무런 기대를 하지 않았다. 오히려 9시가 넘어도
연락이 없어 안심하던 차였다.

음식이 나왔지만 그는 먹는 시늉만 했다. 장식이 요란하고 그럴
듯해 보였지만 나 역시 음식에 손이 가지 않았다. 그는 이미 식사를
했다며 손을 들어 먹을 것을 권했다.

"오늘 수고 많았소. 그런데 내 아내에 대해서는 알고 쓴 겁니
까?"

나는 찍어 올리던 샐러드 조각을 다시 내려놓으며 대답했다.

"네? 아니요. 사모님에 대한 정보는 전혀 없었습니다. 상상해서
쓰라는 말로 해석했습니다. 그런데 문제가 있었습니까?"

그는 매우 시니컬한 미소를 띠며 물었다.

"아, 아니오. 어차피 줄 만한 정보도 없었소. 그런데 어떻게?"

"제가 알고 있는 어떤 분의 모습을 떠올렸습니다. 미련하다싶을
정도로 헌신적인 분이라서 이미지를 잠깐 빌렸습니다. 혹시 의도와
거리가 멀었거나 기대가 어긋났다면 죄송합니다."

"난 지금 평균 이상이었단 말을 하고 있는 거요. 사실 내게는 그

런 아내가 절대적으로 필요하지만."

그의 표정이 잠깐 흔들렸다. 그런 아내가 필요하다는 말의 의미
는 쉽게 짐작하기 어려웠지만 나쁘지는 않았던 것 같았다.

"드시죠."

메인 음식이 나오자 그는 또 한 번 가볍게 손을 들어 올렸다. 그
의 손은 가뿐하게 쳐들렸다가 내려졌다. 지나치게 창백한 새가 잠
깐 날개를 퍼덕거리다가 내려앉은 느낌이었다. 그만큼 그의 손은
유난히 희고 손가락은 가늘었다. 손쓰는 일은 거의 해보지 않은 사
람으로 여겨졌다. 나는 마디가 굵고 핏줄이 도드라진 손을 탁자 아
래로 내렸다. 계속해서 음식이 나왔지만 음식은 거의 그대로 나갔
다.

"자리를 옮깁시다."

원장은 계산서를 집어 들고 앞서 걸었다. 원장이 계산을 마치고
장소를 옮기는 중에도 이만 숙소로 돌아가겠다는 말을 하지 못했
다. 그의 걸음걸이가 부자연스럽게 느껴지는 것만큼이나 그를 뒤띠
르는 것은 불편했다. 종업원은 우리를 창가의 좌석으로 안내했다.
탁자 위에는 '예약석'이라는 팻말이 세워져 있었다. 우리가 좌석에
앉자마자 종업원은 팻말을 치우고 메뉴판을 올려놓았다. 바다에 떠
있는 것처럼 파도가 유리창 가까이 밀려왔다가 밀려나갔다. 파도소
리는 온몸으로 스며들었다. 흔들리는 배 위에 앉아 있는 것처럼 어

질어질해졌다.

"보름이군."

원장은 혼잣말로 중얼거렸다.

"문라이트소나타 두 잔."

그는 내 동의도 구하지 않고 일방적으로 주문을 했다. 그리고 바다만 쳐다보았다. 잔잔해진 물속에 커다란 달이 잠겨있었다. 파도가 다시 밀려오자 달의 형상은 금세 일그러졌다.

"달빛에 홀리지 마시오. 달은 믿을 만한 것이 못되니까."

결코 원장에게 어울리는 말은 아니었다. 뜨악하게 바라보는 내 시선을 뭉개고 그는 바다 쪽으로 고개를 돌렸다. 파도는 일정한 간격으로 밀려왔다 다시 밀려나갔다. 물이 빠져나간 해변에는 커다란 바위 덩어리들이 드러났다. 해운대 백사장이 사라지고 있다는 기사가 생각났다. 즐비하게 늘어선 마천루 때문에 환경이 파괴되었다는 것이다. 매년 수백 톤인지, 수천 톤인지 엄청난 양의 모래를 실어와 해운대 백사장을 만들고 있다고 기자는 격앙된 목소리로 말했었다.

"그렇게까지 쓸 필요는 없었는데……."

원장은 다시 읊조렸다. 나한테 하는 말이라고 생각하기에는 너무 목소리가 작았다.

"네?"

나는 이쯤에서 되물어줘야 될 것만 같아 목소리를 높여 되물었다.

"너무 과했단 말이요. 초등학생용 위인전을 읽는 기분이 들었소. 사람 냄새가 없는데 쉽게 감동이 생기겠나. 그래서 과한 것은 모자람만 못하다는 것이오."

"T교수의 주문이 바로 원장님의 의도라고 생각했는데요. 제가 잘못 짚었나요?"

앉은 자리가 얼음방석인 것처럼 썰렁했다.

"아니 괜찮소. 윗분들이 보고 싶어 하는 것은 대체로 잘 보여준 것 같으니 크게 걱정할 일은 아니오. 다만 내 이야기인데도 전혀 내 것이 아닌 것 같은 생각이 들어서 조금은 불편했다 이 말이요. 낯간지러운 문구도 보였고 교수들이나 직원들에게 미안한 점도 없지 않았소. 다른 교수 한 명을 희생 양으로 만든 것도 적절했소. 악역을 맡아줄 배역이 없었다면 너무 이야기가 밋밋했을 것이오. 김 선생이 쓴 것처럼 나에게는 적이 많소. 어찌됐든 나를 이해할 만한 사람에게 악역을 할당한 점은 그나마 다행이었소."

원장이 묘하게 웃었다.

"그 보답으로 선생에게 충고 한마디 하겠소. 글을 만드는 재주가 있어 보이는데 왜 유명 작가가 되지 못했는지 잠깐 궁금했소. 그러나 그 해답 중 하나를 간단하게 찾았소. 선생은 자신의 생각을 너무 튼튼한 감옥에 가두고 있다는 생각이 듭디다. 당신 글은 틀에 맞춰 잘 짜여 있었소. 예정된 길로 가기만 하면 출구에 이르는. 마치 우리가 만든 프로그램 같았단 말이오. 그래서야 어디…… 모르긴 해도 문학은 그런 것이 아닌 걸로 알고 있소. 또 한 가지 결벽증도 무척 심한 것 같습디다. 심한 외상이나 스트레스로 인한 강박증이 아닌가 싶긴 한데……. 비행기에서부터 지금까지 내가 헤아린 것만 해도 다섯 번이 넘었소. 손 씻는 것 말이오. 옆 사람을 아주 불안하고 불편하게 만든다는 것을 아는지 모르겠소. 참으로 딱한 일이오."

그의 목소리는 예상 밖으로 부드러웠지만 뾰족뾰족하게 가시가 돋쳐 있었다. 상황이 나빠 좋은 글을 쓰지 못한 것이 아니라 내 바탕이 척박해서 좋은 글을 쓰지 못한 것이 아니냐고 비난을 하는 것으로 들렸다. 변변한 작품집 한 권 내놓지 않은 작가가 무슨 작가냐고 했다던 말도 생각났다.

나는 원장 앞에 놓여 있는 물까지 벌컥벌컥 마셨다. 사레가 들려 연거푸 재채기가 터졌다. 콧구멍으로도 물이 흘러나왔다. 기침을 하고 휴지로 콧물을 훔치는 데도 원장은 물끄러미 바라보기만 했다. 그는 잠잠해지기를 기다려 다시 말을 이었다.

"아주 미세한 오차라도 생기면 컴퓨터는 작동을 멈추거나 오작동을 일으키고 말죠. 그래서 우리는 예스 아니면 노 즉 0 아니면 1이라는 분명한 해답을 갖고 있소. 그러나 우리의 삶이란 것이 어디

흑백이 분명합디까? 나는 인문학에 어둡소. 더구나 문학을 비롯한 예술 분야는 접근조차도 힘들다오. 그럼에도 불구하고 선생의 작품에서는 약점이 보입디다. 오래전부터 해주고 싶었던 말이오. 한 가지 더 덧붙이자면, 단순하게 사는 법도 익히도록 하시오. 목숨을 걸 만큼 중요한 일이 아니면 대충대충 사는 것도 지혜로운 일이오."

그는 조언이라는 형식을 빌려 지적하고 훈계하고 명령했다. 나는 그에게 건넬 적당한 말을 찾아내지 못했다. 얼굴도 화끈거리고 등짝도 뜨끈뜨끈했다. 다행이 종업원이 주문한 음료를 가져왔다. 붉은 액체가 담긴 둥근 잔이었다. 잔의 지름이 한 뼘은 됨직해 보였다. 성급하게 잔을 들어 올리려는 손을 그가 잡았다.

"잠시만 기다리시오. 달이 잔 속으로 빠질 터이니."

그의 표현은 과장이 아니었다. 붉은 액체 속에 달덩이가 한 가득 찼다. 그는 한참이나 잔속에 빠진 붉은 달을 들여다보았다.

"마셔요?"

그는 식사를 권할 때와 똑같은 손짓을 했다. 그는 잠시 쳐들었던 손으로 잔의 목을 쥐었다. 그리고 살짝 입술을 적셨다 내려놓았다.

"역시 한결같은 맛이군."

그의 중얼거림에 이끌려 나도 잔을 들었다. 그리고 성급하게 마셨다. 몹시 목이 말랐기 때문에 어떤 물이건 마실 수밖에 없었다.

"천천히 드시오. 뒤끝이 고약한 칵테일이오. 보름달이 뜨지 않았다면 이렇게 싸가지 없는 칵테일은 주문하지 않았을 거요."

어떤 음료와 어떤 술을 섞었는지 알 수 없었지만 별 거부감이 없는 맛이었다. 향은 단순하지 않았다. 얼핏 송진 향을 맡은 것 같기도 하고 체리 향을 맡은 것 같기도 했다. 떨떠름한 맛도 느껴졌다. 싸가지가 없다는 그것을 단숨에 마셔버렸지만 갈증이 가시지는 않았다. 오히려 달궈진 쇠붙이가 닿는 것처럼 목구멍이 따갑고 뜨거웠다. 뜨겁고 뾰족한 것이 막 명치 아래를 후비고 지나가는 것처럼 가슴도 아팠다. 그의 잔에는 아직도 절반이나 칵테일이 남아 있었다. 그리고 잔속에는 여전히 달이 잠겨 있었다. 그 잔에 욕심이 생겼다.

"저어……."

내가 말을 막 끄집어내려는데 그의 휴대폰이 울렸다.

"아, T교수. 학교에 별일 있나?"

그는 미간을 잔뜩 찌푸리며 물었다. 이내 미간의 주름이 풀어진 것을 보면 그가 원하는 대답을 들은 것 같았다.

"어, 잘 끝났어. 내일 오전에 손님 접대를 해야 하고 마무리를 내가 해야 하니까."

그는 고개를 끄덕거렸다.

"김 선생도 아직 마무리할 게 남아 있는 것 같은데. 괜찮겠나?"

그는 알았다는 말을 하고 전화를 내게 넘겨주었다.

"헤이, 김은희. 수고했어. 아들놈은 내가 잘 챙길게. 이거 모처럼 아빠 노릇 할 기회가 생겼네."

T의 목소리는 한 옥타브쯤 높아져 있었다.

"아빠 노릇은 무슨…… 썰렁하거든. 나대신 아들 군기나 잘 잡아 줘."

내 말이 끝나기도 전에 그녀의 목소리가 탄성이 강한 용수철처럼 큰소리로 되돌아왔다.

"군기는 내가 확실하게 잡아 놓겠어. 니들 모자는 다 내 손바닥 안이다 이거지. 은희야, 싸랑해."

그녀의 목소리가 전화기 밖으로 샜을 것 같아 원장의 눈치를 살폈다. 다행히 그는 술잔을 든 채 창밖을 바라보고 있었다. 그가 보고 있는 것이 파도인지, 바다에 잠긴 달인지, 아니면 유리면에 반사되는 자신의 모습인지 짐작할 수 없었다.

"숙소에 돌아가서 전화할게."

전화를 막 끊으려는데 그녀가 황급히 불러 세웠다.

"니 전화 꺼져있어. 올라가면 바로 전화기부터 켜 놔. 알았지? 그리고 우리 대장 별로 경계하지 않아도 돼. 하긴 나를 대하는 것과 너를 대하는 것이 다를지도 모르겠다. 대장도 남자니까."

원장이 남자라는 것은 문제가 아니었다. 아무런 교감이 없는데 무슨 일이 벌어지겠는가. 또한 지켜야할 것이 많은 사람이기 때문에 경거망동을 하지 못할 거라는 확신은 있다. 그러나 그는 내게 상전처럼 군림하고 있고 나는 그의 눈치를 보고 있는 이 상황이 불편하기 짝이 없다. 그는 저녁을 먹지 말라며 밥 때를 놓치게 했고 잠자리에 들 시간에 호텔 밖으로 불러내 휴식을 망치고 있다. 일과 상관없는 데도 나는 그의 말을 거역하지 못했다. 원장의 뜻을 거스르지 못하는 것은 T때문이다. 원장과 그녀의 관계처럼 그녀와 나도 이미 계급이 정해져 버린 것 같다. 인정하고 싶지 않지만 그녀는 갑이고 나는 을의 입장이 되고 말았다. 부지불식간에 갑은 을에게 군림하게 되고 을은 갑 앞에서 비굴해지고 만다. 갑은 그것이 폭력이란 사실을 깨닫지 못하고 을은 불이익을 걱정해 항거를 하지 못한다. 그녀가 주는 일거리에 의존하고 있는 동안 내내 느낀 감정이었다. 그럼에도 불구하고 이런 관계를 깨뜨릴 용기가 아직은 없다. 일도 일이지만 아들이 더 큰 이유였다.

아들을 감당하기 어려워 T에게 떠맡긴 적이 있다. 귀여운 녀석. T는 킬킬거리며 아들의 머리카락을 마구 헝클었다. 그녀는 마구 엇나가는 녀석을 당구장으로 극장으로 술집으로 끌고 다녔다. 녀석이 자신의 영역 밖으로 완전히 내빼기 전에 먼저 선수를 쳤다는 것이다. T와 어우러지면서 녀석은 매우 밝아지고 긍정적이 되었다. 사소한 것에도 어깃장을 놓거나 엇나가기만 하던 녀석이 그녀에게는 아주 고분고분하게 굴었다. 내가 그 비결을 묻자 그녀의 대답은 간단명료했다. 나는 선생이다. 그것도 구십 프로 이상이 남학생인 공대 교수다. 십 몇 년 하다보니까 녀석들 다루는데 도가 트더라. 내게 엉기는 놈은 용서하지 않는다. 싸가지가 아주 없는 몇 놈을 본보기로 반 죽여 놓았더니 전설적인 영웅이 되더라. 내 별명이 뭔지 아냐? 살모사다 살모사. 하물며 네 아들 같은 어린 애송이 하나 다루는 것은 문제도 아니다. T가 우쭐대며 말했지만 남학생들을 어떻게 다뤘고 시한폭탄 같은 내 아들을 어떻게 틀어쥐었는지 짐작이 되지 않았다. 이후 나는 그녀 앞에서 한없이 작아지고 말았다.

나는 때때로 T가 남자인지 여자인지 헷갈렸다. 목소리는 물론이고 모습이며 행동까지 거의 남자처럼 변해버렸기 때문이다. 치마를 입거나 파마를 한다거나 화장을 하는 T를 상상하가 힘들다. 자궁을 들어낸 것만으로 그녀가 남자가 되었다고는 할 수 없다. 그런데도 그녀는 여자라는 사실을 애써 부인했다. 사실 자궁을 들어낸 내막도 시원하게 말해주지 않았다. 매달 생리를 하고 그 뒤처리를 하기가 귀찮아서라고 했지만 그것은 궁색한 변명으로 들렸다.

고등학교 때만 해도 그녀는 그야말로 예쁜 여자였다. 사랑할 때 생기는 호르몬의 변화, 실연당했을 때 흘리는 눈물의 경로, 남자의 성감대와 여자의 성감대가 신체에 어떻게 분포되어 있는가 하는 등의 생물교과서에도 나오지 않은 요설을 조잘대던 그녀였다. 나는 한때 믿거나 말거나 식의 그녀의 잡설에 얼마나 열광했었는지 모른다. 그녀는 스타일이 근사했던 음악 선생님이나 생물 선생님에게 대놓고 거리낌 없이 사랑을 고백하기도 했었다. 그래도 괜찮겠습니까? 그녀는 확인사살까지 하면 되묻던 당돌한 소녀였다.

다채로운 색깔을 지녔던 그녀가 무채색의 중성적인 차림으로 나타났을 때의 낯설음이란 한마디로 설명할 수는 없다. 처음에는 나에 대한 예의라고 생각했다. 서른일곱에 과부가 되어버린 내 앞에서 그건 당연한 몸가짐이라고 생각했다. 지극히 이기적인 나만의 감정이라는 것을 모르는 바는 아니었다. 세계적인 과학 잡지에 논문을 자주 발표하고 컴퓨터공학에 혁신적인 공로를 인정받고 있는 명사가 되었다고 해도 나에게는 어릴 적의 그녀 이상은 아니었다. 은희야, 나는 너하고만 친하게 지낼 거야. 그러니 너도 제발 다른 애와는 친하게 지내지 말아줘. 이런 식의 쪽지를 수도 없이 보냈던 그녀였다. 학교 담장을 넘어가 생리대를 사다주는 것 말고도 그녀가 나대신 감당했던 일들은 한두 가지가 아니었다. 당번은 말할 것도 없고 꼼꼼하게 노트정리를 해주었으며 빠뜨린 내 물건을 챙겨주는 것도 그녀의 몫이었다. 심지어 시험 기간에는 내 방에서 나를 관리했다. 아, 모처럼 썩 괜찮은 표현이다. 관리라는 말만큼 적절한 말은 없을 것 같다. 내가 무난히 대학에 갈 수 있었던 것도 부모나 선생의 관리가 아니라 T의 관리 덕분이라고 해야 옳다. 내가 결혼하자 그녀는 결코 담담하다고 볼 수 없는 얼굴로 내게 말했다. 지금은 내게 아무런 힘이 없어서 어떻게 해볼 수가 없구나. 잠깐 네 남편에게 너를 맡겨두는 걸로 하지. 반드시 너를 찾으러 올 테니까 기다리고 있어. 그리고 그녀는 내게 연락을 끊었다. 그녀는 이내 관심 밖으로 밀려나갔다. 그리고 기억 속에서 아주 쉽게 사라져버렸다. 남편이 죽지 않았다면 그녀의 존재는 동창생 1, 2, 3…… 중의 하나였을 것이다. 아니 T가 나를 찾아오지 않았다면 그래서 내 아들의 상담자가 되지 않았다면 여전히 동창생 1, 2, 3…… 중 한 사람에 그쳤을 것이다.

별로 경계하지 않아도 된다는 T의 말을 떠올리면서 원장의 얼굴을 쳐다보았다. 그는 경계대상이 아니다? 그의 얼굴 위로 T의 얼굴이 겹쳐졌다. 그의 자리가 곧 T의 자리가 된다? 그리고 나는 그녀의 삶을 그럴 듯하게 꾸며 쓰거나 기조 연설문을 써주기 위해 오늘처럼 느닷없이 여행 가방을 쌀지도 모른다? 생각만으로도 끔찍하다. 나는 양해를 구하지도 않고 원장의 술잔을 집어 들었다. 너무 양이 적어서 입안을 축이지도 못했다. 차디찬 생맥주 생각이 간절해졌다.

병원까지 오는 동안 나는 한잠도 자지 못했다. 간병인에게서 걸려온 전화 때문이었다. 안면도 튼 적이 없는 그녀는 자신의 아랫사람을 볶아치듯 시시각각 전화를 걸어왔다. 출발은 했나요? 지금은 어디쯤 왔는데? 아직 대전도 안 왔다고? 미치겠네. 왜 이렇게 더딘 거야. 천안을 지났다고? 수원? 뭉그적거리지 말고 서둘러요. 내가 기차의 속도에 얹혀 있다는 것을 알면서 그녀는 안달을 했다. 너무나 짜증스러워 일방적으로 전화를 끊어버렸다. 계속해서 전화벨이 울렸지만 받지 않았다. 결국 눈을 붙이려고 애만 쓰다가 서울역에 도착했다.

병실 문을 열자 반백의 간병인이 튕겨지듯 문 밖으로 나왔다. 얼굴의 주름이나 말투로 보아 예순을 훨씬 넘어 보였다. 그녀는 나를 병실 안으로 밀어 넣으며 말했다.

"올 거면서 그렇게 남의 애간장을 녹여. 젊은 것이 싸가지가 없기는. 귀싸대기를 올려붙이고 싶은데 곧 출산할 며느리가 있어서 참는 거야."

그녀는 내 손에서 가방을 빼앗아 옷장에 넣었다. 그리고 문을 가로막고 섰다. 그녀는 내가 되돌아나갈 것을 염려하는 것 같았다.

"지금부터 댁이 할 일을 일러줄 테니 잘 들어 둬. 별로 어렵지 않을 게야."

그녀는 하루에 두어 번 기저귀를 갈아주고 병실만 잘 지키면 된다고 말했다.

"징그러운 목숨이야. 저 아래 내 아들이 차를 대고 기다리고 있어서 이만."

그녀는 부리나케 병실 문을 열고 나갔다. 단 일 초도 병실에 머물고 싶지 않다는 것이다. 병실 안은 생선내장과 고깃덩어리와 푹 젖은 생리대가 뒤섞여 썩는 것 같은 냄새가 밀려나왔다. 화장실 쪽에서는 물비린내와 지린내가 풍겼다. 순식간에 땀이 가실 만큼 병실 안은 시원했지만 냄새를 가라앉힐 만큼 환기가 되고 있는 것 같지 않았다. 4인용 소파와 탁자가 제일 먼저 눈에 들어왔다. 소파 위에는 세탁된 환자복 한 벌과 때가 절은 양말 한 켤레 그리고 휴지가 구겨진 채로 흩어져 있었다. 창 쪽에는 침대가 놓여 있었고 침대 주위에는 모니터로 연결된 기계와 기구들이 세워져 있다. 침대에 누워 있는 환자는 호호백발의 주름투성이 노인이었다. 노인은 산 사람이라고 느껴지지 않았다. 모니터에 일정하게 그려지는 파형과 규칙적으로 점멸하는 숫자가 아니라면 호러 영화에 등장하는 귀신이라고 착각할 뻔했다. 뭔가 이상했다. 이런 정도의 환자라면 중환자실에 누워 있어야 했다. 특별 병동이라고 해도 마찬가지였다. 전문 간병인의 보호를 받아야 마땅하다는 생각이었다. 특별병동에 누워 있다뿐이지 노인은 완전히 방치된 상태였다.

숨을 참아가며 환자 옆으로 다가갔다. 언젠가 TV에서 봤던 것처럼 노인의 목 밑에 살짝 손을 대보았다. 노인의 피부는 얇고 질긴 가죽 느낌이었다. 품질이 나쁜 가죽 옷의 뻣뻣함이 느껴졌다. 미라라고 의심될 만큼 맥도 느껴지지 않았다. 참았던 숨을 내쉬었다. 그리고 다시 숨을 들여 마셨다. 생선 내장이 썩는 것 같은 냄새, 지린 내와 구린내가 뒤섞인 냄새, 구리텁텁한 입 냄새, 병원 특유의 소독약 냄새가 한꺼번에 맡아져서 현기증이 일었다. 벽에 걸려 있는 시계는 두 시를 막 넘어서고 있었다. 이 뜨거운 여름에 백시현상이 일어난 것은 그 놈의 싸가지 없는 칵테일 탓인 것만 같다. 눈밭에 서 있는지 물 위에 떠 있는지도 모르고 헤매다가 미로에 빠진 걸 거다. 그렇지 않고서야 어찌 이런 상황까지 떠밀려 왔겠는가.

원장과의 자리는 생맥주 한 잔을 더 청해 마시는 것으로 끝이 났었다. 샤워를 하고 막 잠을 청하려는데 누군가 연속해서 벨을 눌러 댔고 동시에 휴대폰도 울렸다. 문을 먼저 열어야 할지 휴대폰을 먼저 받아야 할지 망설이다가 문부터 열었다. 문을 열기가 무섭게 원장이 안으로 밀고 들어왔다. 온몸으로 문을 밀었던 탓인지 그는 중심을 잡지 못하고 휘청거렸다. 나는 가운을 제대로 여미지 않았다는 것도 잊어버릴 만큼 당황스러웠다. 그의 시선은 내 가슴과 아랫도리를 훑고 있었다. 나는 그의 시선을 따라 내 몸을 내려다보았다. 팬티만 입고 있는 맨몸이 드러나 있었다. 그의 눈꺼풀과 입가의 근육이 미세하게 떨렸다. 나는 재빨리 가운을 여몄다. 그리고 몇 걸음 뒤로 물러섰다. 그는 시선을 바로잡고 말했다.

"김 선생, 지금 당장 서울로 올라가 줘야겠소. 이 부탁은 반드시 들어줘야 합니다. 역까지 데려다줄 테니 빨리 준비하시오."

이렇게 일방적으로 나를 몰아세운 것이 한두 번이 아니었지만, 한밤중에 호텔방까지 올라와서 짐을 싸게 할 줄은 상상도 못했다. 소파에 주저앉아 채근하는 것으로 보아 아예 나를 역까지 끌고 갈 작정인 것 같았다. 몇 시간 사이에 폭삭 늙어버린 것처럼 그의 모습은 초췌해져 있었고 표정은 초조함을 감추지 못했다. 느닷없이 부산까지 끌려왔던 것처럼 오밤중에 또 끌려 나갈 수밖에 없는 상황이었다. 호텔 바깥에는 이미 택시가 대기하고 있었다. 원장은 나를 택시 안으로 밀어 넣었다. 역에 도착해서도 내가 개찰구를 빠져나갈 때까지 그는 지키고 서 있었다.

냄새를 피해 바깥으로 달아날 수도 없고 그렇다고 앉아서 쉴 수도 없었다. 시트를 젖히고 환자의 바지를 내렸다. 지독한 냄새의 진원지가 바로 그녀의 아랫도리였다. 서울역 대합실에서 마주쳤던 늙은 노숙자 냄새도 이보다 지독하지는 않았다. 특실에다 첨단 의료 기기에 둘러싸였다 뿐이지 노인의 아랫도리는 몹시 지저분했다.

기저귀를 빼냈다. 성글게 남아 있는 거웃에는 오물 찌꺼기와 실먼지 등이 뒤엉켜 있었다. 오물 찌꺼기는 사타구니 여기저기에도 묻어 있었다. 사타구니는 벌겋게 부풀었고 헐기까지 했다. 엉덩이는 욕창까지 생겼다. 욕지기가 올라왔다. 손에 오물이 묻을 것 같아 조심하다 보니 기저귀를 갈아주는 것도 여간 어려운 일이 아니었다. 바지를 갈아입히는데 진땀이 났다. 양 다리는 뼈다귀에 가죽만 입혀놓은 것처럼 말랐다. 삭정이 같았다. 쇳소리 같은 소리가 환자의 입에서 새어나왔다. 신음소리인지 숨소리인지 분간할 수 없었지만 쇠꼬챙이로 목을 긁어대는 것만 같았다. 저절로 이가 악물렸다. 입안에는 신 침이 고였다. 환자의 발가락이 꼼질거렸다. 소름이 쭉 끼쳤다. 재빨리 시트를 덮어 그녀의 발가락을 가렸다.

노인의 사타구니가 자꾸 어른거렸다. 거웃과 사타구니에 붙어 있던 똥 찌꺼기가 눈앞에서 둥둥 떠다녔다. 시트를 젖히고 그녀의 바지를 내렸다. 다리를 벌려 기저귀를 빼냈다. 쇠꼬챙이로 긁는 것 같은 숨소리가 그녀의 입에서 다시 새어 나왔다. 물로 씻기는 것만큼 깨끗하고 안전한 방법은 없었다. 그러나 씻길 수 있는 상황이 아니었다. 뭉쳐놓은 수건을 그녀의 엉덩이 밑에 깔았다. 그리고 다른 수건에다 물을 흠뻑 적셔 사타구니에 덮었다. 오물을 불리기 위해서였다. 아랫도리의 오물이 퉁퉁 불기를 기다리는 동안 내 가방 속에 들어있던 수건까지 꺼내 노인의 얼굴과 목과 손을 닦았다. 살비듬이 일어날 만큼 팔은 건조한데 이상하게 손바닥은 끈적끈적했다. 여러 번 수건을 빨아서 손을 닦아냈다. 꼼꼼하게 손바닥을 닦아내자 뽀송뽀송해지고 손금도 환해졌다. 그녀의 손가락에는 금반지가 끼워져 있었다. 제법 굵직했다. 반지는 제멋대로 헛돌았다. 그러나 굵은 마디 때문에 빠지지는 않았다. 다른 한 손은 이상하게 주먹을 꽉 쥐고 있었다. 뭔가를 움켜쥐고 있는 것처럼 보였다. 손을 펴보려고 했지만 좀처럼 펴지지가 않았다. 궁금했지만 그만두었다. 손을 펴는 순간 알고 싶지 않은 비밀이 드러나거나 재앙이 닥칠 것 같은 기분이 들었다.

노인의 발은 아주 작았다. 그녀의 발은 결코 예쁘지 않았다. 신산한 삶을 살아낸 것처럼 거칠고 험한 발이었다. 양말도 신지 않고 먼 길을 걸어온 것처럼 굳은살이 박혀 있었고 발뒤꿈치는 쩍쩍 갈라졌다. 언제 깎았는지 손톱과 발톱이 아주 길었다. 이런 발톱을 본 적이 있었다. 투루판 미라 전시관에서였다. 거기에 전시된 미라의 발톱이 이렇게 길었다. 그러나 그 미라의 발과 노인의 발을 비교하는 것은 매우 억지스러웠다. 그 미라들은 대부분 귀족들이었다. 입혀진 옷이나 장신구들이 요란했다. 미라의 몸이 온전하게 보존된 것처럼 그 몸에 걸쳐졌던 모든 것들도 대체로 온전했다. 정확한 연대가 기억나지 않지만 천수백 년 혹은 그 이상의 시간을 견디어 낸 것으로 기억한다. 무덤 속에서도 미라는 머리카락과 손발톱을 기르고 있었던 것처럼 손톱과 발톱이 길었다. 영원한 안식에 들지 못하고 산 자들의 구경거리가 되어버린 주검이 딱하기만 했다. 진토가 되지 못한 것도 욕이지만 무덤 바깥으로 들춰져 구경거리가 된 것은 더 큰 욕이라는 생각이 들었다. 그러므로 목숨이 다하는 순간 흔적도 남기지 않고 사라지는 것이 가장 큰 축복이 아닌가 싶었다. 어느 소설가가 묘사했던 할머니의 예쁜 발과 그 미라의 발을 비교했다면 그럭저럭 어울렸을까? 외씨버선 속에 잘 모셔진 작고 예쁜 발과 호사스러운 가죽 신발 속의 싸여진 미라 발은 그런대로 비교가 될 만했다. 발톱이 길었던 것조차 그 미라에게는 호사의 상징이었는지 누가 알겠는가. 그러나 이 노인의 발톱을 호사라고 말할 사람은 아무도 없을 것이다.

물에 불은 똥 찌꺼기는 수월하게 떨어졌다. 수건으로 닦여지지 않은 것은 손으로 떼어냈다. 사타구니에 묻은 것도 깨끗하게 닦여졌다. 수건을 빨아 여러 차례 사타구니를 닦아냈다. 짜글짜글한 불두덩까지도 주름살을 펴가며 씻기듯 닦아줬다. 한의사 y의 숨겨진 여자처럼 이 노인의 가랑이도 한 시절 향기로웠을 것이다. 그 향기로움으로 인해 저 깊은 구멍 속에서 사건이 만들어졌고 그 사건은 연구원장을 탄생시켰을 것이다. 이곳은 수도권 변방의 죽어 있던 도시를 부활시킨 혁신 리더이며 곧 고위직에 발탁될 유능한 인재를 수태하고 출산시킨 장소가 아닌가. 바로 한 인간의 역사가 시작된 곳이다. 〈세상의 기원〉이라는 제목의 쿠르베의 작품이 저절로 떠올랐다. 화폭은 가득 채운 것은 약간 벌려진 여자의 가랑이었다. 살집이 풍성하게 느껴지는 허벅지와 뱃살, 반쯤 드러난 풍만한 유방, 그보다 더 시선을 압도하는 것은 시커멓고 짙은 거웃과 벌어질 듯 말듯한 음부였다. 그것은 여신이나 여자의 누드에서 볼 수 없는 파격이었다. 너무나 사실적이어서 충격적이기까지 했다. 나도 볼 수 없었던 내 몸뚱어리의 가장 은밀한 부분을 그림을 통해 확인한 순간이었다. 내 남편이 유기시킨 서른일곱의 내 아랫도리도 그렇게 비옥했을 것이다. 지금 내 거기도 사건을 일으킬 만큼 여전히 비옥한 지대로 남아 있는지 모르겠다. 아무튼 지금 노인의 거무튀튀하고 쭈글쭈글한 불두덩에는 사건의 신비감을 추측해볼 여지가 없었다. 성글게 남아 있는 허연 거웃이 누추함을 더했다. 낯선 사람의 손이 자신의 가장 은밀한 곳을 들추고 있다는 사실을 노인은 어떻게 느끼고 있을까?

노인의 엉덩이에는 욕창이 생겨 진물이 흐르고 있었다. 번진 진물을 닦고 거즈를 댔다. 가방을 뒤져 가루분을 꺼냈다. 헐은 피부에 가루분을 뿌려주고 기저귀를 채웠다. 그리고 로션을 듬뿍 쏟아 사타구니와 엉덩이와 허벅지에 발라줬다. 내 아들을 목욕시키고 기저귀를 갈아줄 때처럼 순서를 빠뜨리지 않았다. 바지를 입히고 배기지 않도록 환자복을 펴준 다음 시트를 덮어주었다. 이상하게 노인의 몸을 닦아내는 동안 나는 아무런 냄새를 맡지 못했다.

깜박 잠이 들었던 것 같았다. 노크 소리가 들리고 커피 냄새가 났다. 아마도 노크 소리보다 진한 커피 향 때문에 눈이 떠졌을 것이다. 커피와 빵을 쟁반에 담아온 사람은 젊은 남자였다. 명동이나 강남 역 부근에서 맡았던 도시의 냄새가 젊은 남자에게서 풍겼다. 갓

구운 빵 냄새만큼이나 남자의 냄새는 신선했다.

"T 교수님이 보내셨습니다."

남자는 익숙한 몸짓으로 걸어들어 와 탁자 위에 쟁반을 올려놓았다. 젊은 남자는 노인의 침대를 힐끗 건너다보고는 이내 고개를 돌렸다. 그는 간병인이나 간호사가 그랬던 것처럼 서둘러 병실 밖으로 나갔다. 실내 공기를 훌렁 뒤집어 놓을 만큼 활기찬 몸짓이었다. 참으로 이상한 일이었다. 연구원장이나 T와 관련된 사람들은 모두다 내게 일방적이었다. 나는 그들에게 질문이나 내 뜻을 전달할 기회를 얻지 못했다. 입만 있을 뿐 귀가 없는 사람들 같았다.

초콜릿 색깔의 쟁반에는 모카라떼 한 잔, 원두커피 한 잔, 크로와상 두 개, 생수 한 병이 담겨 있었다. 모카라떼는 하얀 머그잔에, 원두커피는 종이컵에, 크로와상은 하얀 접시에 담겨졌다. 커피 전문점에 앉아있는 것 같은 착각이 들었다. 커피를 한 모금 마시다 시계를 보았다. 어느 새 일곱 시가 넘었다. 아찔했다. 전화를 걸었지만 아들은 전화를 받지 않았다. T에게 전화를 걸었다.

"감동받았다고 말하고 싶은 거지? 커피랑 빵 모두 맛이 괜찮을 거야. 수업에 늦지 않게 아들은 학교에 데려다 줬다. 아침도 굶기지 않았어. 내가 생각해도 나라는 사람은 정말 괜찮다니까. 아 그리고 스마트폰도 지가 원하는 기종으로 해결해 줬다. 내가 불편해서 안 되겠더라. 나도 지금 학교로 가는 중이야. 그럼 수고."

그녀의 목소리는 의기양양했다. 또 빚이 늘었다는 생각이 들어 마음이 무거워졌다. 이쯤에서 뭔가 한마디쯤은 해줘야 할 것 같았다. 그러나 고맙다든가 아니면 미안하다든가 그런 종류의 말은 아니었다. 그런데 적당한 말이 생각나지 않았다.

"병실에는 오늘까지만 있는 거다?"

오금을 박듯이 물었다.

"대장의 일정이 열두 시 전에 끝나니까 아마도 그렇게 되겠지? 에구 교통경찰 있다. 나중에 전화할게."

전화는 급하게 뚝 끊겼다. 한 시간쯤 지났을까? 다시 휴대폰이 울렸다. 원장이었다.

"김 선생, 고맙소. 잘 좀 부탁하오. 그리고 어머니를 좀 바꿔주시오."

어머니를 바꿔달라니. 노인과 통화를 하겠다는 말이란 것을 몰라서 당황한 것은 아니었다. 식물인간처럼 누워 있는 노인에게 어떻게 전화기를 넘겨준단 말인가. 망설이고 있다는 것을 알아챘는지 원장이 재촉을 했다.

"내 어머니 귀에 수화기를 대달란 말이요."

그의 말대로 전화기를 노인의 귀에 댔다. 엄마, 미안해. 원장은 목소리가 전화기 바깥으로 새어나왔다. 머리가 희끗희끗한 남자의 입에서 나오는 '엄마'라는 단어는 비명처럼 들렸다. 차갑고 계산적으로 보이던 장년의 남자에게 저 노인은 '어머니'가 아니라 '엄마'였던 모양이다. 너무 바빠서…… 그리고 …… 곧 좋은 소식이 있을 것 같아. 말과 말 사이는 잘 이어지지 않았다. 분절되어 빠져나온 단어들은 대체로 접속사였고 사이사이 침 삼키는 소리가 자주 도드라졌다. 울음이 섞이긴 했지만 다음 말들은 막힘없이 이어졌다. 엄마, 조금만 더 참아. 내가 얼마나 크게 성공했는지 엄마에게 보여줄게. 엄마, 알았지? 내가 갈 때까지 절대 죽으면 안 돼? 원장의 말을 알아들은 것처럼 노인의 눈꺼풀이 두어 번 바르르 떨렸다. 미간이 살짝 꿈틀거린 것 같더니 눈물 한 방울이 또르르 굴러 떨어졌다. 전화가 끊긴 뒤에도 엄마라고 부르던 원장의 목소리는 환청처럼 계속 귓가를 맴돌았다. 노인이 흘린 눈물 한 방울은 너무나 빨리 말라버렸다. 노인의 얼굴은 다시 무표정한 상태로 돌아가 있었다.

커피 향 때문에 기분이 좋아졌다. 병실 안의 지독한 냄새가 많이 가셨기 때문이기도 했다. T는 항상 내 생각을 앞질렀다. 그리고 가장 절박한 문제를 해결해주었다. 그녀는 내 패를 다 읽고 있는 것 같다. 모르긴 해도 그녀의 패는 연구원장이 다 읽고 있을 터였다. 그러면 연구원장의 패는 누가 읽고 있지? 어쩌면 원장의 패는 T가 더 먼저 읽고 있는지 모르겠다. 서로 공생하는 사이니까. 그녀의 야망이 원장보다 덜하다고 볼 수는 없다. 직위와 책무와 성과에 집착하는 것만큼 왜 남자에게 관심을 갖지 않느냐고 물은 적이 있다. 이

왕 시작했으니 학장까지는 해야 하지 않겠니? 그리고 내가 가르치는 놈들 구십 프로 이상이 다 사내 녀석들이다. 그녀는 고개를 절레절레 흔들었다. 은희야, 남자라면 신물 난다, 신물 나. 난 말이야. 너 하나면 족해. 그녀는 내 등짝을 후려치며 대답을 피했었다.

병실 문을 열고 간호사가 들어왔다. 교대한 지 얼마 되지 않았는지 화장도 말끔하고 머리카락도 빗질자국이 느껴질 만큼 정갈했다. 그녀는 세탁된 환자복을 건네주면서 웃었다.

"커피 향이 아주 좋군요. 새로 오신 간병인?"

나는 아무런 대꾸도 하지 않았다. 간호사는 노인에게 다가가 혈압을 체크하고 모니터를 살폈다.

"어, 신기하네. 심장박동이 훨씬 안정되었어요. 혈압도 떨어지고."

간호사는 나를 돌아본 다음 노인에게 고개를 돌리며 말을 건넸다.

"할머니, 하루 사이에 어쩌면 이렇게 이뻐지셨을까. 기분이 아주 좋으신가보다. 내일이면 벌떡 일어나 집에 가시겠네."

그녀는 유치원 보모처럼 노인에게 말했다.

"오전 회진이 있을 거예요. 병실 비우지 말고 계세요."

간호사가 나가자마자 나는 노인에게 다가갔다. 그녀가 했던 것처럼 모니터를 들여다보았다. 모니터 상에 어떤 변화가 일어난 것인지 파악이 되지는 않았다. 노인의 얼굴을 들여다보았다. 간호사의 말처럼 표정이 한결 편안해진 것 같기도 했다.

지루한 시간이 흘렀다. 병실 안은 시계의 초침소리까지 들릴 만큼 고요했다. 노크도 하지 않고 병실 문이 열렸다. 아침에 들어왔던 간호사가 문을 열고 들어섰다. 그녀는 문고리를 잡은 채 문 옆으로 바짝 붙어 섰다. 곧이어 한 무리의 사람들이 들이닥쳤다. 의사 네 명과 간호사 두 명 모두 여섯 명이었다. 늙수그레한 의사는 모니터를 먼저 살폈다. 늙수그레한 의사 앞으로 젊은 의사가 한 걸음 걸어 나갔다. 그는 시트를 들추고 환자의 상태를 살폈다. 그리고 모니터와 기기들도 확인했다.

"이미 장폐색이 시작되었는데요. 다른 기능들도 정지되고 있습니다."

젊은 의사의 말에 늙수그레한 의사가 말을 받아 지시했다.

"오늘이 고비군. 잘 지켜보도록."

젊은 의사가 물러나자 다른 의사들도 번갈아가며 노인의 배를 눌러보았다. 때가 절고, 구겨지고, 실밥이 뜯겨진 볼품없는 인형. 노인의 모습은 그렇게 망가진 인형 같았다. 그들이 물러나자 간호사가 재빨리 노인의 옷을 내려주고 시트를 덮었다.

"보호자에게 연락해. 통화가 되면 나에게 연결해줘."

늙수그레한 의사는 노인에게 가까이 가지도 않았다. 그는 뒤를 따르는 젊은 의사에게 지시를 하며 병실을 나가면 말했다. 그들은 아무도 나에게 눈길을 주지 않았다. 나는 투명인간이 된 기분이 들었다. 뒤로 처진 간호사가 나에게 손짓을 했다.

"할머니가 들을 것 같아서요. 지난 번 간병인은 너무나 말을 함부로 해서 할머니가 힘들어 했어요. 누워 있지만 소리는 다 듣고 계시거든요. 분위기도 다 읽고 계셔요."

그녀는 비밀스런 이야기라도 나누는 것처럼 주위를 두리번거렸다.

"시간이 별로 남지 않은 것 같아요. 가족들에게 연락하세요."

간호사가 오히려 보호자 같았다. 그녀의 조심성은 지나치다 싶을 정도였다.

"모니터를 주의해서 보세요. 위급상황이 발생하면 소리가 요란하게 날 겁니다. 그러면 곧바로 벨을 눌러주세요."

위급상황이란 어감과 다르게 그녀의 오므려진 입술에서는 풀피리 소리가 새어나왔다. 간호사까지 나가자 갑자기 무서워졌다. 나를 다급하게 불러들이던 간병인도 이런 심정이었을 것 같았다. 원장에게 전화를 걸었다. 그의 전화기는 꺼져 있었다. 세미나의 마지막 행사가 진행되고 있을 시간이었다. VIP가 파견한 요인들 앞에서 그럴 듯하게 폼을 잡고 있는 모습이 연상되었다. 병원으로 당장 달려올 수 없는 이유가 바로 그들 때문이라고 하지 않던가.

T에게 전화를 걸었다. 그녀도 전화를 받지 않았다. 긴급 상황 발생. 전화바람. 문자를 보내고 나서도 나는 휴대폰을 놓지 않았다. 원장이나 T가 아니라면 다른 누군가에게라도 전화를 걸어야만 할 것 같았다. 누군가가 바로 원장의 부인이라는 데에 생각이 미쳤다. 도망치듯 달아났던 그 간병인에게 부인의 전화번호를 물었다.

"무슨 소리야. 그년에게 연락이 됐다면 내가 왜 원장에게 전화를 했겠어? 그 여편네는 병실에 코빼기도 내비친 적이 없어. 내 며느리도 그럴까봐 겁이 난다니까. 아들이 있는 미국인가 영국인가로 떠났다지 아마. 아이고, 무서워. 늙는 것도 무섭고 빨리 안 죽는 것도 무서워."

간병인에게 기대할 것은 아무 것도 없었다. 적당히 말을 자르고 전화를 끊으려 했지만 그녀는 자꾸만 말꼬리를 붙들고 늘어졌다.

"세 번이나 죽었다 살아나는 바람에 혼비백산을 했다니까. 목숨도 질기지. 하나같이 죽기만을 기다리는데 이 노인네가 안 죽는 거야. 처음 그 집 며느리가 나를 어떻게 꼬드겼는지 알아? 넉넉잡아 일주일이면 끝날 거래. 사실 나는 늙은 사람이 싫어. 아픈 사람은 더 싫고. 그래서 영 내키지 않았는데 아주머니 아주머니하면서 어떻게 곰살궂게 구는지. 사실 그년과 내가 오촌간이거든. 일주일만 봐달라는 것치고는 봉투도 두툼했어. 거절할 수가 없더라고. 그놈의 봉투에 눈이 멀어 몇 년 동안 꼼짝도 못하고 징역을 살았다니까.

아무리 내보내달라고 해도 사람은 구하지 않더라고. 병원에서 전문 간병인을 두라고 하는 데도 아들이란 작자가 도통 말을 안 듣는 거야. 에미라고 자주 와 보지도 않으면서."

간병인에게 더 듣고 싶은 말은 없었다. 간병인과 노인 그리고 원장의 부인이 어떤 사이인지 알고 싶지도 않았다. 중요한 것은 당장 병원으로 달려와 줄 보호자가 필요했다. 그러나 간병인은 할 말이 남은 듯 전화를 끊으려하지 않았다.

"나를 병실에 밀어 넣고는 코빼기도 비치지 않길래 내가 전화를 걸었지. 그랬더니 한다는 소리가 곧 끝날 거니까 조금만 기다리라는 거야. 그래서 조금 더 기다렸지. 내 정성이 지극했는지 노인네 상태가 오히려 좋아진 거야. 그래서 또 전화를 했지. 나를 내보내달라고. 고맙다고 인사를 받아도 부족할 판에 뭐랬는줄 알아? 아주머니, 왜 이렇게 안달이세요? 보수는 넉넉하게 드렸잖아요. 애 아빠가 알아서 더 줄 거고. 그러잖아. 이제 그 노인과 나는 상관없으니 애 아빠에게 전화하세요. 그러면서 전화를 끊더라니까. 내 참 기가 막혀서. 그리고는 외국으로 내뺐더라고. 노인네 아들이 두 번인가 잠깐 왔다가고는 이내 종무소식이야. 간호사가 그러는데 의사와는 매일 통화를 한다더라고. 괘씸한 것을 생각하면 피가 거꾸로 솟는다니까. 자식도 없고 쓸 돈도 없었다면 내가 얼마나 서러웠겠어. 돈이고 뭣이고 간에 다 싫어. 거기 갇혀서 써보지도 못하는 돈이 무슨 소용이야. 노인네보다 내가 더 먼저 죽을 것 같더라니까. 하루가 천년 같았어. 그런 작자가 나에게 어떻게나 입단속을 시키는지. 누구와도 말을 섞지 말라는 거야. 세상이 무섭긴 한가 보더라고."

간병인의 목소리가 커졌다. 괘씸하다는 말을 할 때는 목소리가 떨렸다. 나에게라도 하소연을 하지 않으면 큰일 날 것처럼 그는 호들갑스러웠다. 그녀의 말처럼 입단속을 시켜가면서까지 전문 간병인을 쓰지 않는 원장의 속내가 짐작되지 않았다.

"저어, 이만."

전화를 끊어야겠다고 말하려고 하는데 그녀가 다급히 부른다.

"내가 한 말을 다른 사람들에게 일체 하지 말아요. 연구원장인지 정 박사인지가 알면 경을 칠거요. 어디까지나 그쪽 생각해서 한 말이니까, 알아서 잘 처신하길 바래. 주치의가 그러는데 말이요. 곡기를 끊으면 며칠 못 산다고 그러더라고. 그 노인네 곡기 끊은 지 아주 오래됐어. 그러니 조금만 참으면 될 거요. 내 말이 뭔 뜻인지 잘 알겠지? 참 전화는 그쪽에서 건 거지?"

간병인은 뒤가 켕기는지 내게 입단속을 시켰다. 전화 요금이 누구에게 부과되는 지도 잊지 않고 물었다. 나는 그녀를 안심시키고 전화를 끊었다.

가시에 찔린 것처럼 눈이 따끔거렸다. 눈 주위를 지긋이 눌러댔지만 눈이 아프기는 마찬가지였다. 냄새 때문에 속이 울렁거렸다.

공기 정화기를 다시 확인했다. 버튼을 수동으로 바꾼 다음 '강'으로 눌렀다. 그리고 블라인드를 양 끝으로 밀어버렸다. 햇볕이 병실 안으로 들이쳤다. 노인의 모습이 햇볕에 무방비로 노출되었다. 얼굴은 무생물처럼 생기가 없었다. 그녀의 몸을 받치고 있는 것은 짱짱한 햇살이었다. 그녀의 몸은 유리창을 통과하여 점점 더 높이 올라갔다. 이윽고 그녀가 시야에서 사라졌다. 수백 개의 가시가 눈 속에 박히는 것처럼 눈이 따가웠다. 두 손으로 눈을 감쌌다. 그리고 눈을 질끈 감았다 뜨면서 손을 천천히 떼어냈다. 한참만에야 창밖의 풍경이 눈에 들어왔다. 병실 바깥은 검은 초록의 숲이었다. 나뭇잎은 혈기왕성한 육식동물의 털처럼 기름졌다. 그것들은 햇볕의 포식자 같았다. 기름진 숲은 노인의 몸에도 촉수를 뻗쳐 목숨을 빨아들이고 있는 것 같았다. 그녀의 몸에 남아 있던 생기는 이미 숲으로 빨려 들어가 녹아버린 것이 아닌가 싶었다. 침대를 바라보았다. 그녀의 몸 위로 햇볕이 무한정으로 들이치고 있었다.

문자메시지가 연속적으로 들어왔다. 자리를 비우지 마시오. 절대 불가. 병실은 꼭 지켜야 하오. 어머니에게 조금만 더 참으라고 전해주시오. 원장은 세 통의 문자 메시지를 보냈다. 문자 메시지 속에는 불안, 명령, 경고, 억지, 간절함까지 모두 담겨있었다. 자신을 기다려달라는 말이 아니라 죽음도 참으라고? 마려운 오줌을 참는 것처럼? 목마름을 참는 것처럼? 아니면 쏟아지는 졸음을 참는 것처럼?

죽음도 그렇게 유보시킬 수 있는 일이라고 생각한단 말인가. 그러나 이러한 생리 현상도 참아내는 데는 한계가 있는데 하물며……. 노예에서 귀족으로 격상시켜달라고 생떼를 쓰던 아들 녀석보다 더 어이가 없는 사람이었다.

모니터의 화면색이 몹시 불안정해졌다. 숫자도 바뀐 것 같지만 바뀌기 전의 숫자가 무엇이었는지 기억나지 않았다. T가 프로그램을 짰다는 컴퓨터에서는 별다른 소리가 들리지 않았다. 나는 노인의 귀에 대고 소리를 질렀다.

"아드님이 조금만 참으랍니다. 아드님이 당도하실 때까지 절대로 목숨을 놓지 마세요."

노인은 알아들었을까? 알아들었다면 원장이 도착할 때까지 오줌을 참듯 죽음을 참아낼 것이다. 징글징글하다던 간병인의 말이 머릿속에서 쟁쟁거렸다. 노인에게 참아달라는 말을 한 지 채 오 분도 지나지 않았다. 경기를 일으킨 것처럼 모니터에서 소리가 나기 시작했다. 전자음은 점점 더 크게 울렸다. 숫자가 점멸하면서 낮아지고 있었다. 파형의 곡선이 완만해지더니 모니터에서 사라졌다. 푸른 화면에 수평선 하나가 그어졌다가 한 점으로 소실되었다. 비상벨을 눌렀다. 간호사가 들어오고 곧 이어 의사가 들어왔다. 간호사가 뭔가를 눌러 전자음을 해제시켰다. 기기와 연결된 모든 선을 제거했지만 노인은 같은 모습으로 누워 있었다. 의사의 손짓에 따라

간호사가 시트를 끌어올려 노인의 얼굴을 덮었다. 엄마를 부르며 울먹이던 원장의 목소리를 듣고 상태가 좋아졌던 노인은 죽음도 유보하라는 원장의 말을 전하자 목숨 줄을 놓았다. 노인에게 기대와 체념은 생과 사를 가르는 분기점이 아니었나 싶다.

"스카이월드에서 왔습니다. 심심한 애도를 표합니다."

남자의 말투는 깍듯하고 정중했다.

"고인을 아주 편안하게 모시도록 하겠습니다. 그리고 상주분과 그 가족들에게도 최대한의 편의를 제공하여 어려움이 없도록 일을 처리하겠습니다."

장례도우미라고 밝힌 남자는 내가 노인의 가족이라도 되는 것처럼 예를 차렸다. 나는 남자를 멍청히 바라보았다. 그에게 시선을 두었지만 사실 아무 생각이 없었다.

상주가 없는 데도 일은 순서대로 진행되었다. 김 선생, 바짝 정신을 차리시오. 병실을 비우기 전에 샅샅이 살펴보시오. 혹시 빠트리는 물건이 생길 수도 있으니까. 내 어머니의 흔적은 그 어떤 것도 흘리지 마시오. 사망소식을 전해 들었는지 원장은 내게 전화를 걸어 당부했다. 그의 목소리는 아주 담담했다. 엄마라고 부르짖던 격한 목소리는 흔적도 남아 있지 않았다. 스카이월드라는 곳에서 사람이 나갔지요? 그들이 하자는 대로 적극 협조를 하시오. 다른 일은 T교수가 처리할 겁니다. 그는 학교 행사를 진행시키듯 지시하고 명령했다. 그는 전혀 다른 공간에서 나를 조종하고 있었다.

챙겨야 할 물건은 보이지 않았다. 하다못해 팬티 한 장, 양말 한 켤레도 없었다. 처음부터 노인이 일상으로 돌아갈 방법은 아예 없었던 것 같다. 다시는 돌아가지 못하도록 외출복 한 벌, 신 한 켤레도 마련해 놓지 않았다. 움켜쥔 채 펴지 않던 손바닥 안에는 카론의 동전 한 닢이 쥐어져 있었을 거라고 나는 확신했다. 이 병실에 방치되는 순간 스틱스 강을 건너갈 노자를 스스로 준비했던 거라고.

병원 로비는 호텔 로비보다 더 많은 사람들로 북적거렸다. 나는 심전도실과 채혈실 사이에 놓여있는 대기용 의자에 앉아서 T를 기다렸다. 프런트 뒷벽에 걸려있는 〈세상의 기원 1〉이란 커다란 액자가 한눈에 들어왔다. 해가 막 떠오를 때의 하늘처럼 눈부신 빛이 벽에 가득했다. 간장종지만한 도자기들로 모자이크된 작품이었다. 도자기 하나하나는 별 하나하나였다. 그 별 하나하나에서 반사되는 빛살은 다른 벽에 부착된 〈세상의 기원 2〉의 별빛과 서로 부딪혔다. 빛의 원천은 중앙 천정의 샹들리에에서 뿜어져 나왔다. 헤아리기 힘들 정도로 많은 유리조각들을 통과한 빛이 〈세상의 기원 1〉과 〈세상의 기원 2〉의 빛의 기원인 셈이었다. 빛과 빛은 부딪혀 난반사를 일으킨 다음 깨지고 뭉개져서 병원 로비로 흩어지고 있었다.

T가 내게로 다가왔다. 몇 년 만에 만난 것처럼 그녀가 새삼스럽

다. 이제야 긴 여행이 끝났다고 생각하자 피로가 한꺼번에 몰려왔다.

"빨리 나를 집으로 데려다 줘."

나는 가방을 든 채로 그녀를 재촉했다. 그녀가 가방을 받아 들었다. 그리고 성큼성큼 앞서서 걸었다. 나는 말없이 그녀의 뒤를 따랐다. 지하 주차장까지 오는 동안 그녀는 한마디도 말하지 않았다. 그녀는 자동차 트렁크를 열고 가방을 실었다. 그리고 조수석의 문을 열었다. 내가 차에 오르자 문을 닫고 그녀도 차에 올랐다. 차는 서서히 지하 주차장을 빠져나갔다. 나는 등받이에 기댄 채 눈을 감았다. 잠깐 눈을 감았다 싶었는데 차가 멈췄다.

"은희야, 내려."

나는 눈을 뜨고 주위를 두리번거렸다. 넓디넓은 주차장 한가운데였다. 햇살은 뜨겁고 공기는 후텁지근했다.

"여기가 어디니? 장례식장이잖아?"

차를 타고 이동한 거리는 고작 몇 백 미터였다.

"어서 내려."

"왜? 나는 그냥 차에 있을 테니까 일 보고 나와."

"네가 해줄 일이 아직 남았어."

T는 문을 잡고 서서 내리기를 재촉했다. 화가 치밀었다.

"지금까지 한잠도 못 잤거든. 거기다 씻지도 못해서 미칠 지경이

야. 빨리 나를 집으로 데려다줘. 아니면 택시를 잡아 주던지. 아니
다 내 가방 줘. 내가 알아서 갈 거니까."

나는 짜증을 참지 못하고 소리를 질렀다. T는 눈 하나 깜짝하지
않았다. 그녀는 안전벨트를 풀고 내 팔을 잡아당겼다.

"내친걸음이야. 조금만 더 도와줘. 우리 대장을 확실하게 붙잡을
수 있는 절호의 기회란 말이다. 지금까지 얼마나 고생했는데, 이렇
게 좋은 기회를 놓치는 것은 바보짓이야. 나는 물론이고 너도. 다
된 밥에 코 빠트릴 거니? 네 아들을 생각하라고."

T는 막무가내로 나를 끌어내렸다. 여자에게서 느껴지는 완력이
아니었다. 사내 녀석들 몇 명쯤은 문제없다던 말을 비로소 실감할
수 있었다. 합기도 유단자라는 말도 사실인 것 같았다. 마지못해 차
에서 내렸다. 그녀는 나를 앞세우고 장례식장 안으로 들어갔다. 장
례식장 안은 병원보다 훨씬 더 시원했다. 그녀는 가장 큰 방으로 들
어갔다. 특실이라는 문패를 달고 있는 방이었다. 장례도우미라던
남자와 그의 일행이 제단을 꾸미고 있었다. 단 중앙에는 어느새 국
화꽃으로 장식된 영정사진이 놓여 있었다. 침대에 누워 있던 백발
의 환자라고 생각되지 않을 만큼 노인의 얼굴은 화사했다. 장례도
우미들은 수북하게 쌓아놓은 국화 송이를 자르고 다듬어서 장식을
계속했다. 여자 도우미가 쇼핑백을 T에게 건넸다. 그것을 받아든 T
는 나를 가리개가 놓여 있는 구석으로 데려갔다. 그녀가 쇼핑백에

서 꺼낸 것은 검은 상복이었다. 검지만 않다면 상복이라고 생각되지 않을 만큼 품질이 좋아 보이는 한복이었다.

"빨리 입어. 네가 우리 대장의 부인 역할을 대신해야겠다. 우리 대장이 외동아들이잖아. 부모님이 월남한 분들이라 일가친척도 없어. 아들은 발인할 때나 도착할 것 같고 부인은 참석할 가능성이 없단다. 하여튼 오늘 저녁에 아주 중요한 손님이 조문을 올 거라는 연락을 받았어. 사생활도 중요한 평가 항목이라고 하더라. 우리 대장의 입장이 이해되지?"

"너 내 친구 맞니?"

너 미쳤구나. 그렇게 말하고 싶은 걸 꾹 참았다.

"단순하게 생각해. 복잡한 문제일수록 단순하게 접근해야 하는 거야. 자, 시간이 없으니까 빨리빨리 서두르자."

T는 오직 앞으로 나가는 것 밖에 모르는 사람처럼 일방적이었다. 그녀는 내 블라우스의 단추를 열었다. 블라우스를 벗기고 바지의 지퍼도 내렸다. 이윽고 브래지어와 팬티차림이 되었다. 그녀의 시선은 내 몸을 찬찬히 훑었다.

"어쭈 아직은 싱싱한데."

그녀가 손으로 내 가슴을 움켜쥐었다. 너무나 갑작스런 행동이라 뿌리치지도 못했다. 그녀는 두 팔을 벌려 내 허리를 감아 안았다. 그리고 앙가슴에 얼굴을 묻었다. 아, 포근해. 여자 도우미가 가리개 너머에서 우리 쪽을 흘깃거렸다. 내가 허리를 비틀자 T가 내 허리에 둘렀던 팔을 풀었다. 그녀가 상복을 꺼내 내게 입히기 시작했다. 그녀는 치마말기를 단단히 조였다. 저고리를 입히고 흰 양말도 신겼다. 길게 늘어진 머리카락도 그녀의 손에 의해 틀어 올려졌다. 마지막으로 흰 리본이 달린 실 핀을 옆머리에 꽂았다.

제단의 장식은 모두 끝났다. 수북하게 쌓여 있던 국화 단은 한쪽으로 가지런하게 치워졌다. 조문객을 맞을 준비가 끝난 것 같았다. T는 전화를 걸고 받기에 바빴다. 휴대폰을 놓을 틈이 없이 벨이 울렸다. 누군가에게는 부고를 전했다. 누군가에게는 장례식장의 약도를 알려주었다. 직원이나 조교를 불러 일을 지시하기도 했다. 그러는 사이사이 원장의 전화를 받고 보고를 했다. 연구소 직원과 T의 제자 몇 명이 방명록을 비치하고 접수대에 앉아 있다. 대형 화환이 계속해서 도착했다. 조문객보다 화환들이 먼저 도착했다. 학교와 연구소는 물론이고 지자체의 여러 기관장들이 보낸 것들이었다. 기업체 대표들이 보낸 화환들도 즐비했다. T에 의해서 화환의 서열도 정해졌다. 서열이 낮다고 생각되는 화환은 리본만 떼인 채 장례식장 바깥으로 내보내졌다. 화환에서 떼어낸 리본은 서열 순서로 벽에 부착되었다. 방명록과는 별도로 화환을 보낸 사람들의 명단이 작성되었다. T는 장례도우미와 직원 그리고 조교의 일을 일일이 감독하고 지시했다. 미술팀, 소품팀, 조명팀 등을 총 지휘하는 연출가처럼 빈틈이 없어 보였다.

"대장이 도착했단다. 너와 이야기가 잘 되었다고 했으니까 딴 소리 하지 마. 너는 대장 옆에만 서 있으면 돼. 일체 말은 필요 없어. 알았지?"

그녀는 내게 맡겨진 배역을 잘 소화하도록 지시했다. 접수대에 앉아 있던 연구소 직원과 T의 조교가 벌떡 일어났다. 드디어 도열된 화환 사이로 원장이 등장했다. 절룩절룩. 아니 기우뚱 기우뚱. 그가 걸어왔다. 마치 가문의 명예를 안고 금의환향하는 벼슬아치처럼. 어깨가 많이 흔들리긴 하지만 그의 발걸음은 헝클어지지 않았다. 모두 하던 일을 멈추고 그에게 고개를 숙였다. 나는 그의 시선을 피했다. 그도 알은 체를 하지 않았다. 그는 T를 구석으로 불러 뭔가를 논의했다. T는 계속해서 고개를 끄덕였다. 옷을 챙겨든 그녀가 원장을 가리개 안으로 밀어 넣었다. 잠시 후 검은 양복을 입고 검은 넥타이를 맨 원장이 가리개 바깥으로 나왔다. 그는 엄숙하고 침울한 상주의 모습으로 변했다. 그가 구석에 앉아 있는 내게로 다가왔다.

"잘 부탁하오, 김 선생."

그가 내 등을 툭툭 쳤다. 그리고 손을 잡았다. 그의 손바닥이 끈적끈적했다. 나는 손을 빼내며 빨리 씻어야겠다고 생각했다.

"빠트린 물건 없이 잘 챙겼습니까?"

노인의 손가락에 끼워졌던 반지가 생각났으나 그에게 상기시키지는 않았다. 손에 쥐고 놓지 않았던 그것에 대해서도 내색을 하지 않았다. 그것이 무엇이든 잘 노인이 잘 챙겨갔으리라 믿었다. 아무것도 없더라고 말하자 원장은 안도하는 눈치였다.

"김 선생, 당신에게 반드시 보상을 할 거요."

그는 목소리를 낮춰 내게 속삭였다. 보상의 내용이 뭔지 궁금해졌다.

조문객들이 들이닥쳤다. 서로 깍듯하게 예를 갖추는 것으로 봐서 친척이나 친구들로 보이지는 않았다. 그들은 하나같이 호상임을 강조했다. 상심하지 말라는 말과 애통해 하지 말라는 말도 곁들였지만 그 단어의 의미와는 거리가 멀게 들렸다. 마치 앞으로의 관계를 위한 너스레처럼 들렸다.

"팔순까지 효도를 받고 사셨다니 참으로 부럽습니다."

"천수를 다 하시고 편안히 눈을 감으셨으니 자식으로서도 여한이 없겠습니다."

조문객들의 덕담과 찬사는 끊어질 줄을 몰랐다.

"학교 일에다 연구소 일까지 그렇게 많은 성과를 이룩하셨는데 가정까지 이렇게 화목하셨다니…… 존경스럽습니다, 사모님."

조문객 중 한 명이 느닷없이 내게로 말문을 돌렸다. 너희들의 연극이 얼마나 어설픈지 알기나 하니? 아니면 너의 어머니가 특별 병동에 버려졌다는 것을 나는 다 알고 있지. 원장과 나의 얼굴을 번갈아 보며 그는 느물느물한 표정을 지었다. 나는 원장의 옆모습을 슬쩍 훔쳐보았다. 그의 얼굴은 화강암조각처럼 차갑고 무표정했고 자세는 꼿꼿했다.

아들과 함께 조문객을 맞았던 때를 떠올렸다. 그들이 무슨 말을 했었는지 전혀 기억이 나지 않는다. 누가 왔었는지에 대한 기억도 없다. 오로지 기억나는 것은 남편의 사진이었다. 영정을 만들 만한 사진을 달라고 했지만 내어줄 사진이 없었다. 부랴부랴 회사동료가 사원증의 사진을 떼어왔다. 그 사진으로 영정이 급조되었다. 도장인지 뭔지에 눌린 자국 때문에 그의 얼굴은 눈물을 흘리고 있는 것처럼 보였다. 사진을 본 사람들은 하나 같이 불편한 마음을 드러냈다. 그것 말고는 특별히 생각나는 것이 없다. 아, 죽은 사람만 불쌍하다는 말도 들었던 것 같다. 내가 너무 젊기 때문에 망자가 불쌍하다는 것이었다. 산 사람은 다 살게 되어 있어. 그들은 나를 흘깃거리며 그렇게 혀를 끌끌 찼다.

"바쁜 원장님을 내조하랴, 팔순이 넘은 노모 모시랴, 정말 수고 많으셨습니다. 사모님."

조문객 중의 한 명이 머리를 조아렸다. 마치 내게 찬사를 건네는 것이 더 큰 사명이라도 되는 것처럼. 점점 참아내기가 어려워졌다.

얼굴이 화끈거리고 심장이 벌떡거렸다. 그것을 감추기 위해 나는 고개를 숙였다. 치마말기를 너무 꽉 조인 탓에 숨쉬기가 나빴다. 가까스로 눌러놓은 울렁증이 다시 시작되었다. 토하기 전에 자리를 떠야 할 것 같았다. 그러나 좀처럼 틈이 생기지 않았다. 원장의 손이 살며시 내 손을 잡았다놓았다. 긴장하라는 뜻으로 해석되었다. 등짝에 진땀이 솟았다.

사람들이 물러나자마자 화장실로 달렸다. 목구멍까지 밀고 올라오는 바람에 손수건으로 입을 틀어막았다. 변기 뚜껑을 채 들어올리기도 전에 속에 것들을 게우고 말았다. 몇 시간이 지났는데도 먹은 것들이 그대로 쏟아졌다. 쏟아낸 것들이 너무 더러워 다시 구역질이 올라왔다. 속이 뒤틀리고 다리가 후들거렸다. 변기 주변은 엉망진창이 되었다. 상복의 앞섶에도 여기저기 오물이 튀어 박혔다. 입안을 여러 번 헹궈냈다. 비누거품을 많이 내어 세수를 하고 손도 씻었다. 화장실은 순식간에 냄새로 가득 찼다. 머리가 지끈거렸다. 미칠 것 같았다. 저고리를 벗었다. 치마도 벗었다. 벗은 상복을 둘둘 말아 쓰레기통에 처박았다.

거울 속에는 우스꽝스러운 모습의 내가 비쳤다. 핏발이 선 눈은 퀭하고 볼은 홀쭉했다. 마른 몸이 속옷차림인 채로 거울 속에 비쳤다. 흰 양말을 신은 발이 어릿광대의 분칠보다 더 희극적이었다. 나는 거울 속의 여자를 쳐다보며 킬킬 웃었다. 이건 정말 코미디야.

거울 속의 여자를 향해 빈정거렸다. 우스꽝스러운 여자 뒤로 T가 보였다. 그녀는 내 꼴을 발견하고 기겁을 했다. T는 자신이 걸치고 있는 재킷을 벗어 내 몸을 감쌌다.

"꼼짝 말고 잠깐만 있어."

이번에도 그녀는 꼼짝을 하지 말라고 했다. 그녀는 청소부를 데리고 나타났다. T의 손에는 또 다른 상복이 들려있었다. 그녀는 대놓고 짜증을 냈다.

"토하고 싶으면 몇 번이고 토해. 상복은 얼마든지 있으니까."

T는 내가 어떤 몰골이 된다 해도 아랑곳하지 않겠다는 의지를 내보였다. 그녀는 양말을 벗기고 발을 씻겼다. 그리고 새 양말을 다시 신겼다. 치마를 입히고 아까보다 더 단단히 치마말기를 조였다. 저고리를 입히고 난 다음 머리손질도 다시 했다.

그녀는 내 손을 잡고 바깥으로 나왔다. 주차장에는 빈 공간이 별로 없었다. '구름처럼 사람이 몰려온다.'라는 말이 실감났다. 하늘에는 이울지 않은 달이 떠 있었다. 달빛은 교교했다.

"숨을 깊게 들여 마셔. 그리고 물도 마시고."

그녀는 생수병을 내밀었다. 나는 숨도 쉬지 않고 물을 마셨다. 한 병을 다 마셨지만 갈증이 가신 것은 아니었다.

"들어가자. 대장이 찾겠다."

"이것도 대본에 있는 거니?"

"내친걸음이라고 했지? 절대 꼬투리를 잡지 마. 사족도 달지 마. 소득도 없이 감정만 낭비하게 되니까."

T는 단순무식한 군인처럼 저돌적이었다. 길을 벗어난다면 즉시 공격을 감행할 것처럼 여지가 보이지 않았다. 그녀는 내 손을 끌고 안으로 들어갔다. 원장은 손님을 맞기에 여념이 없었다. 그의 옆에는 상복을 입은 젊은 남자가 서 있었다. 자세히 보니 T의 조교였다. 둘의 모습은 부자지간처럼 그럴듯해 보였다. T가 나를 원장의 옆으로 밀어 넣었다. 조교가 한 발작 옆으로 물러났다. 원장이 팔을 들어 내 어깨를 감싸 안았다. 그의 체중이 내게로 실렸다. 나를 감싸 안은 것처럼 보였겠지만 사실은 자신의 몸을 내게로 기대고 있었다. 내가 몸을 뺀다면 그는 균형을 잃고 넘어질 게 뻔했다. 조문객이 들어오자 그는 자세를 바로 했다. 그의 체중을 지탱하고 있는 다리가 바들바들 떨렸다.

밤샘을 할 손님 몇 명만 남고 대부분 돌아갔다. 수십 겹의 피로가 덮어 누르고 있는 것처럼 원장의 얼굴은 지쳐 보였다. 그러나 내 머릿속은 오히려 명료해졌다. 반면에 내 몸은 무중력 공간에 떠 있는 것처럼 무게가 느껴지지 않았다. T는 조의금을 담은 가방을 정리하여 조교와 함께 나갔다. 원장은 벽에 등을 기대고 앉았다. 그가 자신의 옆 자리를 가리켰다. 그가 가리키는 자리에 앉았다.

"김 선생의 오늘 임무는 대충 끝난 것 같소. 정말 고맙소. 이틀

만 더 고생해 주시오. 장례가 끝나면 약속했던 대로 당신에게 걸 맞는 보상을 할 작정이오. 아마 당신은 쉽지 않은 선택을 해야 될 것 같소."

그는 담배에 불을 붙였다. 볼이 홀쭉해질 만큼 연기를 깊게 빨아들였다. 그리고 천천히 내뱉었다. 담배연기가 허공으로 퍼졌다. 그는 담뱃불을 끌 때까지 다음 말을 잇지 않았다. 한참 뜸을 들인 다음 그가 입을 열었다.

"문라이트소나타는 어땠소? 마실 만은 합디까? 선뜻 대답을 하지 않은 걸 보니 괜찮지 않았나 보군. 내가 말했잖소. 뒤끝이 고약한 칵테일이라고. 내 제안을 듣게 되면 칵테일을 마셨을 때와 같은 기분이 들지도 모르겠소만, 그래도 어렵거든 힘이 센 쪽을 선택하면 후회가 적을 거요."

본론이 뭔지 궁금해졌다. 나는 그의 얼굴을 빤히 바라보았다.

"두 가지를 제안하겠소. 하나는 연구소에 별정직으로 근무하는 것, 그리고 또 한 가지는…… 단도직입적으로 말하겠소. 김 선생이 오늘 맡았던 바로 그 역할이오. 내 옆자리 어떻소? 보다시피 내 옆자리는 오래 전부터 비어 있었소. 내 옆에 서 있는 것만으로 선생은 많은 것을 얻게 될 것이오. 즉흥적인 제안이 아니라는 사실도 알아주면 고맙겠소. 수개월 전부터 아니 그 이전부터 당신은 내 레이더 망에 걸렸던 거요. 내가 당신에게 힘이 되겠다 이 말이요. 아마도 당신의 꿈을 이루기 위해서는 후자 쪽을 선택하는 것이 현명할 거요. 대답을 기다리겠소. 나는 바쁜 사람이니 시간을 오래 끌지 마시오."

그는 재빨리 해치워야 할 숙제라도 되는 것처럼 일사천리로 말을 끝냈다. 내 의견을 들을 여유는 없어 보였다. 갑자기 머릿속이 왱왱거리기 시작했다. 회전속도와 회전력이 각기 다른 수많은 기계들이 서로 뒤섞여 돌고 있는 것처럼 머릿속은 아수라장이 되었다. 연구소에 한 자리를 주겠다는 언질은 T로부터 들은 적이 있었기 때문에 놀랄 일은 아니었다. 그러나 자신의 옆 자리를 채워달라는 제안은 준비 없이 마셨던 문라이트소나타처럼 지독한 느낌이었다.

"이제 가라."

바닥만 바라보고 있던 나는 깜짝 놀라 고개를 쳐들었다. T가 우리를 내려다보고 있었다. 그녀는 거칠게 내 팔을 잡아 일으켰다. 그녀의 팔 근육이 불끈거렸다. 우악스럽게 나를 끌고 간 곳은 가리개 안이었다. 삼삼오오 둘러앉은 사람들은 화투판에 정신이 쏠려있었다. 고냐, 스톱이냐고 다그치는 목소리도 들렸다. 고냐, 스톱이냐? 화투판의 소리가 내 등짝을 후려쳤다.

"오늘 네가 할 역할은 끝났어. 자 네 옷으로 갈아입어."

그녀는 함부로 옷고름을 풀고 저고리를 벗겼다. 내 몸에 화풀이를 하고 있는 것처럼 치마끈을 거칠게 잡아당겼다.

"그만 두지 못해."

나는 그녀의 손을 뿌리쳤다.

"너는 니 대장과 다른 사람인 것 같니? 니가 더 고약하고 지독한 기집애야."

나는 그녀를 가리개 밖으로 떠밀어 버렸다. 그녀는 황당한 표정을 지으며 뒷걸음질을 쳤다. 나는 티셔츠와 반바지로 갈아입었다. 묶어 올렸던 머리도 풀어버렸다. 비로소 온몸이 자유로워졌다.

원장은 물끄러미 영정을 쳐다보고 앉아 있었다. 그의 뒷모습은 한 없이 쓸쓸해 보였다. 타인의 시간까지 장악할 수 있어야 권력을 잡을 수 있다. 시간을 지배하는 자가 역사를 지배하기 때문이다. 영웅이나 혁명가들이 자신의 달력을 만들려고 했던 것도 이 맥락이다. 나는 그 진리를 믿는다. 그러므로 당신도 당신의 시간뿐만 아니라 타인의 시간을 지배할 수 있는 지혜를 얻기 바란다. 당신의 시간만이라도 온전히 장악할 수 있을 때 당신만의 소설을 쓰게 될 것이라고 충고한다. 어젯밤 문라이트소나타를 마시고 맥주 한 병을 더 청해 마시는 동안 그가 내게 한 말들이었다. 자신뿐만 아니라 타인의 시간까지 장악하라고? 하긴 어머니의 임종까지 유보시키려고 했던 그가 아닌가. 나는 그를 뒤로 하고 밖으로 나왔다. T가 자동차 키를 들고 따라나섰다. 원장이 T를 불렀다. 나는 그들을 돌아보지 않았다.

한밤중인데도 바깥은 여전히 더웠다. 맨살에 돋았던 소름이 순식간에 사라졌다. 저 안에 있는 동안 지금이 한여름이란 사실을 잊고 있었다. 거리감고 없었고 현실감은 더더욱 없었다. 연극이라고 했지만 나는 한 가지 몸짓만 연출할 수 있는 마리오네트에 불과했다. 그래도 춥고 피곤함을 느꼈던 것은 내게 욕망이 웅크리고 있었기 때문일 것이다.

겨우 도로로 나왔을 뿐인데 이마에서 땀이 솟고 등짝도 축축해졌다. 손수건을 꺼내 땀을 닦았다. 버스를 기다리는데 클랙슨 소리가 들렸다. T의 자동차가 다가오고 있었다. 나는 무심한 척 고개를 길게 빼고 멀리 내다보았다. 클랙슨 소리는 계속해서 울렸다. 집으로 가는 버스가 들어오고 있었다. 외딴 곳에서 아는 사람을 만난 것처럼 반가웠다. T가 차에서 내렸다. 나는 버스에 올랐다. T와 그녀의 자동차를 뒤로하고 버스는 출발했다. 승객은 몇 명 되지 않았다. 내가 앉을 수 있는 빈자리가 많아서 오히려 당황스러웠다. 1인용 앞자리, 2인용 중간자리, 여러 사람이 앉을 수 있는 뒷자리. 버스 좌석에는 등급이 없었다. 다만 혼자 앉을 것인가 아니며 둘 혹은 여럿이 함께 앉을 것인가의 구분만 있었다. 나는 빈자리를 두리번거리다가 가방을 놓을 수 있는 2인용 자리에 앉았다. 열심히 찾아보면 내 선택을 기다리는 일들이 생각보다 많을 거라는 생각이 든다. 이 버스의 좌석처럼. 등급이 다르겠지만 원장의 제안도 그 중 하나일 것이다. T에게 미루었던 '네'와 '아니오'의 선택이 온전히 내 몫으로 던져졌음을 깨닫는다.

도시의 불빛이 버스의 속도로 내게 다가왔다. 그것은 내 집으로 가는 가장 편안한 속도였다. 집과의 거리도 그만큼 좁혀지고 있다. 아들에게 전화를 건다. 스마트 폰에 인터넷 강의를 들을 수 있는 앱을 깔고 있는 중이란다. 내게 닥친 일상이 뚜렷해진다. 나는 등을 기대고 눈을 감는다. 당신의 시간만이라도 온전히 지배할 수 있어야 당신만의 소설을 쓰게 될 거다. 스스로의 인격을 너무 헐값에 팔아넘겼던 매우 굴욕적인 시간이었지만 원장의 그 말만은 거슬림 없이 마음에 남았다.

라디오에서는 자정뉴스가 흘러나오고 있었다. 그들만의 세상에서 그들만을 위해 물고 뜯는 정치판, 은행에 돈을 쌓아놓고 투자를 늘리지 않고 있다는 대기업, 인파와 향락으로 흥청거린다는 피서지, 더위를 먹고 사망한 독거노인, 원룸의 여자들을 노렸다는 성폭행범, 오랜 가뭄과 폭염으로 농작물이 말라 죽고 있다는 것 등. 내 집에서 들었던 어제의 뉴스와 별로 다르지 않은 뉴스가 오늘도 계속되었다. 다른 뉴스라면 저예산으로 찍은 독립영화가 해외 영화제에서 특별상을 받았다는 것과 상반기 최고의 소설로 후배의 작품이 선정되었다는 문화계 소식이다.

나는 그 후배작가가 자신의 작품집에 써줬던 문구를 떠올렸다.

로버트 브라우닝 시의 한 구절로 기억된다. 그래도, 가장 좋은 것은 앞날에 남았으리. 우리의 출발은 오직 그것을 위해……. 나는 그녀가 했던 말도 떠올렸다. 그러니 미리 축하드려요, 그것이 무엇이든, 다. 미리 축하한다는 그녀의 말이 채찍처럼 아프게 다가왔다. 나는 무너지는 몸을 곧추 세우고 버스가 헤치고 나가는 어두운 길을 응시한다.

〈한국소설 130호, 2010〉